图书在版编目（CIP）数据

魔眼之匣谜案 /（日）今村昌弘著；吕灵芝译 . —
北京：北京联合出版公司，2020.7（2025.10 重印）
ISBN 978-7-5596-4199-1

Ⅰ . ①魔… Ⅱ . ①今… ②吕… Ⅲ . ①长篇小说 – 日
本 – 现代 Ⅳ . ① I313.45

中国版本图书馆 CIP 数据核字（2020）第 064356 号

MAGAN NO HAKO NO SATSUJIN
Copyright © Imamura Masahiro 2019
Chinese translation rights in simplified characters arranged with TOKYO SOGENSHA
CO., LTD.
through Japan UNI Agency, Inc., Tokyo

北京市版权局著作权合同登记 图字：01-2020-0991

魔眼之匣谜案

作　　者 :（日）今村昌弘
出 品 人 : 赵红仕
责任编辑 : 夏应鹏

北京联合出版公司出版
（北京市西城区德外大街 83 号楼 9 层　100088）
北京世纪恒宇印刷有限公司印刷　新华书店经销
字数 250 千字　880 毫米 ×1230 毫米　1/32　印张 11.5
2020 年 7 月第 1 版　2025 年 10 月第 9 次印刷
ISBN 978-7-5596-4199-1
定价：48.00 元

魇眠之匣谜案

魔眼の匣の殺人

〔日〕今村昌弘……著　　　吕灵芝……译

Imamura
Masahiro

今村昌弘

北京联合出版公司
Beijing United Publishing Co

目 录

Contents

4

魔眼之匣 平面图

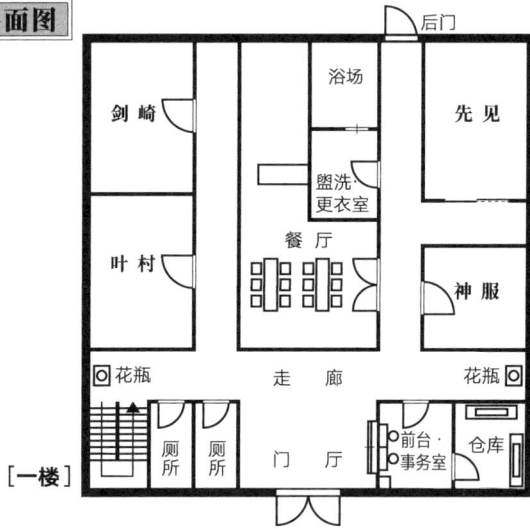

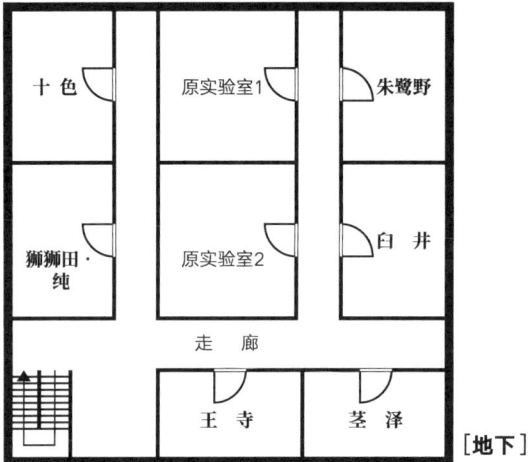

[一楼]

后门
浴场
先见
盥洗更衣室
剑崎
餐厅
叶村
神服
花瓶
走廊
花瓶
厕所
厕所
门厅
前台·事务室
仓库

[地下]

十色
原实验室1
朱鹭野
狮狮田·纯
原实验室2
臼井
走廊
王寺
荃泽

N

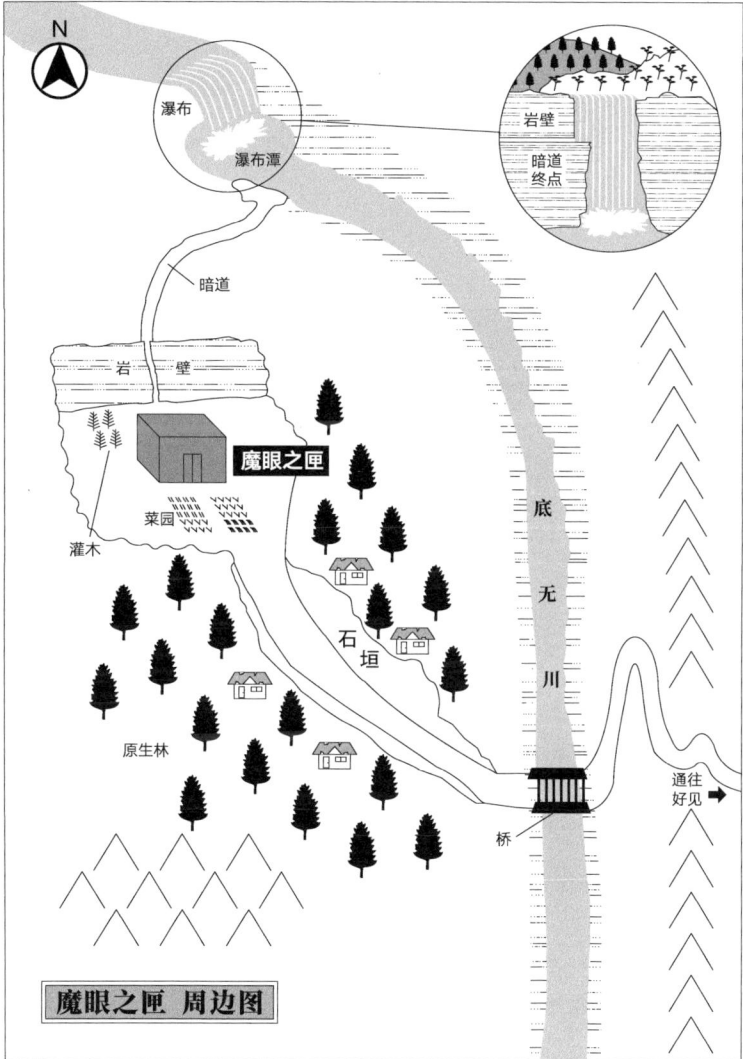

魔眼之匣 周边图

登 场 人 物

叶村让：

神红大学经济系一年级，推理爱好会会长。

剑崎比留子：

神红大学文学系二年级，推理爱好会会员。

十色真理绘：

高中二年级，描绘预知未来画作的预言者。

茎泽忍：

高中一年级，十色的后辈，爱好神秘现象。

王寺贵士：

容貌姣好、性格温顺的公司职员。

朱鹭野秋子：

全身大红，曾经住在好见。

狮狮田严雄：

不好亲近的社会学教授。

狮狮田纯：

严雄的儿子，小学生。

臼井赖太：

《月刊亚特兰蒂斯》记者。

神服奉子：

先见的随从，住在好见。

先见：

预知未来的预言者。

明智恭介：

原推理爱好会会长。

魔眼之匣谜案

魔眼の匣の殺人

剑崎比留子小姐：

前略。

未能及时问候新年，实在很抱歉。不知您那边是否还好？请原谅我未能按照预定时间提交报告。因为现在与半年前的情况大不一样了。

去年夏天，您被卷入了娑可安湖集团感染恐怖袭击事件。因为那个事件，原本被认为已经遭到抹除的班目机构的研究内容被证实可能被藏匿在某处，所以公安也提高了警惕。

您说在事件之后音信全无的那个朋友，目前我尚未得到任何情报，因此无法断言是公安所为。不过有一点可以确信，就是千万不要随意打探班目机构的事情。

尽管如此，却出了这次的事件。

看来您真的跟班目机构十分有缘。这一切都是因为您的特殊体质不，还是回到正题吧。

上回已经向您报告过，班目机构的据点设施位于冈山县某市，继续深入调查，我发现这个机构还有好几处被称为分署的研究设施——仅仅查明的就有关东地区一处、近畿地区两处、中国地区[1]一处。这些设施的研究主题似乎各不相同。

其中一个分署设施，就在您这次被卷入事件的地方——W县I郡旧真雁地区。那一带已经被公安彻底搜查了一遍，并没有留下有用的线索。不过幸运的是，我找到了直到二十年前一直住在旧真雁地区附近的一个人。此人已经去世了，不过我得到其家属同意，阅读了此人留下的日记，并在里面发现了让人颇有兴趣的记述。

这些日记内容证实了您在这次事件中掌握的情报的真实性，即旧真雁地区的分署曾经进行过超能力研究……

---

1. 中国地区：指日本本岛西部的鸟取、岛根、冈山、广岛、山口五县构成的地区。

序　章

新生推理愛好会

新生ミス愛

照烧鲭鱼才是本格推理。

我凝视着前方的那个人，如此确信道。

这里是关西圈有名的私立大学神红大学。我所在的地方就是校园里最大的学生食堂——中央联合食堂。

宽敞的食堂四面用玻璃墙围起来，颜色明亮的木纹天花板搭配同色系桌椅。此时上午的课程即将结束，刚才还稍显空阔的室内，如今渐渐坐满了学生。

我坐在角落的座位上躲避嘈杂，同时忙着消化自己的课题。不过从刚才开始，我就停下了动作，目不转睛地盯着点餐台附近那个拿着托盘的学生。

那是个小个子的女生，脸上稚气未脱，可能跟我一样是一年级学生。带着点栗色的头发剪成齐肩长，服装和面容都不出挑。要是跟她在校内擦肩而过，我一定不会留下什么印象吧。那个不知名的女生在等候自己点的菜时，去旁边的区域拿了米饭和味噌汤。

那么，她究竟点了什么菜呢？我迅速展开了推理。

她拿了米饭，首先应该能排除盖浇饭，还有意面和比萨这种高碳水的西餐。同样，拉面和乌冬也可以排除。还有别的信息吗？

她正对的餐柜里放着沙拉和煮物这类装了小菜的碟子，可她并没有伸手去拿的意思。很难想象一个年轻女性会完全不摄取蔬菜，所以她点的东西里面应该含有蔬菜。如此一来，大概可以排除炸猪排和汉堡肉这类以肉为主的菜品了。

那么，她点的可能就是炒蔬菜或生姜煎肉片这种菜，要么就是主菜加配菜的每日套餐。最应该注意的是价格。单品菜属于大份菜肴，更偏向于运动社团成员或男学生，因为量多，所以价格高达五百日元。再加上六十日元的米饭和三十日元的味噌汤，那就要将近六百了。这跟一个女学生的中午饭印象不太相符，就算她是运动社团的成员，也不太可能在有课的工作日上午就做了剧烈运动。与之相对，每日套餐加上米饭和味噌汤也只要四百三十日元，非常实惠。

我看了一眼每日套餐的内容，可以从豆腐汉堡肉和照烧鲭鱼里选择一样，两者各有搭配的蔬菜。嗯，应该是女生会选的菜单。

那么，她会选择豆腐汉堡肉还是照烧鲭鱼呢？比较受女性欢迎的是低热量的豆腐汉堡肉，还是——

"嗯？"

我眼看着她走到餐具区拿了一双筷子，并没有去碰刀叉。那么就不是豆腐汉堡肉了吗？

不，等等。豆腐汉堡肉也能用筷子来吃。在食堂里用刀叉应该更少见吧。

二选一的问题让我犹豫了一会儿，紧接着我想起她刚才去拿了味噌汤。味噌汤里应该有豆腐了，再怎么讲究健康，也不至于选都含有豆腐的菜吧？

肯定是照烧鲭鱼！只要她是个思考回路倾向常人的人。

我满足于自己得出的结论，淡定地等待结果。

她在前台拿了自己点的菜，朝这边走了过来。她盘子上究竟是什么呢？

用褐色液体调味，冒着白色热气——

炒面。

我呆滞地看着她经过后的背影。

不，我确实知道。我知道以大阪为中心的这片地区深深扎根着用碳水化合物配米饭吃的文化，只是东北出身的我难以理解。走在大街上，也总能看到炒面定食或大阪烧定食这样的套餐。

可是，没想到那个乍一看很老实的女生，竟会是个重口味的关西人。

我一时间沉浸在挫败感中不能自拔。

"总是很不顺利啊。"

我等了许久也没等到那句话，只好用自己才能听见的声音说了出来。

就在我忙着体会败北的余味时，依旧有学生不断从食堂入口拥进来。有的人选择靠窗风景好的座位，有人为朋友占了餐桌的一个角落。相信再过一会儿，又会有很多学生抱着托盘寻找空位等人吧。我快速收拾了摊在桌上的笔记本和文具，在午间真正的喧嚣开始之前离开了座位。

我已经有段时间没在食堂吃午饭了。

因为那会让我意识到，曾经每天坐在我对面的人，如今再也见不到了。我无法忍受食堂里的人都对他的不在毫无感觉这个事实。

回过头，我发现刚刚离开的座位上多了一对亲密的男女。他们仿佛在说这里已经没有你的位置，于是我快步离开了。

外面是和煦的晴日，走在校园里的学生却都合上了外套前襟，缩着脖子。时间已经是十一月，这个国度正在被一点点拖进隆冬。

"差不多到时间了啊。"

我逆着走向食堂的人潮，拿出手机准备完成惯常的工作。拨号记录上排列着一长串相同的号码，我今天也把那个号码点了一下。单调的铃声响起，我静静地等待。

大约十秒后，铃声中断了，又过了仿佛跟巴西时差一样长的时间，我才终于听到一个极为怠惰的声音："……你呜啊好。"

我像航空管制官一样冷静地说。

"比留子同学，你起床没？要是再不出门，就赶不上下午的课了。"

电话另一头传来身体在被褥里懒懒翻滚的声音。

"起不来。"

声音比刚才还模糊了。

可恶，她把棉被盖上了。

"你今天要上的《近代宗教学》，不是再翘几次就拿不到学分了吗？"

"叶村让君。所谓幸福，即使不被时间追赶着去寻找，也会意外出现在自己手边啊……"

"那不叫幸福，叫堕落。堕——落——"

"你好过分……"

确定已经给她造成了适度的精神打击后，我毫不客气地挂了电话。这种事早就习以为常了。

下午的课结束后，我到了常去的店里。从大学到最近车站的林荫路上全是便利店、饮食店和面向学生的出租房，平时热闹得很。不过从正门出去往右拐，就是一片安静的住宅区。

沿着那条路一直走，碰到第一个小十字路口，角落上的混居楼房一层就是我常去的咖啡店。这里总有客人来来去去，但绝不会坐满，是个很不可思议的店。

我像平时一样在四人座上坐下，脸熟的服务生见我点了与季节不符的奶油苏打，丝毫没有露出疑问的神色。

我独自啜饮了一会儿奶油苏打，正好在快喝完的时候，门口的铃响了。单从踩在木板上的脚步声，我便知道那是我在等的人。于是我回过头去。

"呀，叶村君。"

那个娇小的美女叠好披在身上的秋大衣，搭在椅背上，在我对面坐了下来，然后微微一笑。她的声音澄澈而肃穆，让人联想到高级木管乐器。我感到周围客人的目光都被她吸引了。

谁也想象不到，这个美女竟埋头大睡到中午，还对着电话说"你呜啊好"。

剑崎比留子。跟我一样是神红大学的学生，在文学系就读，比我大一岁，目前二年级。她是除我以外唯一的推理爱好会会员。

"我就来杯咖啡吧。叶村君喝可可对吧？"

比留子同学并没有提及桌子一角的空杯，直接加了几样东西。她知道在这个座位上点一杯奶油苏打是我很重视的习惯。

我今年夏天跟比留子同学结识，地点就是这个咖啡店。

当时我有个大两岁的前辈，他叫明智恭介，是推理爱好会的创立者。我们两个正在絮絮叨叨地讨论暑假活动时，她就现身了。后来发生了许多事情，比留子同学代替明智前辈成了推理爱好会的成员，使推理爱好会重新出发了。

我还在上一年级，却继承了会长的头衔，心中自然非常紧张。但与此同时，我也感觉跟比留子同学在一起应该会很顺利。

然而事与愿违。

新生的推理爱好会定在每周二和周五的午休时间和放学后进行活动，没想到，第一次活动比留子同学就翘掉了。

我等了好久，终于忍不住打电话过去，发现午休都快结束了，她竟然还缩在被窝里。原来比留子同学平时是个讲究打扮的良家大小姐，私底下却是个重度的赖床患者。

我再一打听，发现她因为赖床的毛病已经翘了很多课，从去年开始足足被扣了三个科目的学分，正在面临留级的危机。我就觉得在学校里总见不到她，没想到竟是因为这个！

"可是你暑假集训不是起得很积极嘛。"

被我这么一问，比留子同学不高兴地瞪了我一眼。

"拜托，我就算再怎么怠惰，在'那种情况'下也没有这么粗的神经去赖床。"

那倒也是。

"要是留级了，我们就是同级生了。"

"你这人说话竟意外露骨啊。"

比留子同学好像并不是在打趣，还烦恼地摆弄起了黑发的发梢。但过了一会儿，她的表情突然明亮起来，像是想到了好主意一样双手一拍，说出了那句"名台词"。

"叶村君，我们做个交易吧。"

如此这般，我就放弃了午休的爱好会活动，开始像个经纪人一样记录了比留子同学的课程表，打电话把她叫醒以免迟到。作为交换，她会在放学后请我喝饮料，这个交易一直持续到今天。

"我之所以赖床，还不是为了解决你提出的课题。"

比留子同学拿出了两本文库本。那分别是阿加莎·克里斯蒂和横沟正史这两位日本国外和国内的推理巨匠的作品，我前几天借给她看了。

她有着连警察都很看好的推理能力，还获得过协助警方破案的荣誉勋章，然而几乎没有读过推理作品。于是，我就为比留子同学准备了合适的书籍，并在她阅读后交换感想。这也成了推理爱好会的主要活动。

奇怪的是，她在真实的案发现场明明可以从非常琐碎的线索中轻易看破真相，但是换成虚构的推理小说，往往变得不堪一击。

尤其是叙述性诡计这种并非登场人物，而是作者针对读者设下的诡计，她特别容易上钩，每次我都会收到一封毫不客气的手机邮件：

"看完。气死。"

这次她好像也被克里斯蒂的某部名作玩弄于股掌之中，竖起了美丽的眉毛，气愤地说：

"我看的时候这么担心，到最后却告诉我你被骗了，只管笑就好。推理小说全是坏心眼！"

就算撕了我的嘴，我也不会告诉她，就是因为想看她这个表情，我才选了那部作品。

"关键在于俯瞰啊。要是过于融入故事，就会上钩。"

我满不在乎地说着，含了一口甜滋滋的可可。

真平静。

跟漂亮的前辈隔着一张小桌子，尽情谈论推理小说。我恐怕正在享受理想的大学生活吧。可是——

好痛。

每次我想沉浸在平静的时光中，脑袋就会蹿过一阵剧痛，仿佛在告诉我，刺穿前额的冰冷长枪，至今仍留在那里。

啊，没错。

那个夺走了许多东西的夏天。凶手被查明，事件有了结论，我苟活下来了。然而，我最想知道的真相——成为事件起因的组织却依旧在云里雾中。一度被我们热议的话题，最近可以说是毫无进展，随着一篇又一篇无言的报告，渐渐在这个座位上失去了立足之地。仿佛在说，那只是酷暑中生出的可怕幻觉罢了。

被推到桌子一角的空杯里，传来了冰块融化碰撞的清脆响声。

这样磨人的日子，或许会永远持续下去。

"这说不定是个很大的线索。"

下一个活动日，我在同样的座位上拿出了这本杂志。

比留子同学刚坐下，举起一只手正要点饮料，似乎察觉到我这副兴奋的样子有点异样，就把手放下来看向了杂志。

"《月刊亚特兰蒂斯》？"

杂志封面上画着滚滚乌云，底下是貌似巴别塔的建筑物，印满了奇奇怪怪的标题，比如《惊异写真？！霞浦的巨龙》《真实存在的三首隧道的诅咒》《政府推进的信长复活计划》。

这本月刊主要汇集了 UFO、神秘现象、都市传说等灵异或神秘学相关题材，在爱好者中间享有很高的名气。虽然十分小众，不过刊物已有将近四十年历史，电视的灵异特别节目上也总能看见杂志总编出场。比留子同学抬起视线，希望得到解释。

"我今天从选了同一门课的同学那里听到了让人很感兴趣的事情。"

我跟那个同学平时没什么交流，而他好像碰巧目击到我这个在班上没什么女人缘（其实连朋友都很少）的人在店里跟一个让人瞠目结舌的大美女关系亲密，便主动找上来搭话了。

"那人还对我感叹：'没想到你有个这么漂亮的女朋友，真是不可小觑。'"

我说这句话的声音好像有点不自然。

"其实他说的是什么？"比留子同学半垂着眼睛追问，我只好招供了。

"他说的是：'你是不是中了仙人跳？要不要帮忙？'"

比留子同学颓然垂下了头。我早就知道这句话会让两个人都受到打击，才故意没说的。

我解释完推理爱之后，他又提到了娑可安湖的话题："话说回来，那起恐怖袭击事件的受害者中好像还有你认识的人吧。"

娑可安湖发生的前所未闻的恐怖袭击事件把我校电影研究部和话剧部的成员都卷了进去，这件事在校内一度引起了热议。但是他们并不知道在那场惨剧中发生了更为凄惨的连续杀人事件，也不知道我和比留子同学当时也在那里。一是因为恐怖袭击事件本身带有震撼世界的特殊要素，二是因为比留子同学家（横滨巨富，至今仍经营着大型企业集团的剑崎家）封锁了消息。

"他是《月刊亚特兰蒂斯》的热心读者，还告诉我，那起恐怖袭击事件发生前，《月刊亚特兰蒂斯》上登出过预告。"

"你是说，出版社收到了犯罪预告？"

比留子同学的声音突然冷了下来，还探出了身子。

恐怖袭击事件主谋浜坂智教的来历，在新闻上也经常被提及，但是从未听说他事前发出过犯罪预告。

"不，准确来说那不是预告，而是预言。"

我翻开杂志，推给比留子同学。这是六月末发行的七月号。

激录！《月刊亚特兰蒂斯》编辑部收到的奇怪信件！
那场楼房火灾曾经被预言？！

事情的开端在今年四月，一封寄信人不明的书信被送到了编辑部。信中写满了不祥话语或类似语言的文字，让笔者不由得叹息：又来了。因为编辑部经常能收到这种恶作剧的信件和邮件。那封信经过几名编辑部成员传阅，最后决定不予采用，随后，人们便遗忘了那封信的存在。

可是，大约两个月后的六月上旬，编辑看到一则报纸报道，内心顿生疑惑。

"喂，你觉不觉得这跟上回那封信的内容有点像啊？"

那是发生在大阪南区一个娱乐街区的楼房火灾。可能有很多读者都知道，二楼厨房发生了瓦斯爆炸，火势蔓延开来，加上娱乐街区特有的道路狭窄和人群混杂，使得消防作业迟迟无法展开，最后造成了十二人死亡的大惨案。最令世间震撼的是被困在大楼内部的客人的绝望惨状。他们全身着火，接二连三地从窗户跳下来，还抓住周围的围观人群寻求帮助，造成了极大混乱。

我们赶紧把那封信找出来，发现了这么一段内容：

"六月第二个星期五，大阪将有许多人被火焰灼烧，四处逃窜。"

整个编辑部都感到了战栗。这是多么令人毛骨悚然的精确程度啊。如果只是火灾，在大阪也算见怪不怪的日常，可是这封信上写的日期，以及"许多人""被灼烧逃窜"的细节，全都与那场惨案的特征相符啊。

并且，这还不算完结，因为预言还有下文。

"八月最后的星期日，众多死者将会复苏，在 S 县那片湖水附近，展开狂态尽显的地狱图景。"

编辑部陷入了凝重的沉默。莫非这封信真的预言了未来的事情？那么大约两个月后的八月，就要发生一场堪称"地狱图景"的大事件了。

寄信的人是谁，为何能预知未来，又是为何要给编辑部寄这封信？为了查明真相，我们将全力以赴，同时衷心祈祷八月什么事都不要发生。

重申一遍，这是六月末发行的杂志上的文章。

虽不知道《月刊亚特兰蒂斯》编辑部究竟对这个预言有几分当真，但他们想必有这样的盘算：今后要是真的发生了类似的事情，那就能成为一大热点。

比留子同学全神贯注地把那些夸张的文字读了一遍，好像还是不怎么信服，抬头看着我。

"这确实是令人惊奇地一致，但跟我们有什么关系呢？"

我没有回答，而是拿出了另一本杂志。

这是娑可安湖事件发生后的第二个月刊行的十月号。

预言料中！本杂志独家消息

娑可安湖恐怖事件——"地狱图景"真的出现了

编辑部再次收到冲击性的书信！

八月末，一场惊人的事件震撼了全世界。如今已无须说明，那便是娑可安湖集团感染恐怖袭击事件。可是，这与《月刊亚特兰蒂斯》编辑部受到的冲击还难以比拟。

本杂志预言了这场前所未有的大事件，契机就是编辑部四月收到的那封没有署名寄信人的信件。信中预言了六月发生在大阪的楼房火灾，后面还写着"八月最后的星期日，众多死者将会复苏，在 S 县那片湖水附近，展开狂态尽显的地狱图景"。(详见七月号文章)

编辑部认为事态重大，便一边寻找寄信人，一边向有关部门发出警告，遗憾的是，预言依旧变成了现实。

然而，事情到这里并未完结。就在我们深感无力的时候，又收到了疑似出自同一个人之手的第二封信件。信封与笔迹与第一封信完全相同，邮戳也同样是 W 县。读完内容，我们全都惊呆了。

信上说，几十年前，一群陌生男人来到了 W 县的偏远农村里。他们自称是 M 机构，以绝不打探和绝不透露消息为条件，向村里人分发了巨额酬金，随后在村子最深处建起了实验设施。他们从各地召集了许多人，展开的竟是超能力实验。

也就是说，我们收到的预言信件，就是那个超能力实验的成果吗？这个 M 机构又是什么？

编辑部正在全力展开调查，请等待后续报道。

比留子同学的目光一下就变了。

"M 机构。"

我们在娑可安湖事件中，有机会听到了疑为主谋浜坂私人物品的记事本的内容。那上面出现了"班目机构"这个字眼。后来比留子同学请相识的侦探展开调查，发现这个组织确实在战后存在过，而且利用庞大的资金进行着各种研究。浜坂很可能把机构的研究成果用在了歧途上。然而一直以来，政府都只公布过恐怖袭击事件是浜坂及其同伙所为，并没有向媒体透露班目机构的名称。跟我们一同被卷入事件，且持有浜坂那本记事本的熟人在事件后马上音信全无，由此可见这个机构很可能有着一般人不知道的秘密。

我激动地说：

"我们不能对这篇文章完全信以为真，可是既然跟班目机构有关，那么至少可以说明恐怖袭击事件的预言为何会成真。因为说白了，班目机构就是那场恐怖袭击事件的黑幕啊。"

"如果那不是'预言'而是'预告'，那大阪的楼房火灾不也成了跟机构有关的……"

比留子同学白瓷般的手指不断重复着拨弄头发又放开的动作，这是她思考时的习惯动作。

"我们不能放过这个消息，而且还可能存在没有刊登出来的情报，说不定去编辑部问问就能知道点什么。"

我们一直以来都找不到线索的组织，竟在意想不到的地方冒出了一点消息，这让我感到了久违的激情。然而比留子同学却把手挡在我面前，似乎想要我冷静下来。

"我赞成去编辑部打探消息，但希望你先把这件事交给我。"

"交给比留子同学？"

"因为在编辑部的人看来，这是事关文章热点的信息，就算我们这样的学生找上门去，他们也很可能会不当一回事。虽然我们也有身为娑可安湖恐怖袭击事件当事人的王牌，但很难说这个战术最后会导向什么方向。所以我打算像以前那样发出调查委托。"

有个侦探跟比留子同学很熟。那人虽说是侦探，不过客户好像都是大企业的要员、阁僚和官僚这种特殊人物，跟剑崎家也有点渊源。何须隐瞒，他就是娑可安湖恐怖袭击事件以后，搜集了班目机构情报的人，所以比留子同学的提议非常合理……

"没问题吧？"

"嗯？"

比留子同学用大大的眼睛看着我，让我一下就忘了自己为啥说出那句话来，便咕哝了一句"没什么"。

结果我们什么饮料都没点，比留子同学说马上去找那个侦探，然后离开了座位。我还是感到难以释怀，看着她轻巧地披上大衣转过身去，刚才没能说出来的话突然出现在脑海里。

你还需要我吗？

夏天那起事件，她在陷入绝望的情况下，依旧说出了杀人犯的姓名。她的观察力和推理能力，已经是我这个号称"推理狂"的人所难以企及的高度。

与此同时，我也没能保住自己与明智学长值得骄傲的助手关系。

这样的我，真的有必要留在比留子同学身边吗？

几天后，我询问了调查进展，比留子同学并没有做出明确回答，唯独时间在缓缓流逝着。

十一月最后一个星期，我用一条薄毛毯拼死抵抗着日渐加剧的严寒，沉浸在浅眠中，突然被一声充满气势的吠叫惊醒了。我看向窗外，发现一个高龄男性正拖着一条大型犬散步。

手表显示现在是早上七点。今天没有第一堂课，现在起床有点早了。

就在那时，我的手机振动起来，是比留子同学打来的电话。我用力做了个深呼吸，按下通话键。

"怎么了？你这个时间竟然醒着，好稀罕啊。"

"不好意思，这么早给你打电话。我好像感冒了，今天准备请假。因为怕你白费功夫，就想先通知你一声。"

健康的时候起不来床，感冒了倒是能早起。

"那真是太可怜了。不过你没睡迷糊，声音倒是比平时更清晰了。"

"是……是吗？"比留子同学突然发出了鼻子被塞住的声音。

"不会是流感吧？你去医院看过没？"

"没事的，没事的。应该只要躺着休息就好了。总之你不要在意我。"

她的话非常可疑，不过现在不是起疑心的时候。我起来草草洗漱了一番，把视线对准窗外。

大约等了十分钟，前方建筑物的门口出现了人影。那是一座装修高雅、外墙贴着瓷砖的十层公寓，专供单身女性居住，在学生眼中显得有点高攀不起。那个从带有自动锁的楼门里走出来的人，背上还背着一个很大的双肩包。我急忙把门打开，一边跟上去，一边点动手机。

只见前方那个人掏出手机，接通了电话。

我一口气说了出来。

"我是叶村，在你身后。"

前面的人——比留子同学转过头来，发出一声尖叫，但我还是毫不客气地一把抓住了那个大背包顶上的拉环。她擅长合气道，要封住她的动作，与其触碰身体，不如这样更有效。

"叶……叶……叶村君！为什么——"

"那是我的台词。你不是感冒了在屋里睡觉吗？"

"呜呜……"

垂头丧气的比留子同学身上穿的不是秋大衣，而是防寒性极佳的羽绒大衣，还背着双肩包，脚踩运动鞋，一副运动打扮。果然跟我想的一样。

我早就怀疑，比留子同学就算掌握了班目机构的新情报也不会告诉我，而是一个人前去调查。

"可是，你怎么知道我今天会出去呢？"

"哦，这个嘛……"

我转过头去，只见路边停着一辆货车。

刚才我一直在那辆车里等着。此时，我竖起大拇指示意作战成功，车子也闪了三下灯表示祝贺。

"那是谁？"

比留子同学很是惊讶，于是我十分自豪地做了介绍。毕竟认识侦探的人又不止她一个。

"那是推理爱好会经常出勤的地点——田沼侦探事务所的人。为了连续监视比留子同学的动向，我专门请他来帮忙了。到今天为止，我们一共监视了七天。"

侦探费用打了兼职员工折扣，还约定了分期付款。那辆货车知道任务已经完成，发动引擎走远了。与此同时，我手上的手机也收到了一条信息。

"任务结束。接下来要加油啊，第二代。"

第二代。

对，我跟他们的缘分，也是上一代会长遗留的宝贵财富。

目送货车离开，比留子同学呆呆地咕哝道：

"这……这是跟踪狂。叶村君变成了跟踪狂……"

我和比留子面对面坐在附近一家大型咖啡连锁店里。

"没想到你竟然监视了整整一周。看来我的住址、公寓房间号，全都被你掌握了啊。原来如此，原来如此。我竟然以这种形式成了侦探的调查对象，真是很不错的经验。"

比留子同学支着下巴，左手握拳敲着桌子，对我露出冷冷的笑容。她原本就是个让人难以靠近的冰霜美人，但我可能是第一次感到她的笑容如此恐怖。

"话说回来，我昨天晚上好像穿着睡衣在窗前站了一会儿。要是被你看见了那个样子——那我只能强制消除你的记忆，或者让你给我看看同样丢人的样子了。"

"不是不是，我监视的只有公寓门口而已！"

可能因为平时过得很邋遢，比留子同学非常忌讳让人看到自己具有生活感的一面。尽管如此，这次我也有反驳的理由。

"谁叫比留子同学自从看了那个预言的文章，就变得举动可疑了呢？而且我问你，你也什么都不说。"

比留子同学闪开了目光。

最近尤其是在爱好会的活动时，她摆弄头发的次数越来越多，也越来越容易在对话中走神。最后她还开始重新计算哪些课还能再翘几次，我当然怀疑她准备近期行动了。

"你查到了关于班目机构的消息，对吧？"

我进入了正题。

比留子同学终于放弃了挣扎，摆正姿势点点头。

"我在一定程度上查明了文章中提到的实验设施的所在地，所以准备实地确认一下。"

"你为什么要一个人去？"

"因为那可能会害死叶村君。"

她用尖锐的话语让我无言以对，然后继续道：

"我以前对你说过自己被诅咒的体质吧？"

她天生带有吸引奇怪事件的体质，因此遭到了家人的避讳。随着年龄增长，那个体质越来越凸显，最近是每隔三四个月就要被卷入某种事件里了。

"紫湛庄那件事已经过去了三个多月，差不多该轮到'下一个'了。我明知如此，自然不能带你一起去。"

这可能是她的好心吧，但我还是非常不满，因为她一句商量都没有，就把我从战友变成了被保护的人。

"比留子同学不也一样会遇到危险吗？！你不是厌倦了独自挣扎，所以才找我当华生的吗？要我一个人待在安全的地方等候，这我做不到！"

比留子同学愣了片刻，随即相当用力地摇起头来，一改刚才的冷淡，涨红着脸骂道：

"不要不要不要，你不是拒绝当华生了吗？！我当时去求你，你清清楚楚回答了'做不了'。我这个被拒绝的人还记得呀！可你现在又要我带你去了，这也太狡猾了吧！"

这回轮到我语塞了。

我确实拒绝了，因为我只能这么做。对我来说，我的福尔摩斯轻易换不了人，再加上我自己做了那种事，更是没资格再当什么华生。

"那个——比留子同学是推理爱好会的成员啊，而我又是会长。"

"什么意思啊？"

真的，我到底是什么意思啊？

两人都感到脱力，同时把手伸向了已经放凉的饮料。

好在这里没什么人，谁也没注意到我们的一来一往。

"我并没有觉得你的好意是添麻烦。"

比留子同学盯着自己小小的手，焦急地寻找着合适的措辞。

"我很害怕自己的体质，我不想死。老实说，如果有你在，我真的会很安心。可是通过紫湛庄那件事，我意识到了向别人求助会导致什么样的结果。"

几个月前的夏天，我和明智学长为了追寻日常没有的谜团，比留子同学为了招募华生，齐齐来到了紫湛庄。结果我们遭遇了想象不到的事态，还让比留子同学最后举起了冰冷的长枪。如果说是比留子同学的体质引发了那起事件，那么这次出现同样的事态也丝毫不显得奇怪。

"要是跟我在一起，你可能也会面对跟明智学长同样的命运。明知道这点，我怎么能带你去呢? 对不起。"

我心里明白。比留子同学之所以选择这样的行动，自然是因为经过了深思熟虑。可是——

"可我还是必须跟你去。"

我凝视着她的眼睛，斩钉截铁地说。

"如果我还是去年的我，那一定会放比留子同学走，因为我根本不会主动去参与这么危险的事。可是现在的我——"

现在的我是推理爱好会会长，面对摆在眼前的谜团，怎么可能会踌躇。我不会对走投无路的人视而不见，因为那个人也是这样。

"我可能做不了跟明智学长一样的事情。可是，既然唯一的会员需要我，那我自然要出一份力。"

比留子同学瞪大了眼睛。她好像在质疑我的精神是否还正常。

我毫不让步，盯着她的双眼。

她终于耐不住重压，垂下了目光。"怎么办……"她喃喃着，拽过桌上的糖罐，往彻底冷掉的杯子里加了一勺堆成小山的砂糖。

"你……你等一下。"

她不顾我的劝阻，搅了搅咖啡喝了一大口，随后肩膀微微震颤起来。

"比……比留子同学？"

"不好意思，我就是想这么做。"

比留子同学皱着标致的小脸，把应该是甜到齁嗓子的饮料慢慢喝完了，好像还有点高兴。

魔眼之匣

魔眼の匣

一

我火速回到自己的出租屋里收拾了行李，跟比留子同学一道坐电车辗转了三个小时，好不容易在下午到达了 w 县。然后，我们又换上专线巴士前往目标地区。

离开虽说是中转大站，却很难称得上热闹的市区，巴士一下就进入了到处都是田埂和空地的区域。途中客人按下车键停了几次车，但没有人上来。走着走着，双向单车道的路就开始往山上延伸，巴士发出吱吱嘎嘎的怪异响声，反复绕着弯。

窗外的建筑物越来越少，车上的乘客也越来越少。刚才车里响起的最热闹的声音，就是报站的广播。在陡峭的斜坡上不断绕弯，连我的心都快摇动起来了。

按照比留子同学的说法，那个侦探（好像叫 KAIDO，写成什么字不知道）三天前给她送来了有关目的地区的调查报告。由于线索只有那本杂志，连 KAIDO 都很难收集到情报，费了好大的功夫。

"得到的消息只有人们在 w 县深山里进行秘密研究，实在太不详细了。而且，如果跟班目机构有关，情报管理应该也很严格。我早就知道不可能轻易得到消息。"

确实。就算想搞地毯式询问，这能用的线索也太少了。

"不过真不愧是他，在文章里注意到了一句话。"

比留子同学在不停摇晃的车里翻开了那本《月刊亚特兰蒂斯》。这种时候凝神看字可能会晕车，不过她指的地方好像是讲自称 M 机构的人们"在村子最深处建起了实验设施"。

"这句话？"

"据说他没有问组织，而是四处打听可疑的设施。"

"四处打听？找谁？"

"只要有人住的地方就一定能存在，几乎把握了每一栋建筑物情况的职业——邮递员。"

原来如此。邮递员确实应该会每天出入好几个村庄，说不定还很清楚什么人住在什么地方。要是见到了用途不明的建筑物，一定会有印象吧。

"再加上农村人特有的爽朗，还有这里不像大城市那样讲究隐私，KAIDO 先生主要以邮局为中心展开询问，终于得到了比较靠谱的情报。只不过他在出发到当地前突然接到了很急的委托，于是就给我发来了过程报告。于是我就想，既然如此，干脆我自己去确认吧。"

如此这般，我们的目的地就成了一个叫"好见"的地区。其实我可以租一辆车开过去，不过毕竟是没什么经验的本本族，应该避免不必要的危险，最终决定利用公共交通前往目的地区。只是，当我看到那少得可怜的巴士排班后，又开始怀疑这个选择是否真的正确了。就算不习惯开车，是否也应该确保自己有足够的机动力呢？

时间渐渐逼近下午三点。

巴士走在深谷斜面边缘的狭窄道路上，速度一直提不上来。我眺望着秋日的热闹已经平息、褪色为冷峻模样的山峦，不由自主地说出了负面的想法。

"就算平安到达了目的地，要是没赶上返程的巴士，那还是糟糕。"

"我带了几身换洗的衣服，不过附近没有民宿，只能回到城里去住，所以我希望尽快找到目的地。"

比留子同学搓着双手咕哝道。宽敞的车内暖气很足，但除我们以外只有另一组乘客。说不定这就是让人感觉寒冷的原因。

而且，那两个乘客很奇怪。

"他们是旅行者吗？"

"到这种地方来——不过我们说这话也很奇怪啊。"

似乎比留子同学也很在意他们。

那是跟我们在同一个车站，趁着发车前一刻坐上来的乘客。我转过头去，看见那两个年轻人并肩坐在最后排的长椅上。他们比我们还小，看面相可能还是高中生。

坐在通道尽头后排最中央的少女披着茶色披肩，有一头及肩的长发，脸形如同尖锐的钢笔描绘的直线，给人一种清爽印象。我回想起来，自己上初中时，田径部的女子短距离主力就是给人这种感觉。

坐在窗边的少年比她高一个头，由于穿着黑色羽绒服很难分辨，不过他的体形看起来比较瘦削，只要是出现弧度的地方都左右摇摆得厉害。他与少女形成鲜明对比，有一头乱蓬蓬的头发。

我们坐在隔着四排座位的地方，偶尔能听到他们的对话。少年管少女叫"前辈"，可能是同一所高中的人。不过我不认为他们有恋人这种亲密关系，因为两人中间放着少女的书包和手提袋，就像一道墙隔开了他们。不仅如此，他们的对话也比较单向。

"前辈，你不觉得屁股很痛吗？我们从早上一直坐到现在啊。"

"嗯。"

"要是靠背能放下去还好一点，就像新干线那样。我更喜欢那种座位啊。你不觉得能呼啦一下放下去的座位更好吗？"

"嗯。"

少女一开始还会用单字来回答他，不过从刚才开始，可能是厌倦了，就一直盯着窗外，始终重复着宛如智能手机语音助手一般毫无感情的回应。她的声音可能比平时低了好几度，透着"现在说什么都没有用的事情，就别没完没了"的不愉快，然而少年并未察觉她的心情，继续换了好几个话题。

"从刚才开始路上全是山啊。话说上小学的时候，不是搞过什么林间学校吗？"

"嗯。"

"我被老师骂了个狗血淋头，所以没有什么好回忆。能说给你听听吗？我们在河里捉了鱼准备烤，还得自己生火，其他班都特别辛苦。而我偷偷带了打火机过去，所以很快就生了火把鱼烤上了。"

少女无声地注视着反向车窗，少年依旧不停嘴。

"最开始的烤串我觉得可恶心了，不过吃下去倒是很好吃。前辈那时有过这种经历吗？"

话题的方向突然拐了个大弯，我面朝前方旁听着，觉得自己耳朵是不是坏掉了。再看旁边，比留子同学也一脸困惑地看着我。后方的少女似乎也有同样的心情——

"……哈？"她大约沉默了两秒钟，然后发出一个音节。

"欸？"少年愣愣地回了一个字。

"不是，你欸什么。被老师骂的故事呢？"

"那是回到宿舍之后的事了，因为老师发现我带了打火机。"

"……那你应该一直讲到那里啊。"

我感到少女长叹了一声。

怎么说呢，少年的话没有章法，会给听的人带来很大压力。他说着说着，主题就会偏移，最后落到离起点很远的地方，频繁遗漏重要的信息。少女应该与他共同行动了很长时间，想必非常疲劳了。

"前辈，你脸色好像很不好啊。"

"我可能晕车了，你安静一点。"

"前辈会晕车的吗？我啊——"

"吵。死。了。"

就算不懂日语的外国人，应该也能感应到她的怒火吧。少年总算不说话了。

"是不是离家出走啊？"我小声问比留子同学。

"刚上车不久，我就听见他们商量返程的巴士了。应该不是离家出走。"

他们不像是亲亲密密来旅行的关系，应该是跟我们一样，属于同一个社团的前辈与后辈吧。不过今天是工作日，这应该不是单纯的社团活动。

"搞不好……"比留子同学严肃地说。

"搞不好？"

"那个女孩只是单方面被他纠缠。"

"纠缠？"

"这样她那不友好的态度也能得到解释了。女孩子只想一个人待着，可他却一直像这样百般纠缠。俨然跟踪狂。"

"……"

"对，俨然跟踪狂。"

啊？莫非她还在记仇？

为了逃避话题，我拿出手机确认距离目的地还有多远。然而屏幕亮起后，我发现这里收不到信号，因为实在是太偏僻了。

"目的地区能通手机吗？"

"不知道呢。这段时间相比内陆，反倒是孤岛和船上的基站设施更完善。最好还是做好电话不通的觉悟吧。"

情况开始变得奇怪了。

按照预定，还有十分钟就要到达的巴士站便是 KAIDO 在报告中提到的通往好见地区的入口。或许我们真的应该租车开过来。

就在那时，比留子同学又朝后面看了一眼，然后定住了。

我也跟着转过头去，发现坐在后排正中央的少女正捧着一本素描本。那可能是从旁边的手提包里拿出来的吧。再仔细一看，少女腰带上挂着一个小包，里面露出了好几种颜色的彩铅。看来她正在用那些笔画画。

在巴士里？为什么要现在画？

脑海中的疑问越来越多，同时她奇怪的动作又让我深感好奇。

少女垂眼望着用左手和腹部固定的素描本，另一只手则飞速游走。那个动作带着一丝疯劲，就像少女管理的系统突然发生了故障一样。

刚才还很吵的少年面对这一情况却不为所动，甚至饶有兴致地看着她的手。

这两个人到底是怎么回事？

我感觉过了很长时间，实际可能还不到五分钟。少女突然停下了动作，仿佛被解除了定身咒一般松懈下来，抬起了头。

"前辈，画完了吗？让我看看嘛。"

少年马上从旁边伸出手来，越过行李想拿起素描本。从我们的位置看不到她画了什么。

就在那时，处在脱力状态的少女手指一松，褐色的铅笔滑落下来，沿着通道朝这边滚了过来。

"啊。"少女撑起身子，坐在通道一侧的我探出身来想捡笔。

就在那个瞬间。

一声尖厉的刹车声，紧接着是一声巨响和巨大的冲击。我一个跟头栽到通道上，脑袋撞到了椅子角。更糟糕的是，坐在后排中央的少女顿时被甩到半空，然后朝我倒了过来。我仰面朝天，只有两只手还能动，但也不能用手去接少女的脸或者胸口，只能用很尴尬的动作迎接她的冲击。

"哇!"

短促的尖叫。少女很轻,所以没把我压坏,但等我回过神来,却发现她的脸近在咫尺,我们的耳朵几乎蹭到了一起。

"喂,你啊!你干什么呢?"

慌忙叫起来的是没被甩出来的少年。他拎着素描本,走向跌成一团的我们。虽说是不可抗力,但这样的接触未免有些糟糕,让我一时胆寒,不过少女倒是一站起来就用力低下了头。

"对不起,您没事吧?"

她用方才跟少年的对话中没出现过的恭敬语气道了歉,抬头看见我的脸,突然叫了一声。

"啊,有点变色了!快找冷敷的东西……"

她慌忙打开书包,却被旁边的声音叫住了。

"没关系,那应该是旧伤的痕迹。"比留子同学说。

被她这么一说,我发现少女看的并不是我磕到座椅上的后脑勺,而是太阳穴部分。那是我在大地震时受的旧伤,因为有点发黑,可能被看错了。

"欸,啊,哇哇……"

少女一看到比留子同学就目光游移,语无伦次。看来是被比留子同学的美丽惊艳到了。她梳理了好几下凌乱的刘海儿,低头偷眼看着我们说:"总……总之,真是对不起!"

话说回来,比留子同学看着我的目光好像有点湿漉漉的,这是幻觉吗?

"真是不好意思,没受伤吧?"

看上去五十多岁的司机一脸慌张地看着我们，确认乘客是否平安。得知我们都没受伤后，他再次为急刹车道了歉，然后朝着前进方向恶狠狠地说：

"刚才一头野猪冲出来了。"

接着，司机走下巴士，看着车头不远处倒在血泊中的野兽。那是一头体长约一米的野猪。

道路左侧是随处可见裸露岩层的陡峭斜坡，野猪好像就是从那里跑下来冲到路上的。

"这一带老早就经常有野兽出没，鹿啊野猪什么的，我还见过大熊带着熊崽横穿过去呢。就因为这个，我开起车来特别小心，但这家伙突然跳出来，实在刹不住。"

司机一直在道歉，不过山路弯弯曲曲视线不好，把这怪到他头上有点说不过去。比留子同学凝视着另一侧的峡谷嘀咕道："我们应该感谢他没有下意识打方向盘啊。"一旦车子冲出了护栏，我们可能全都没命了。

"太棒了，前辈，你真厉害。"

我突然听到这句话，回头一看，发现刚才的少年在车门附近，兴奋地对少女说话。少女发现了我们的目光，慌忙责备他：

"你别闹了，注意点场合。"

"可是你看啊，这太完美了。"

"我知道了，你能不能闭嘴。"

她压低声音呵斥少年，然后朝我们低头道歉，转身走回了车里。少年似乎还想说什么，但还是追在她后面走了进去。

司机戴着劳保手套把野猪拽到路边，我则用力伸了个懒腰，呼吸了几口久违的外部空气。可能因为长时间待在暖气很足的车厢里，我感觉这里比城里还冷。

要是在普通道路上撞到了野生动物，好像要通知警察还是市政中心吧。不管怎么说，时间都被拖延了。

就在此时，我发现比留子同学目不转睛地看着巴士入口。

"怎么了？"

"我在急刹车的混乱中瞥到了那个女生的画。"

比留子同学用只有我能听到的音量说。

"一个褐色的野兽一样的东西流着血倒在地上。那是个隆起的形状，说不定是野猪。后面有个方形的巴士轮廓，还有几个黑色的人影。"

我花了好几秒钟理解她的话。

流血的野猪、巴士、人类。

这不就是眼前的事故现场嘛。可是，那幅画是她在出事前一两分钟画好的。巴士急刹车，我们跌倒在地的时候，比留子同学看到了那幅画。

预言。

一个关键词在我脑海中闪过。比留子同学好像猜到我的想法了，于是慎重地说出了自己的意见：

"不知道。司机先生刚才也说这附近常有野兽出没，或许这样的事故会比较频繁。如果刻薄一点，还可以认为这是他们自导自演的闹剧。"

"那怎么可能，谁有本事故意让野猪被巴士撞到。再说了，谁也不可能预测到车上会有除他们以外的乘客，并且对那张画感兴趣啊。"

我虽然否定了，但比留子同学似乎在很认真地考虑这个可能性。她离开巴士，抬头看向逼到路边的陡峭斜面。

"要是有人帮忙，那应该能做到。先抓一头野猪躲藏在悬崖上，趁巴士通过的时候放下来。巴士每天应该会在相同的时间通过这里。"

"可是野猪会按照人的意愿行动吗？再说，这么做是为了什么？"

"不知道，这只是一种可能而已。"

我们凑在一块儿悄悄说着，却见那两个人提着行李从车上下来，跟司机说起了话。三言两语过后，他们竟顺着道路走了起来。

"那两个人怎么了？"

我慌忙去问司机，司机则摊开手，展示了刚刚少女给他的车钱。

"他们问我下一个车站在哪里，我说就在前面不远处，结果他们就说要走路过去。我也说了巴士只需要简单查验一下就能开动，可他们好像挺赶时间的。"

比留子同学连忙转身走向巴士内部。

"叶村君，我们走吧。看来我们两组人的目的地相同。"

我们从巴士停车的地方顺着山势绕了一个大弯，路就变成了缓缓的下坡，还没走五分钟就发现了车站。那里正好处在 Y 字形的交叉路口，左边是向北延伸的道路，而右边的山路似乎就通向目的地好见地区。山路被树林覆盖，视野很差，但依稀能在枝叶的间隙里看到前面那两个人的身影。他们果然也要去好见。

尽管事先调查过，为保险起见，我还是看了一眼站牌上的返程巴士时间。

"三个小时后就是今天最后一班了。"

"那一定要记住了。虽然在电视上经常看到，可我实际丝毫没有具备与陌生人交涉住宿问题的能力。"

没关系，我也没有。我们这两个现役的推理爱好会成员都缺乏厚脸皮这种侦探最为必要的属性。

通往好见的山路只有前面那段有水泥铺设，不过基本上都被落叶和山上冲下来的泥土覆盖，而且没走一会儿就变成砂石地了。

我奋力鞭策运动不足的身体攀登山路，只见路面渐渐变窄，只能容一辆车勉强通过。在我们呼吸越来越急促的时候，上坡终于结束，前方二十米处出现了刚才那两个人的背影。我还以为他们在休息，却看到前方道路被一个橙色的障碍物给挡住了。那是在施工现场常见的、用橙色与黑色斜杠和"安全第一"几个大字装饰的栏杆。不过它为什么会出现在这里呢？

"哦，好巧啊。"

尽管我们完全是跟踪过来的，比留子同学还是若无其事地打了声招呼。

瘦削的少年只是略显困惑地歪过了头，头发齐肩的少女一看到比留子同学，就紧张得绷直了身子。

"那个，刚才在巴士上真是失礼了！"

她背着书包就弯下了腰，结果重心不稳，慌忙踏出一步稳住身体。

"失礼的可能是叶村君啊。"

我从比留子同学的声音里感觉到了杀气，便飞快地说"都没受伤真是太好了"，然后把话题转向前方的栏杆。

"这里过不去吗？"

两块连在一起的栏杆正面用油漆写着"禁止入内"几个大字。

"不过……"

少女用疑惑的神情指向道路边缘。栏杆前方有一小块貌似避让对向车的空地，那里停着一辆汽车。车里没人。看来她是想说，开车来的人下车徒步走进去了。

"这是怎么回事呢？我们要到前面的好见地区办事，你们呢？"

比留子同学问完，少女双手握在一起揉了又揉，然后笑着说："我们也是，看来是同路呢。"而此时瘦削的少年则站在旁边，用审视的目光打量着我们。

"你们不是这里的村民吧。高中……不，大学生？"

"茎泽君，敬语。"少女马上压低声音训斥了一句。

"……两位是大学生吗？"

少年有点萎蔫地重新问了一遍。看来这两人的力量天平往少女这边倾斜了很多。面对面一看，少年比我还高，但属于没什么肉的体形。两只眼睛也微微吊起，一脸不满的样子，给人难以接近的印象。

"我叫剑崎，他是叶村君。我们是同一所大学的。你们是高中生？"

"我叫十色，他是……"

"我叫茎泽，跟十色前辈是同一所高中的。"

"我们只是普通的前辈和后辈。"

少女打断了茎泽的话，笑着强调道。她似乎想说你们千万别误会我跟他是一对。比留子同学不可思议地歪着头。

"我们是去好见搞社团活动的，你们到这儿来旅行？两个人？"

那句"两个人"让我感到了话语背后的深意。比留子同学推测两人肯定有什么特殊情况，才刻意用了这种说法，不让他们以"单纯的旅行"来逃避。

果然，他们中了圈套。

"不对。"十色否定道。

"没错。"茎泽点点头。

说谎的是茎泽，失败的则是十色。

两人惊恐地对视一眼，最后是茎泽先找回了状态。

"其实就是调查点东西。我们手上掌握了有关这个地区的、不能告诉任何人的情报。"

十色叫了一声"茎泽君"，警告那个得意扬扬的后辈。

我内心十分无语。明明掌握了必须隐藏的情报，却要明说"不能告诉任何人"，这到底是哪来的笨蛋啊？这个少年可能想故意引起我们的好奇，或是故意透露自己掌握了某种情报，从而获得优越感吧。不过比留子同学只是淡淡地回了一句"那我们都很辛苦啊"，让茎泽的脸僵住了。

随后，她又把目光转向十色右手提着的手提袋，这样问道：

"十色同学，你是美术部的吗？"

十色抿紧了嘴唇。我们知道那个袋子里装着素描本。换言之，她发现自己在车上画画被看到了。

"是的。不过我还很差劲，所以平时都尽量多画。"

"原来是这样啊，你真努力。"

比留子同学并没有继续往下问。我们是很想知道那张画到底是怎么回事，不过从刚才的对话中，比留子同学可能判断暂时无法从她口中问出什么东西来吧。

"好了。"

我用两个字结束这场对话，转向眼前的栏杆。有人用绳子把它连接到了路边的树上以防被吹倒，不过到处都有钻过去的缝隙。为了保险起见，我又仔细查看了栏杆，发现上面并没有注明政府机关或建设公司的名称。虽然不知道这种地方为何有栏杆，但既然不是私有土地，那就没理由不让我们通过。我跟比留子同学对视了一眼。

"没办法。"

"没办法啊。"

我们点点头，从栏杆边上钻了过去，十色和茎泽也跟了上来。

往前走了一会儿，右侧的树林来到尽头，视野变得开阔了。我们处在山腰处，底下是一片盆地。盆地中间还有一些小山丘，地形比较复杂，平地很少。在那仅有的平地上，点缀着田地和铺瓦的屋顶。看来那就是好见地区了。

从这里能看到的房子不到十座，虽然还没有掌握好见的全貌，但好歹是来到了目的地，让我感到压力减轻了几分。

"总之先找个村民问问比较好吧。"

比留子同学咕哝了一句，十色也点点头。虽然不知道他们的目的，不过基本可以认为我们两组人的行动相同。这里的村民说不定会问起栏杆的事，于是我们约好了光明正大地回答，不让他们起疑，然后便走进了好见地区。

可是——结果证明我们完全是杞人忧天。

因为我们把目光所及之处都走了一遍，却一个人都没找到。

二

"你……你们两个年轻人。不好意思，我们先休息一下整理情况吧。我走得脚都痛了。"

在山地走了一个多小时，比留子同学少见地示弱了。然后，她在盆地正中央的旧邮箱前放下书包，坐了上去。

她为了方便行走，穿了一双平时不穿的运动鞋。当她伸直双腿时，我看到她袜子的花纹是等间距的锯齿纹，整个人就像运动风的模特。尽管如此，她穿着一双没穿惯的新鞋，又在山路上爬高下低，似乎消耗了很多体力。

"什么年轻人啊，我们跟剑崎姐也没差多少啊。"

十色也露出疲惫的笑容，原地蹲了下来。太阳被遮住了，空气愈发寒冷，我们都吐着白色的气息。

四个人分头走过山路和田埂，查看了十二座房子。有的房子被山丘阻隔，只能绕远路过去，有时候前面又有好几条分岔路，让人不知如何选择。我感觉能找到的人家我们都去过了，但是毫无成果。我们不仅是按门铃，还拍了门，甚至挺大声地叫过了。可是每座房子都大门紧闭，窗户上嵌着挡雨的木窗，没有人的气息。

当然，我们寻找的设施也没有踪影。

"莫非这里的人冬天都出去打工了？"

我之所以这么想，是因为好几个人家的车库都空着。那就是说，这里的人把车开出去了。可是如果要开车，就不可能竖起禁止进入的栏杆。因为每次进出都要移动栏杆，还要重新拴上绳子，实在太麻烦了。如此看来，开出去的车可能有一段时间不会回来。

十色他们纷纷点头，表示"原来如此"，比留子同学却把双手插在蓬松的羽绒服口袋里，将鼻子埋在黑色大号披肩围巾底下，用"雪人形态"陈述了否定意见。

"这里的田地和家庭菜园直到最近还有人打理，而且还有一些作物尚未收割。很难想象那些都被扔下不要了。"

"莫非是碰巧有事出去了？"

"这一带的人同时离开？就算是这样，我觉得也没必要把房子封得这么严实。"

我总感觉十色在用湿润的眸子注视着比留子同学。那是崇拜的目光吗？

"原来你还想到了这些啊。我们就只知道一门心思地找人。"

"再怎么发挥想象力，没有人也毫无意义啊。"

茎泽呛了一句，被少女瞪了一眼就闭上了嘴。真厉害。

不管怎么说，在找到我们要找的设施之前，这就是一个神秘的集体失踪事件。说到集体失踪，我就想起了船员与家人全部消失，被人发现独自在大海上漂流的玛丽·赛勒斯特号事件。不，这次应该是加拿大北部大约三十名因纽特人集体失踪的安吉科尼村事件吗？如果用推理小说来比喻，那就真是《无人生还》了……

就在那时，十色瞪大眼睛指着我们走过的山路：

"快看！那是不是第一号村民！"

几张疲惫的脸齐齐转了过去。她手指的方向，出现了一个正从山上下来的小个子人影。那人身上穿着黑色的机车夹克，可能是男性。我们之间距离约有百米。总之，要趁他没有走进房子里，把他给拉住。

"不好意思，请等一等。"

我们边喊边往那里跑。

那人见到四个抱着大包小包的人冲过来，好像吓了一跳，但很快开口道：

"你们是这里的人？"

如果在漫画里，我们应该一头栽倒在地了。那句扫兴的话让我们停下了脚步。

"比……比留子同学！"

只有比留子同学因为打击太大，禁受不住背包的重量仰天倒下了。我一边扶她起来，一边问那个人：

"莫非您是头一次到好见来吗？"

"是啊。"

十色立刻露出了大失所望的神情，茎泽还露骨地叹了口气。那人轮番看着我们，吐露了心声：

"你……你们干吗对我这么失望？"

穿机车夹克的男人看起来有二十五到三十岁左右，自称王寺，还挠了挠被压出头盔痕迹的头发。他个子稍微高于比留子同学，放在一个男性身上显得有点矮。白皙的皮肤、迎风摇动的麦穗色头发，不像日本人的高鼻梁甚至透着优雅气质，是个很帅气的男人。

"我出来遛车忘了加油，结果没油了。这荒山野岭的也找不到加油站，就想找人卖一点给我。"

他说他把机车停在了山路前方，还跟我们一样钻过"禁止入内"的栏杆走到了这里。

我们对他说明了这里根本找不到人的情况，他疑惑地皱起了眉。

"那可奇怪了。如果是真的，我会很头痛啊……"

所有人一言不发，茎泽咕哝了一句：

"现在的情况很像杉泽村啊。"

他又说这种硬核的话了。

"叶村君，杉泽村是什么？"比留子同学杵了杵我的胳膊。

"那是很久以前流行的都市传说。一个村民把全村的人都杀了，村子就此荒废，那个地方都从地图上消失了。然而有人在山中迷路，出于偶然走到了那里，结果故事就传出去了。"

当然，也有人说那并不是真实存在的村庄，而是以某部小说作为源头的架空故事。

茎泽可能以为自己的话题被接受了，说得更加起劲。

"那个村子现在成了恶灵的栖息地，到里面去试胆的人要么发狂，要么音信全无。"

"喂喂，别说了啊！"

王寺可能不太敢听怪谈，露出了惊恐的样子。

"茎泽君，少说点没用的话。"十色烦躁地打断了他。

离巴士发车还有将近两个小时。我们再次结伴寻找这里的村民，然而比留子同学和十色他们都认定不会有新发现，走起来脚步沉重。

与此同时，王寺在山丘上那座房子的车库里发现一辆机车，敲着玄关门喊了几声，还是没有回应，便露出了一脸遗憾的表情。

"没有钥匙就打不开加油口啊。"

他摸着机车说。

"你在干什么？"

背后传来一声怒吼，王寺和我们几个都吓得跳了起来。回头一看，我们刚走过的那条路上出现了三个人，一男一女，还有一个孩子。

"你们几个不是这里的人吧。在别人家里干什么呢？"

年轻女人身穿鲜艳的胭脂色大衣，语气尖锐地逼问道。她脚下是一双红鞋，连头发都染红了。这人全身上下只有手上那束报纸包着、貌似供花的菊花颜色比较收敛……我想到这里，发现她指甲都涂成了红色。

"别误会，我只是想买点汽油。你们是这家的人吗？"

王寺尴尬地辩解道。

比留子同学可能认为"我们来找神秘机构的实验设施"没有这个话题好，便加入了他的阵营。

"我们一直在找这里的村民，可是好像每座房子都空了，正在为难呢。"

十色和茎泽在她身后连连点头表示赞同。

"我是这个地区的'前村民',今天只是过来扫墓的。原来的房子我也不要了。不过所有人都出门了是怎么回事?那个碍事的栏杆也是你们干的吧?"

女人还在警惕地环视四周,可能感到周围确实没有人的气息,不一会儿就露出了困惑的神色。照她的说法,平时好像不存在那个禁止进入的栏杆。

自称原村民的红色女人看上去二十五岁左右,瓜子脸、双眼皮,容貌堪称美丽。不过可能是我有偏见,总感觉她夸张的服装颜色和浓妆都透着陪酒女的气质。她身后那个五十岁上下的男人体形圆润,脸大眼小,抿成一条直线的嘴巴看着就很顽固。他穿着一身貌似礼服的西装,外面披着皱巴巴的夹克衫,看着像是刚从守夜仪式或葬礼上回来。他背后藏着一个小学低年级的男孩子,应该是他儿子吧。

不过一身红的艳女与胖男人应该不是夫妻。他们年龄相差很大,两者又隔着一段距离,那应该也是他们心灵的距离。

红女人可能注意到了我的视线,叹了口气。

"我在山上开车,看到他们抛锚了,就顺便拉过来了。这一带不通手机信号,要是找不到固话,连 JAF[1] 都叫不到。"她解释了一句,然后转向比留子同学,"你们真的去过所有房子了?"

"可能不是全部,不过已经看了十几家。现在这个时期,应该不

---

1. 指日本自动车联盟,主要提供故障救援等服务。

是什么特别活动，或是出去打工吧？"

"怎么可能？"

红女人斩钉截铁地否定了，然后用手支着下巴想了想，很不情愿地继续道：

"先见大人那里……底无川对岸的房子看过没？"

我和比留子同学对视一眼。我们并没有看到河川，那到底是哪里？

只见一直保持沉默的两个高中生有了反应：

"你刚才提到先见了？"

"那个人果然在这里！"

既然说了"果然"，看来他们的目的就是找到那个叫先见的人。

不过，"先见"这两个字……莫非是"先知"吗？

我心中涌起某种预感。

"你们找先见大人有事吗？"

艳女的声音多了几分凶险。十色听出了异常，马上含糊其词：

"也不算有事，就是想见上一面。"

"我不知道你们想干什么，如果只是好奇，我劝你还是算了吧。不会有什么好事。"

女人毫不客气地说完，王寺出来替两个不知所措的年轻人打圆场了。

"如果这里还有人，能不能给我也介绍一下？我真的很为难。"

"我……我也拜托您了！"

被十色这么一带，茎泽也低下了头。

尽管如此，艳女还是踌躇了一会儿，最后才妥协了。

"真没办法。反正那边跟我家墓地顺路，不过你们先报个名字吧。我叫朱鹭野秋子。"

听从朱鹭野的要求，我和比留子同学、茎泽和十色，还有王寺依次做了自我介绍。

茎泽名叫忍，十色名叫真理绘，王寺名叫贵士。

最后是那对父子的自我介绍。

"我叫狮狮田严雄，是大学的社会学教授。这是我儿子纯。"

那个叫纯的男孩躲在父亲背后，目不转睛地看着比留子同学，听到自己的名字就低头行了个礼。

"我机车上还有贵重物品，先去取过来。"

王寺转身要走，朱鹭野白了一眼。

"这种大乡里没人会顺手牵羊，你就放那儿吧。"

话音未落，朱鹭野就摇晃着一头红发走在了前面。

我们跟在红女人——朱鹭野身后走了一段，经过了一座小山下的两间房子。那是我们已经看过的房子，不过她绕到了后面，原来后院前方还有一条通往深山的横木台阶。刚才我们看漏了。

按照朱鹭野的介绍，越过这座小山就是底无川，过了桥就能找到那个先见住的地方。

"又是山路啊。"

除了纯以外，年纪最小的茎泽垂头丧气地咕哝着，十色慌忙压低声音逼问："那你留下来？"

途中，我们经过了能够俯瞰好见整体的山腰，那里有一座排列着墓碑的墓地。朱鹭野在其中一块墓碑前快速洒扫完毕，又走在了一行人前面。比留子同学对她说：

"真不好意思，难得您过来扫墓，却要麻烦您给我们带路。"

朱鹭野只是瞥了她一眼，小声说："没关系，那只是走走形式的习惯罢了。"然后提高音量换了个话题。

"这在你们眼中恐怕只是个滑稽的秘境吧。你们知道为什么这种地方住着人吗？"

走在我前面那个体形圆润的狮狮田很不高兴地回答：

"恐怕是以前平家逃出来的分支吧。这种事情全日本都能听到，一点都不稀罕。"

"嗯，是啊。"朱鹭野也百无聊赖地点点头，"这里好像很久以前就有个小村庄，战败的武士们逃到此处，为了藏身，就在底无川另一端建起了另外的村落。我从小就听说他们以林业和烧炭为生呢。不过在我父亲出生之前，那个村子就没了。"

后方传来茎泽困惑的声音：

"你……你等一下啊。那个叫先见的人不是住在那里吗？"

"敬语。"十色马上叱责道。

"……请问，不是还有这么个人吗？"

他们与其说是前辈和后辈，不如说更像姐弟关系。

"先见大人是村子荒废之后才来的。现在只有她住在那边。"

"那个村子叫什么名字？"比留子同学问。

"真雁。我们用那个名字的谐音给先见大人的住处也起了个名字。"

朱鹭野转过头对我们说:

"魔眼[1]之匣。"

三

我们在朱鹭野的带领下走上山路,前方是陡峭的悬崖,下面很深的地方有一条河。河水湍急,打在突起的岩石上激起飞沫,撕裂了河面。

走下悬崖边弯弯曲曲的小路,眼前出现了一座桥。狮狮田的儿子纯有点胆怯地说:

"要从这里过去吗?"

也不知道这座桥是什么时候建的,整体为木制,只有一辆小型汽车通过的宽度,上面的木头都发黑了,从我们站的地方也能看到桥板布满裂缝。这要是在电影里,肯定一踏上去就要塌掉。

然而他父亲愤愤地"哼"了一声:

"怕什么,过去几个人肯定不会塌。真是瞎操心。"

看来这个叫狮狮田的大学教授有个习惯,就是每次一开口都要追加一句讨人厌的话。

纯愣在原地,王寺拍拍胸口安慰道:

"没关系,大家一起过去就不害怕了。"

---

1. "真雁"与"魔眼"发音皆为"*magan*"。

可是纯毫不客气地说：

"大家一起过去更重更可怕啊。还有，那是行人闯红灯时说的话，所以我才不要。"

被小学生顶回来的王寺耸耸肩，狮狮田则拧着嘴说："就你能说会道。"随后父子之间开始了"过去""不要"的往返。

我正琢磨干脆抱起他走过去更快吧，却看见比留子同学走了过去。

"没关系的，你看。"

她故意蹦蹦跳跳地走过两人身边，在桥中间伸开了双臂。

"纯君，过来吧。"

可能比留子同学毫无保留的笑容消除了他的恐惧，少年不再闹别扭，而是扔下父亲跑到了她身边。狮狮田见状，气哼哼地说："见风使舵的小玩意儿。"

我平时见惯了冷淡的比留子同学，此时看着她笑容满面地哄小孩子，不由得感到心情复杂。

十色在旁边用憧憬的目光看着她，还陶醉地说：

"剑崎姐真好啊，又漂亮又温柔，究竟要吃什么才能变成她那样呢。"

"要不我也闹闹别扭吧。"王寺打趣道。

"别说傻话了，快走吧。"

朱鹭野快步走了过去。

我眺望着脚下轰然奔流的底无川，走过桥后，发现两侧都是山体陡峭的斜面，头上则是郁郁葱葱的树木。昨天可能下过雨，地面落满了湿漉漉的落叶，散发着闷人的气味。

刚走没几步，前面的纯就指着一个东西叫了起来：

"快看，那座房子好破啊！"

道路两侧陡峭斜面的上方五米左右出现了几座废弃的房子，有一半都埋在落叶里，只勉强保留着房子的外形。这里是不是落难武士的后裔曾经居住的地方呢？

走在旁边的比留子同学把脸凑近斜面看了看。

"原来这是人工堆砌的石墙啊。"

果然如她所说。斜面几乎被泥沙掩盖，很难发现这个事实，不过从泥土的缝隙看进去，就能看到规则堆砌的石块。

"是不是为了盖房子而加固地基啊？"

"也可能是为了防止山坡滑塌。"

"那个叫先见的人还住在这种地方吗？"

可能是没看到能住人的房子，狮狮田警惕地问了一句。然而走在前面的朱鹭野只是回头看了一眼，并没有回答。她的意思好像是：你跟过来就知道了。

就在那时，走在她身后的王寺惊讶地叫了一声：

"那是什么？"

视线前方的山路终点，有一片貌似广场的开阔地区。那里左右有山，深处是岩壁，前方则是一片网球场大小的菜园。再往里看，就看到了跟前面的废弃房屋截然不同的、形状单调的建筑物。

魔眼之匣。

我们走到那里，抬头看着建筑物。

这的确是一座堪称匣子的房屋，丝毫没有设计概念，就是一个略微扁平的水泥盒子。在长年累月的风雨侵蚀下，外壁每个角落都覆盖着黑色的霉斑和暗绿色的苔藓。

"你们不觉得很奇怪吗？"

十色的声音微微颤抖，仿佛在害怕。

不仅是她，眼前这座房子散发着异样的氛围，把在场所有人都镇住了。

房子宽约二十米，却看不到一扇窗子。与其说是住宅，不如说更像仓库。这就是为了抵御外部入侵、守护内部事物的房子。

太不同寻常了。

正因为如此，我更加确信这就是我们的目的地。

我瞥了一眼旁边，发现比留子小姐也盯着房子，毫不掩饰警戒心。如果这真的是跟班目机构相关的设施，那里面不知会有什么样的危险等着我们。

不过也有人说出毫无紧张感的话来。那就是茎泽。

"这里可太厉害了……"

他兴奋地要绕到房子侧面去。

然而下一个瞬间，他就"哇"的一声，吓得跌坐在地上。

原来房子阴影里突然冒出了一个黑色人影。

那是一个身穿黑色连衣裙的纤瘦女性。看到那个人，朱鹭野顿时慌了。

"神服姐，你这是……"

因为她抱着一杆猎枪。所幸枪口并没有对着我们。那个被唤作神服的女人看了看跌坐在地的荃泽，然后看了看我们。

"你不是朱鹭野家的……秋子吗？真意外啊，没想到你竟然回来了。"

她的声音很沉稳，年龄看起来比朱鹭野稍长，三十岁左右。长长的黑发被胡乱地束起来，衬着白皙的皮肤，俨然日本画里的女幽灵。那是个小鼻子小嘴、有点狐狸眼的美人。

"我只是过来扫墓的。话说回来，你拿着枪干什么？"

朱鹭野抱怨了一句，神服看向菜园小声说：

"有熊。"

仔细一看，菜园里的作物被扯得到处都是，茎叶散乱，连土地都布满了不自然的凹凸。

"那是熊的脚印。可能是冬眠之前找不到吃的，就下山来了。"

"哦，我看看？"

王寺自来熟地走到神服旁边，蹲下了身子。

"这就是熊的脚印？你真清楚啊。那就是说，现在也有熊在附近晃悠啦？"

"好像回山里去了。不过这几年目击到的次数越来越多，还是小心为上。"

王寺把目光转向她手上的猎枪。

"我还是头一次见真家伙，不过比想象中的小啊。这东西能打得过熊吗？"

"因为是霰弹枪，所以比一般步枪要小。它本来不是用来对付大型野兽的，不过我现在用的是单发弹。"

"原来如此。我以为霰弹枪就是打出很多小小的弹丸，原来子弹也分种类的啊。"

王寺继续亲密地闲聊，然而神服好像对这个连自我介绍都没有就厚着脸皮贴上来的人有点厌烦。

"她是什么人？"

比留子同学小声问了一句，朱鹭野却故意大声回答。

"这位是照顾先见大人生活的人。以前她的亲戚住在好见，她从那个人口中听说了先见大人的事，就感觉到了侍奉先见大人的宿命。当时我还住在好见，应该是五年前吧。她丢下了东京的工作，专门搬到这个荒凉的地方来，真是不知道说什么好。"

说完，她转过头去意味深长地看着神服。

"不管别人怎么想，每个人都有选择活法的自由。不管是丢下稳定的工作搬到乡下，还是趁父亲死了就离开乡下，还染成红发。"

朱鹭野可能被戳中了痛处，脸都涨红了。

"你总是这么小看人！"

她刚喊到一半，就想办法控制了自己。

看来这两个人不仅外表截然相反，关系还一直很不好。

"话说回来，好见的人都到哪儿去了？路上还有块'禁止入内'的牌子，到底是什么意思？"

"除了我以外，所有村民几天前就离开了村子。"神服面无表情地回答。

"出什么事了？"

"还没有出事。"

那是什么意思?

我们不明白她为何用这种含糊其词的说法，正感到无奈又困惑，而朱鹭野的脸色却突然变了。

"难道先见大人……"

她猛地闭上嘴。神服见状，淡淡地回答：

"要是你想知道，就直接去问吧。现在正好……"

"你们够了吧。"

一直在后面听他们说话的狮狮田终于忍不住插嘴了。

"从刚才起就在绕弯子。虽然我出于立场这么说话很不好，但我还是要说，你只要把电话借我打一下就完事了。"

随后，一行人各自表明了想要汽油、想见先见的意愿，神服则说："我先把你们带进去吧。"然后便走了进去。

朱鹭野依旧站在原地，比留子同学问了一句"你不进去吗"，她才不情不愿地走了起来。

神服站在巨大的水泥匣子前面，拉开了双开铁门的其中一边。

首先映入眼帘的是肃杀的门厅。眼前只有一条迂回的走廊。

"不用脱鞋，不过请把鞋上的泥土抖掉。"

我满心希望里面有暖气，然而走进去一看，发现温度跟外面没什么区别。室内果然没有窗户，只有右侧走廊深处漏出的一点光。看来这里只有最低限度的电灯。走在前面的神服用毫不犹豫的动作按了几个开关，走廊的荧光灯亮了起来，视野顿时清晰了许多。

目光所及的墙壁都只有水泥和白色涂料，被荧光灯这么一照，反而更冷了。

我们进来的右手边有一扇前台窗口，前面装饰着四个貌似模仿了西方精灵、大约两个拳头大小的绿色毛毡人偶。人偶应该代表了春夏秋冬四季，从左边开始各装饰着樱花、草帽、红叶和雪花结晶。这几个人偶看着像手工制作，跟建筑物的氛围格格不入。

此时，右侧走廊上出现了一个中年男人。他穿着布满刺绣的夹克衫和褪色的蓝色牛仔裤。因为头发稀疏，还有点驼背，看起来比较显老，其实可能才四十岁左右。要是这里是弹子店门口，恐怕没有人比他更融入环境了。

"神服小姐，你听我说啊。那部电话打不通了，是不是坏掉了呀？"

男人愤愤不平地说着，一看到挤在入口处的我们几个，整张脸马上拧出了笑容。

"这是怎么啦，这么多人。观光团？不，不对。这么荒山野岭的，应该是遇难团体或集体自杀的人吧。"

他在本地居民神服面前大放厥词，然后兀自抖动肩膀被自己逗乐了。就算是开玩笑，那也太没道德了吧。我立刻把这个初次见面的男人放进了心里的"讨厌"盒子，决定尽量不跟他扯上关系。

"电话打不通？我问你，这到底是怎么回事？"

狮狮田追问道。

"没什么怎么回事。"那人从屁股兜里掏出一个挂着车钥匙的翻盖手机，耸了耸肩，"我想跟公司汇报来着，结果这玩意儿不顶用了，所以想来借用座机。可是那部电话也不嘟也不嗡的。神服小姐，那电话该不是要塞硬币才能用吧，还是说要从某个角度劈上一掌？"

他装模作样地摆出手刀，又兀自笑了起来。这人连动作都这么讨人厌。我默默将他扔到"特别讨厌"的盒子里，却被旁边的比留子同学敲了敲背。她一边点头，一边嚅动着樱花色的嘴唇，好像在说"嘘"。看来她发现了我脸上的烦躁。

神服对那人的言行不为所动，而是回答："打不通了吗？"

"我走了！"

朱鹭野突然在背后喊了一声。

她表情僵硬地朝门口退去。不知为什么，她刚才强硬的态度消失得无影无踪，眼中还露出了胆怯的神色。

"你听到了，电话用不了。我们再待下去也没有意义。"

她试图说服狮狮田父子，但狮狮田好像还不愿放弃。

"等等，那可能只是很简单的故障。总之，先带我到电话机那边去。"

"我载你到能用电话的地方不就好了。"

"能在这里解决的事情，就在这里解决。这样更合理，不是吗？"

两人争辩起来，就在那时，纯战战兢兢地开了口。

"我想上厕所。"

两人顿时泄了气，停止了争执。

随后，神服便轮番看着被冷落在一边的我们几个，开始圆场。

"站在这儿也不好说话，我先把各位带到里面去，然后再说事情吧。"

大家都跟着神服走了进去，只有朱鹭野顽固地抗拒道："我在这里等着。"实在没办法，我们只好让她留在门厅，一行人走向了右侧的走廊。

"啊，好漂亮……"

仿佛为了打破阴郁的气氛，十色感叹了一句。原来她看到了走廊尽头墙边的素雅花台。那里摆着一只花瓶，里面装饰着黄色的花木。有许多分杈的木枝上开满了珠玉似的小小花朵，很是华美。

"那是神服小姐插的花吗？"

走在前面的神服回过头来，露出了一丝微笑。

"那是后院栽的植物，名叫欧石楠。那边还有一瓶白花。要是不装饰点东西，这里就太单调了。"

说着，她指向了已经在我们背后的左侧走廊尽头。那里的花台上确实摆着一瓶白花。

"那刚才的毛毡人偶也是你放的吗？"

我询问了前台窗口那四个人偶。我是想问那些是否也为了缓和这里的单调，但神服好像理解错了，摇摇头回答道：

"那是好见村村民出于爱好制作而成的，让我给要过来了——来吧，这边请。"

我们被领到了走廊向左拐第一个房间。里面开着暖气，非常暖和。L形房间里摆着两张大桌子，内侧还有个用吧台隔断的开放式厨房。吧台上摆着一台电饭煲，正咻咻地冒着水蒸气。看来这里是餐厅。

房间门口有个电话台，上面摆着一部按键式的有绳电话。狮狮田拿起听筒听了一下，又按了几下按键，重复几次之后，便摇了摇头。

"电话不通。一点声音都听不到，所以不知道是电话机的问题，还是线路问题。"

"唉，真是太不走运了。"

王寺耸了耸肩。虽然他的动作很做作，但竟不会讨人厌，难道是因为他很有男人味吗？

我和比留子同学在旁边对视一眼。刚到这里电话就不通了，这真的只是巧合吗？

我们围桌而坐，一言不发。此时中年男人笑眯眯地开始发问了：

"对了，各位怎么会到这里来？"

比留子同学凝视着他，笑着回答道：

"我们各有各的理由，我是看到你们的文章才过来的。《月刊亚特兰蒂斯》的记者先生。"

上来就是一记重拳。

不仅是他，连我们都惊讶地盯着比留子同学。

"我……我跟你在哪儿见过？"

"请你不要这么惊讶，其实有一半是我的直觉。那辆停在栏杆空地上的汽车，用的是租用车行业专用的'wa'字头车牌，因此极可能是租来的。如此可以认为，那辆车的司机不是好见村村民。那么，比我们先一步到达的你就是司机的最恰当人选。由于租用车比私家车保养得更仔细，所以很难想象是因为故障停在了那里。也就是说，那辆车的目的地就是好见，或是这个旧真雁地区。而且你刚才还说了'跟公司汇报'。你没有说联系，而是用了'汇报'这个词，证明到这里来其实是工作的一部分。"

比留子同学有力的推论让狮狮田和王寺都惊呆了。

"还有一点。车牌上标注的地名是我们所处的 w 县，这显得有点奇怪。因为租车的目的通常有三个：

"一、没有车的人要用车。

"二、在搬家等特殊场合需要合适的车。

"三、因为旅行等目的要到远方去。

"你把车钥匙挂在了手机上，所以第一点可以排除。你租用的那辆车是普通车辆，则第二点基本上也可以排除。现在只剩下第三点，就是你从远方乘坐飞机或电车过来。至少应该在这个地域范围之外。综合以上几点，可以推断你是为了工作才来到了这个根本不是风景名胜的深山里。没有人会到这种人烟稀少的地方来跑业务，而且你没有使用智能手机，而是老式翻盖手机，可见工作上要经常用到电话。于是我就推测，你可能是来自首都圈，到这里来采访那个'先见'的记者。虽然这不是唯一的答案，但我认为是最自然的解答。"

中年男人呆呆地张大了嘴，不一会儿就咕哝着"厉害，太厉害了"，然后从夹克口袋里掏出名片，只递给了比留子同学。

"有一位这么年轻的女性读者，看来我们也还算不赖啊。您好，我姓臼井，其实是个编辑，不过在我们杂志社还要兼任记者。"

臼井赖太。

他的名片上用明朝体大大地写着头衔——"久间书房 月刊亚特兰蒂斯 编辑"。不过我感觉，要是真想获得别人的信任，绝对应该把杂志名去掉。

"搞文字的吗？"

狮狮田苦涩地咕哝道。

"不会吧，真的是《月刊亚特兰蒂斯》的人？前辈，就是我上回给你看的杂志啊。"

茎泽在后面听到对话，兴奋地对十色说道。他还这么熟悉杉泽村的都市传说，看来此人应该很喜欢灵异现象，而且是《月刊亚特兰蒂斯》的读者。

王寺没能理解对话的内容，提出了疑问。

"那篇文章是说什么？"

臼井把《月刊亚特兰蒂斯》编辑部收到的神秘信件，后来连续发生了信上提到的事件，以前貌似存在一个进行超能力实验的组织这些情况都说明了一遍。

"后来我查到，展开实验的村庄好像就是这里，就过来取材了。"

面对臼井自豪的言辞，王寺只含糊地应了一声。至于狮狮田，他可能觉得此人不值得认真对待，直接不予理睬。

我提出了疑问。

"文章上说寄信人身份不明，那臼井先生你是怎么找到旧真雁地区来的？"

难道像我们一样请侦探了吗？

臼井笑着摇了摇头。

"不行不行，那可是企业机密……虽然这么说有点夸张，不过毕竟是后续报道的亮点啊。抱歉。要是你在社交网络上把话传开，我肯定要被扣工资了。本来工资就够微薄的。啊，我可不是故意用'臼井'和'微薄'的谐音 [1] 哦。"

说完，他又兀自笑了起来。

比留子同学在我旁边烦躁地叹了口气，我便轻轻拍了几下她的背部。

"不过这儿毕竟是一片导航上只显示出山地的地方啊。我今天一大早就在周围转悠，好不容易找到了这里，人家却说见不到先见大人，坚持要我回去。我赖了两个小时，她才好不容易答应帮我传话了。你们也要感谢我哦。"

原来如此，刚才神服说"现在正好"，指的是臼井要跟先见碰面啊。

没过多久，神服就带着纯走进了餐厅，狮狮田马上站起来。

"我们只能请朱鹭野小姐帮帮忙了。先告辞了。"

纯连歇都没歇上一会儿，露出了略微厌烦的表情，不过离开时还是朝比留子同学挥了挥手说"拜拜"。比留子同学也朝他挥了挥手。

他们的背影消失在玄关方向后，神服说："那么，有谁希望面见先见大人？"臼井迫不及待地站了起来，我们也跟着走出了餐厅。这让王寺没有机会说他只想要点汽油，不过他好像也有点好奇，就安静地跟了过来。

走出餐厅，我们转向左边，朝玄关的反方向前进。很快又往右拐了个弯，前方出现一道木制的拉门。神服在那扇门前停了下来。

"喂，你们不来吗？"

1. "臼井"与"微薄"的原文"薄い"发音皆为"usui"。

走在最后的王寺喊了一声。我回过头，发现十色和茎泽没有跟过来。

"啊，你们先去吧，我们马上过去。"

餐厅方向传来茎泽的声音。他们的目的应该是跟先见碰面，这会儿又在干什么呢？我有点好奇，但臼井却很着急地说"不能让先见大人久等"，于是神服便隔着门问了一声。

"失礼。我把访客带过来了，不过比刚才人数有所增加。"

里面传来模糊的声音，好像在说"请进"。

拉门有点陈旧，滑动性不是很好，只能咔嗒咔嗒地分两次拉开。

里面是个十三平方米左右的和式房间，正对入口有一张书台，对面坐着一个老年女性。

这就是先见吗？

先见穿着一身巫女或行者模样的白衣服，袖口露出的手腕极为瘦削，似乎只有一层皮包着骨头。白发软绵绵地搭在脑袋上，脸上布满了深邃的皱纹，唯独陷在黑眼圈里的两只眼睛像盯上猎物的猛禽一般锐利地看着我们。

书台上也摆着一瓶刚才在走廊上看到的白色欧石楠花。右侧还铺着一床没收拾起来的被褥，可以推测先见一天要卧床很长时间。左侧摆着低矮的衣箱和小巧的梳妆台。房间的光源只有天花板上那个有点模糊的荧光灯，以及应该是用作换气的通气口。

"真是不惜命。"

先见的声音极其沙哑，仿佛是从地底爬出来的。

"我都奉劝你赶紧离开了。"

一上来就是充满敌意的话语，我忍不住屏住了呼吸。得到奉劝的只有臼井一个人，我们本来并不知情，不过看这个样子，先见并不欢迎我们。

臼井并不理睬先见的话语，擅自在她对面坐了下来。

神服正要说话，先见却双手撑着书台，猛地探出弓起的背部咳嗽起来。她的样子十分痛苦，全身都在剧烈颤抖。

神服马上走过去轻抚她的背部，然而咳嗽迟迟停不下来。这个老人是否生病了呢？好不容易等咳嗽平息下来，先见大口喘着气，对背后的神服说：

"奉子女士，今天就这样吧。"

"可是……"

"你没必要再留下来陪我。下个月再来吧。"

奉子好像就是神服的名字。她在恢复平静的先见催促下，恭敬地行了个礼，也不对我们说明情况，就拉上了沉重的拉门。

先见没有说"明天"，而是说"下个月"再来，这让我有点在意。今天是二十八日，难道说剩下这两天她都不用过来吗？听朱鹭野的话，神服是好见村村民。莫非有什么内情吗？

"你们要在那里戳到什么时候？"

在先见的斥责下，我们纷纷坐了下来。

"三十分钟，我只给你们这么长时间。"

先见说完，坐在最前头的臼井就略显不满地回头看了我们一眼。他可能想取材，希望无关人士到外面去，不过先见一点都不打算照顾他的想法，于是臼井也不再坚持了。

"我是久间书房的臼井。请允许我开门见山地提个问题：据说先见女士在这片地区从事，呃，先知工作。这是真的吗？"

他的说法很奇怪。什么叫从事，难道那是医生或护士这样的职业吗？要是对方回答"是的，托您的福，我生意很好"，那就要笑死人了。

老人正要开口回答，却被记者拦住了。

"啊，不好意思。"他拿出一支录音笔，"这个对话我要录一下音。"

这人简直太随便了。老人叹了口气。

"管我叫什么是别人的自由，不过自从近半个世纪前来到这里，我一直就好见发生的事故和轰动世间的大事件向人们发出忠告。仅此而已。"

这相当于她承认自己拥有特殊能力了，不过先见的表情异常平静，并没有夸张和说谎的样子。反倒是一直在感叹的臼井更像在演戏。

"将近半个世纪前！那也就是说，你确定可以预见未来啦？"

"那跟用眼睛看东西很不一样。事件的残片不会寄托在映像或文字中，而是作为信息直接被我接收到。"

我虽然不太明白，不过那应该是跟我们平时所见所闻不太一样的感觉吧。

"不过您的预言已经灵验了很多次，对吧？那是从小就有的能力吗？"

先见正要回答那接二连三的问题，可是刚开口就再度咳嗽起来。

"您没事吧？"比留子同学撑起身子，却被她抬手拦住了。随后，她反问道：

"你们究竟是怎么知道我的？请先回答这个问题。"

由于话题迟迟无法推进下去，臼井好像有点烦躁，松开正坐的双腿，然后盘在一起，把刚才对王寺他们说的话又重复了一遍。

四月，编辑部收到一封寄信人不明的信件。后来，信上提到的大事件——大阪楼房火灾和娑可安湖集团感染恐怖袭击都一一发生了。九月，编辑部收到第二封信，上面写着有人在 w 县某个偏僻村庄进行超能力实验。

"到此为止就是杂志上刊登过的内容，不过那封信还有下文。"

我和比留子同学都十分好奇地听着他的话。只见臼井从包里拿出一个透明文件夹，将里面的信纸复印件摆在书台上继续道：

"信中给出了这里的地址，指示我们今日前往。还有一点……"

先见读出了信纸上的那部分内容。

"……'先见宣布了新的预言，又有人要死去。务必要将那个被诅咒的女人断罪'。"

"你被人写成这样，肯定不能无视吧。"

新的预言、被诅咒的女人、断罪。

"原来如此——那你们呢？"

听了先见的问话，比留子同学无比流畅地说了个即兴的设定——我们是大学超常现象社团的成员，看了《月刊亚特兰蒂斯》的文章，对预言产生了兴趣，通过自己的门路好不容易找到了这个地方。她没有提到我们是娑可安湖事件的当事人，更没有提起班目机构的名称，因为她不想贸然把这个名字传出去。

"不过，你们只靠杂志文章，竟能找到这里来啊。"

臼井惊叹地看着她，比留子同学则笑着搪塞道："我们花了不少钱调查呢。"最后王寺有点不好意思地说"我只是骑机车到附近，正好没油了"，臼井根本没理睬他，而是指着信纸说：

"如您所见，这封信把您说成了'被诅咒的女人'，还要对您'断罪'。这与其说是告发，不如说是恐吓了。寄信人说不定盯上您了。"

他可能想让先见配合自己的采访，故意用了引起不安的说话方式。

结果先见说出了意外的话。

"那应该是好见村村民写的信吧。楼房火灾和恐怖袭击的预言，都是我以前对好见村村民说的。"

"为什么这里的人要写这样的信？"

先见拿起茶杯润了润嗓子，然后叹息道：

"这都是那帮蔑视我的人做的无谓之举。无非就是想把你这个记者叫过来，给我的预言挑刺罢了。他们明知道那样做并不能改变命运。"

"那也就是说……"臼井舔舔嘴唇，语气更坚定了，"我可以理解为信上说的话真实无误了，对吧？你拥有预言未来的能力，而这座设施曾经是一个 M 机构研究超能力的地方。"

"我不打算透露那个机构的事情。"

"那可为难了。我们又不能毫无佐证地就乱写文章，能请您现在预言一下明天什么地方会发生什么事情吗？"

先见轻叹一声，我以为她要对这个厚脸皮的要求大发雷霆，结果并没有。她露出了让我们忍不住正襟危坐的严肃目光，静静地说：

"本来我应该责备你，这不是表演给人看的东西。不过正如信上所写，我已经向好见村村民宣告了一则预言。不管告不告诉你们，结果都不会改变。"

"预言的内容是什么？"比留子同学问。

先见垂眼看着茶杯，如此说道：

"十一月的最后两天，真雁将有男女各二人，共计四人死去。"

在场所有人都花了一小会儿理解那句话的意义。各二人，共计四人死去？

"信不信随你们的便……这下你们知道为什么找不到这里的村民了吧？"

今天是十一月二十八日，从明天开始就是十一月最后的两天了。她嘱咐神服"下个月"再来，就是因为这个吗？

臼井可能没想到竟会是这样的预言，挠着头翻开了记事本。

既然话已经说开了，我突然想起了十色和茎泽不在这里。他们来找先见，难道不是为了听刚才那句话吗？于是我对旁边的王寺说：

"十色他们好慢啊。"

先见毫不掩饰惊讶地看了过来。

"十色？这里还有人吗？"

"还有两个高中生，刚才留在餐厅里了。"

这时，王寺咕哝了一句：

"我走出餐厅的时候看了一眼，十色小妹从包里拿出了一本笔记本似的东西。"

我顿时回忆起巴士上的光景。她的手提包里装着素描本。难道十色正在像当时那样画画?

我跟比留子同学对视一眼。应该去看看十色的情况。可是我们不能同时离开这里,因为臼井还可能透露别的情报,而且跟先见谈话的时间有限。于是我撑起身子,示意要过去看一眼,比留子同学也点了点头。

"我稍微离开一下。"说完,我就离开房间,快步走向餐厅。

双开门紧闭着。我想起十色试图隐瞒画的事情,便放轻脚步悄悄靠近门口。幸运的是,这扇门装得很潦草,门板有一条缝隙,应该能看到里面。

我把右眼对准那条缝隙,看到了背向门口坐着的十色。桌子上散落着几根好像已经用过的彩铅。从我这个角度正好能从斜后方越过十色的肩膀看到素描本的几乎全部内容。

那上面画着大火熊熊燃烧的光景。那个黑色与褐色的平坦结构,让我首先联想到了横跨在底无川上的陈旧木桥。

十色正在跟荃泽争吵。

"为什么要逃?"十色用责难的声音说。

"那无论怎么看,都是我们刚才走过来的桥啊。要是那座桥烧没了,我们可就出不去了。时间紧迫啊。"

荃泽的声音里带着前所未有的焦虑。

"就我们两个?还得告诉其他人才行。"

"你要怎么说?那座桥马上要起火了?"

那句话让十色沉默了。

看来十色果然是趁我们离开餐厅后开始画画了，茎泽为了看她的画而留了下来。而且，他们坚信画的内容很快就要变成现实。

我没有必要再躲藏了。于是我打开门，决定听两人说明情况。他们像装了弹簧的玩具一样猛地转了过来。

"叶村哥……"

十色隐藏不住内心的动摇。就在我想开口说点什么，让她解除戒心的时候——

玄关方向传来了男人沙哑的嘶吼。

"不好了！桥……桥烧起来了！"

我们瞬间面面相觑，随即朝玄关跑了过去。狮狮田双手撑在腿上，大口喘着气。他应该是一路朝这边跑了回来。

可能听到了他的喊声，待在先见那边的比留子同学也一脸困惑地走了过来。

餐厅正对面的房间门也打开，神服走了出来。我以为她早就回了好见，原来还在这里。

"桥烧起来了？怎么回事？"神服平静地问道。

"就这么回事。火烧得特别大，根本过不去。有没有灭火器？"

狮狮田的话让一群人骚动起来。神服从门厅旁边貌似办公室的小房间里拿出了陈旧的灭火器，但狮狮田叹息道："那种小东西根本没用。"再问朱鹭野和纯怎么样了，他回答在跟桥有一段距离的地方等着。

"先去看看吧。"

比留子同学跑向外面。王寺从神服手上接过灭火器，留下一句"请交给我"，就跟我们一起跑了出去。

天空化作一片深蓝，夜幕正要降临。

我一边朝桥的方向奔跑，一边思考刚才在餐厅看到的十色的画。

十色在开往好见的巴士里画了一幅疑似巴士事故的画，不久之后画上的内容就变成了现实。我还不知道两者是否存在因果关系，也不能否定这有可能是十色和荃泽设计的圈套。不管是电视节目，还是魔术表演，只要挑明了做法，总会发现一些人如此大费周章，让人不禁感叹"至于吗"。

然而，我在餐厅目睹了那两个人的焦虑，看起来不像演戏。

"叶村君，快看！"

比留子同学刚发出声音，我也发现了。我们头顶上是点缀着枝叶阴影的蓝色天空，在阴影的缝隙间，一股浓烟翻滚起来，仿佛要将暗夜撒在整个世界表面。

"浑蛋！"我忍不住骂了一声。

然后，我们不到五分钟就赶到了现场，可是桥已经基本上烧没了，只有谷底的梁柱上还摇曳着几朵无力的残火。我们和对岸之间只剩下了大开着口的断崖深谷。

朱鹭野站在不会被浓烟熏到的远处，一脸丢了魂的模样。纯应该还没有理解眼前的状况，正担心地抬头看着她。

"我闻到汽油味儿了。最近下过雨，桥是湿的，想必是有人浇上汽油点的火。"

"桥怎么烧着了？这是怎么回事？"

被抱着灭火器的王寺一番追问，狮狮田生气地喊道："我怎么知道？！"臼井和两个高中生喘着粗气，一句话都说不上来，他们背后却传来了异常冷静的声音。

"没赶上吗？真是太可怜了。"

没赶上？太可怜？什么意思？

"你——"

狮狮田正要逼问，却见比留子同学指着对岸发出了尖锐的声音。

"你们看那边！"

她指着桥头通往对面山上的曲折坡道。我看到了茂盛的树木和落日投下的阴影之间，隐约有五六个人影在攒动。

我想起了今年夏天的光景。但现在跟当时不一样，他们并没有袭击我们的意思。

"喂，你们几个！能看见这里吧。快帮我们叫人来！"

王寺挥舞着双手，可是那些人影只是一言不发地观察着我们。不一会儿，他们就一个接一个地消失了——把我们扔在这个旧真雁地区。

由于唯一退路上的木桥被烧毁，我们只能带着混乱的心情返回"魔眼之匣"。

途中，狮狮田几乎是揪着神服追问这里有没有电话以外的方式能跟外界取得联络，得到的回答却是"这里没有那样的东西"，他只得放弃。

我一边听他们说话，一边低着头走路，突然有个人来到了我旁边。那人是个小个子，我还以为是比留子同学，却听到了意外的耳语。

"能麻烦你别把画的事情说出去吗？"

是十色。不等我反问，她就低下头说："麻烦你了。"然后就走到了前面去。原来她的画里有不可告人的秘密吗？既然如此，画画的她究竟是何方神圣？她又是为什么来找先见？

想着想着，我的左侧突然遭到柔软的冲击，我慌忙站稳了脚跟。

这回撞过来的人真的是比留子同学了。

"干……干什么啊？"

"没什么。我以为你会来问我的想法，可是等了好久，你却一直在看着女高中生出神，所以我忌妒了。"

"不对！我只是觉得她有点怪，不是，应该说……"

我明知道她在调侃我，可是看到那张不高兴的脸，我还是会心生动摇。比留子同学呵呵笑了起来。

可是——她的笑容有点异样。

感觉就像在强打精神。

四

下午六点半。

我看了一眼手表，心想这是今天最后一班巴士的时间啊。我万万没想到，自己竟会以这种形式错过巴士。

神服再一次把我们集中到了餐厅，然后走进了先见的房间，回来后这样说：

"先见大人已经睡下了。她很少跟外面的人说话，想必是累了。"

"哪能这么不负责任！"

狮狮田强烈抗议道。

"你再怎么对先见大人表达不满，也不可能凭空出现一座新桥吧。"

神服尖锐的反驳让大学教授沮丧地咕哝了一句："话是这么说……"不过，他也可能只是生气生累了。

"我想各位一定有很多事情想问，不过先吃个晚饭如何？现在马上能做好的只有半成品食物。"

神服娴熟地打开厨房餐柜，拿出几包熟食咖喱，并开始烧水。情况没有一丝好转，但仅仅因为有吃的东西，我感觉人们的不安就有所缓和了。

可是看到神服盛出来的饭，我感到了异样。

"神服女士，这里除了先见女士，还有别的人居住吗？"

"没有。除了先见大人，这里只有我这个负责照顾她的人出入了。而我又住在好见，所以很少在这里过夜。"

我的疑惑越来越强烈了。

"那些米饭，先见女士一个人吃有点多了吧？那是为谁准备的？"

我的提问让周围意气消沉的人纷纷抬起了头。

盛在盘子里的饭有一碗多，而神服已经拿起了第四个盘子，却没有做出调整饭量的动作。照她这个盛法，就需要九碗以上的米饭。而且我们初次踏进餐厅时，电饭煲已经在煮饭了。也就是说，锅里一开始就煮上了先见一个人绝对吃不完的米饭。难道是把接下来这几天的饭也一并煮好了吗? 可是刚才神服说马上能做好的只有半成品食物。一点菜都没有, 只煮这么多米饭, 实在太不自然了。

神服听了我的话, 愣了片刻, 随后面无表情地继续盛饭的动作。

"你听到先见大人的预言了吗? "

没有跟先见碰面的狮狮田一脸怀疑地皱起了眉, 十色和茎泽听到"预言"两个字猛地抬起了头, 朱鹭野则恶狠狠地说了一声:

"果然!"

"先见大人知道桥会着火, 对吧? 太过分了。要是她早点说出来, 我们就不会被困在这里了。"

"先见大人预言的不是桥着火。"

神服先驳斥了神情激昂的朱鹭野, 然后说出了预言内容:

"十一月的最后两天, 真雁将有男女各二人, 共计四人死去。

"先见大人的预言一定会应验, 所以我知道十一月的最后两天, 也就是明天和后天之前会有四人左右的来访者。而臼井先生已经到了, 于是我就多煮了米饭, 以备人数继续增加的情况。"

没有人被她说服。因为桥被烧毁, 所有人都被困在了这里, 神服的态度却过于冷静了。

王寺用紧张的声音质问道:

"难道连你也跟'那帮人'是一伙的吗? "

那帮人说的应该是疑似在桥上纵火的那几个人吧。可是, 神服仿佛在跟米饭对话一般，眼神专注着手边，摇了摇头。

"那些是好见村村民，但我没想到他们会把桥给烧掉。电话之所以打不通，恐怕也是因为他们把电话线给切断了吧。"

"什么？！"臼井声色俱厉地正要说下去，却被比留子同学抢先了一步。

"那他们白天是躲起来了吗，这是为什么？"

"当然是因为害怕预言。他们并没有躲起来，只是在这几天离开了好见，各自找亲戚和熟人投靠，准备熬过预言的日子。因为预言说真雁会死人，要是继续待在好见，说不定会被卷入其中。此外，他们离开期间，说不定会有熟人或朋友突然来访，所以那个禁止进入的栏杆就是为了防止不速之客的出入而临时设置的东西。"

"给我等等！照这么说，那个叫先见的女人为什么留在这里？她不是发出预言的人吗？"

狮狮田指着盛好饭的神服咆哮道。旁边的纯吓得缩起了肩膀。

神服依旧一脸平静地把冒着热气的咖喱摆到我们面前。我低头道了声谢。

"先见大人并没有说谁会死，而且人终有一死啊。先见大人不会恐惧或逃避未来，而是决心像平时一样生活。不过她倒是很关心我，吩咐我提前离开这里。"

她可能想把饭准备好再离开，没想到桥竟被烧毁了。

"或许好见村村民并没有故意困住各位的意图，只想断绝好见和真雁的交通而已。只要把唯一能通往真雁的桥烧掉，就无须担心有人误入这个地方了。所以他们才会等到我平时回家的时间，再把桥点燃。没过多久，被困在真雁的各位出现在桥头，想必他们也吃了一惊吧。"

"可是他们没来救人，而是直接离开了啊。"

"他们应该是意识到日期变更前不太可能把人救出来。如果只是拉一条绳索倒还有可能，然而让没有经验的人仅靠绳索移动到另一端肯定很危险。就算联系警察或消防队，至少也要等到天黑才能见到人过来，而且救助也需要时间。为了说明情况，那几个人肯定也要留在现场。这对他们来说，应该是最不希望看到的事态。"

"就因为这个？"

狮狮田说到这里，好像耗尽了所有怒气，肩膀耷拉下来。

然后是荃泽忍无可忍地喊了起来：

"那我们不就等于被他们见死不救了吗？这算非法监禁吧？为了逃避预言，甚至不惜干这种犯罪的事，简直太本末倒置了。"

"不，也不能这样说。"

回答他的人不是神服，而是比留子同学。

"如果只考虑村民的安全，他们可能不会做得这么绝。可是，万一像我们这种碰巧从外面来到这里的人真的死在了真雁，你觉得世间之人会怎么想？而且偏偏在这一天，好见村村民全都离开了。"

听到这里，我也猛然醒悟了。

"如果称其为偶然，那就太可疑了。世间之人肯定会怀疑好见的人在其中做了手脚。警方肯定也会这样想。因为他们不可能相信预言，再者，光是说出这种话，就显得更加可疑了。"

"对，村民们不仅要防止自己死掉，还要避免事后背上加害者的嫌疑。为此，他们就要让人死在自己无法出手的地方。所以他们才会把桥烧毁，断绝好见与真雁的交通。这样一来，仅仅是不明原因的火灾，他们能编出各种说法来。"

村民为了自保而舍弃了我们。这实在绝情得有些缺乏现实感，我们只能惊愕地面面相觑。

"果然是这样啊。"

愤恨低语的人是有一段时间没说话的朱鹭野。

"好见村村民一直都很恐惧先见大人的预言。只是没想到，他们竟会为了自保做出这种事来。"

她原本是这里的村民，可能隐约感觉到了好见的异变和先见的预言之间不无关系。

"太过分了。"王寺仰天长叹，"没想到竟会变成这样。我的护身符跟钱包一块儿落在机车上了啊。早知道就该一起带过来。"

"不要连你都讲这种不理性的话。"

狮狮田厌恶地说完，王寺顶了一句："信的人自然灵验。"随后是一阵沉默。

比留子同学提出"我们吃吧"，所有人才吃起了自己的咖喱饭。纯吃了一口就说"好辣"，还对父亲吐出了舌头。接着，安静的餐厅里就只有餐具的声音了。

不过话说回来——

我越是试图理解这场骚动，就越感到好见村村民受先见预言的影响实在太异常了。这个时代竟然还有人盲目相信那种超常力量吗？

然而，在一片不安的气氛中，还有一人喜不自胜。那就是《月刊亚特兰蒂斯》的记者臼井。

他拿出记事本，记下了刚才比留子同学和神服说的话，歪嘴笑着唠叨起来：

"这下事情可闹大了啊。我还以为只能听到老太婆的蹩脚预言，没想到竟会变成这种骚动。这是一个搞不好就要上全国新闻的事件，而我竟然就在现场，真是福祸同船啊。神服小姐，要是之前也有跟预言有关的事件，能讲给我听听吗？"

"我不知道。"

神服可能不喜欢听他把先见称为老太婆，态度一下就冷了。尽管如此，臼井还是对她纠缠不休，试图"攻陷"她。

"你们最好考虑考虑以后的事情哦。我可是会把这里发生的事情全都写成文章。现在的网络一下就能查出具体地点和姓名，肯定会有很多好事之徒闻风而来。要是现在不配合我，将来后悔的可是你们哦。"

怀柔不行就恐吓吗？真是个让人忍不住翻白眼的记者。王寺也对臼井产生了反感，开始指责他的态度。

"你最好别乱说话吧，记者先生。现在的信息源并不只有杂志，说不定社交网络上还会出现对你不利的信息呢。"

刚才还揪着神服不放的狮狮田也抱起胳膊点了点头说："写字的人没一个是好东西。"臼井看了一眼其他人，似乎意识到自己落了下风，便"哼"了一声，使劲挠着稀薄的头发。

"算了。不过有一点我必须问。这座房子是怎么回事？我们收到的信上还提到了神秘机构的研究设施呢。"

我和比留子同学都面无表情，把注意力全部集中在倾听上。

神服的回答很简单：

"我听说，大约五十年前，有人对先见大人和其他几名超能力者进行过研究。那个组织应该叫班目机构。"

五

班目机构秘密研究超能力的地方，是我们要找的"魔眼之匣"。今天早上我还万万想不到，最后竟然要在这个地方睡觉了。包括我和比留子同学在内，来访者一共九人，不过这里还有地下部分，房间好像绰绰有余。

"我听说当时地下设有实验室、研究室和研究对象的寝室，一楼的房间则被用作研究员的寝室了。"

神服为了迎接这天，已经把平时不用的房间打扫干净，可以供人居住。可是部分房间里的床已经老化扔掉了，现在还缺两张床。

"我没想到会来这么多人……实在是很抱歉。"

神服低头道了歉。后来决定狮狮田父子同睡一张床，那么还缺一张床。

"我睡没有床的房间吧。"

王寺爽快地说。因为他比我年长，于是我提出了轮流睡，可他却露出最擅长的微笑拒绝了。

"因为出来遛车有时还需要露营，只要有屋顶和被褥，就是天堂了。"

尽管他个子有点小，还长着一张足以媲美偶像明星的甜美面孔，但此人好像经常开摩托车出游，所以习惯了户外生活，于是我决定接受他的好意。

房子里还有个不算很大的浴缸，于是我们决定想用的人轮流使用。定好先从地下室居住者开始轮流沐浴后，我们就解散了。可能大家都觉得被关在这座可疑的房子里，彼此问候"晚安"和"明天见"有点奇怪，就简单说了句"先这样"，便各自回房了。

六

我和比留子同学被分到了一楼的房间。

虽说这里曾经是寝室，但里面只有一张简易床铺和老式灯油暖炉。整个房间只有靠近天花板的地方开了一个铁栅栏挡住的通气口，无论怎么说都称不上舒适，不过我们是主动跑过来的，所以也不能抱怨。

放下行李后，比留子同学来到了我的房间。

最先提起的话题就是今天十色他们在餐厅的行动。

"你去看的时候，他们在干什么？"

我该如何回答呢？

不，我当然不打算对比留子同学隐瞒什么事情。虽然不知道跟我们要调查的班目机构的研究是否有关，不过十色在巴士事故和木桥着火这两件事上都做出了难以理解的行动。我觉得应该就此跟比留子同学认真交换意见。

不过，十色求我不要声张的语气也十分严肃。

"叶村君？"一个疑惑的声音。

我几经烦恼，最后把自己在餐厅见到的事情和盘托出，也透露了想尽量照顾她心情的真实想法。

"是吗？"比留子同学把拳头抵在嘴边，严肃地看着地板，"从那两个人的态度来看，事件和画的一致并非偶然啊。而且十色同学还不希望别人知道这件事。当然，依旧不能排除他们自导自演的可能性。"

自导自演。就像瞅准巴士通过的时机放出野猪的推理一样，连放火烧桥也是他们干的吗？

"要趁我们跟先见讲话的时候放火烧桥再返回，这在时间上比较困难吧。而且通往木桥的路只有一条，那样会碰到先行离开的狮狮田父子和朱鹭野。"

"也有可能是用了定时装置。"

"那桥对岸那些疑似好见村村民的人影其实毫无关系？"

"他们可能只是看到浓烟，过来查看情况而已。正如神服女士所说，他们后来放弃救援，直接离开了。"

虽然不能排除那个可能性，但我也接受不了。

"那就无法解释十色在餐厅画画的理由了。如果他们的目的是自导自演，就应该当着我们的面画才对。按照当时的情况，我只是碰巧去了餐厅而已。"

比留子同学闻言，微笑着拍了两下手。

"真不愧是会长。如果是自导自演，他们还需要别人协助，而且整个计划会相当不稳定，所以可能性应该很低。尽管如此，假设是自导自演，那么应该存在下一个行动，总而言之现在只能看看情况如何发展了。我认为最应该注意的，其实是先见女士的预言。"

"接下来这两天里要死四个人吗？不过就算是先见的预言，现在也无法辨认真伪啊。"

如果要相信神服和朱鹭野的话，那么先见此前已经向村民宣布了好几次预言，并且全都应验了。上次的娑可安湖感染恐怖袭击和大阪南区的楼房火灾预言也是如此。正因为这样，人们才会恐惧她的预言，把桥烧毁，让真雁被孤立了。

可是还有另一种可能，那就是预言全都是假的，那些事件背后都有班目机构的操纵。

"真相到底怎样，其实都无所谓。"

比留子同学的话把我的混乱思绪都打消了。

"叶村君，我们是来调查班目机构的。不管预言是真是假，我们都要调查先见女士和这个'魔眼之匣'。"

原来如此。这么一想，虽说是不可抗力，但我们能住在这里说不定还是好事。

"我们有时间，明天正式开始调查吧。"

事情定下之后，我们又闲聊了大约一个小时，听到外面传来敲门声。原来是王寺来通知洗澡的顺序了。我正惊讶已经有七个人洗完澡了，却听他说臼井和狮狮田父子因为没有换洗衣服，所以决定不去洗澡。

比留子同学先洗好澡，然后我也走向了浴室。地方在餐厅隔壁，靠近房子后门的地方。这里并没有像外面的澡堂那样男女分开。

墙上装着上下各三格的架子，每个格子里都有脏衣篮。我选择了右侧上层的篮子把衣服放进去，却发现篮子边上钩着一根又长又亮的黑发。朱鹭野是红头发，十色又是短发，神服应该还没洗澡。如此一来，刚才用了这个篮子的人是——

我内心默念一句"打扰了"，然后慌忙把衣服移到隔壁的篮子去。

浴缸虽然不算大，不过洗澡水倒是很舒服。

我走出浴室，沿着冰冷的走廊快步往房间走。

来到通往我房间的拐角，我跟站在那里的人对上了目光。

是十色。

我还以为出了什么事，便停下脚步。只见她双手交叠在身前，低下了头：

"那个，谢谢你。"

她好像是指我没在大家面前提起她画画的事。虽然我对比留子同学说了，不过应该算是最低限度满足了她的要求吧。

"不，没什么。"我嘴上回答着，心里却有点迷惑。我没想到她这么快就会来找我。刚才我们才决定静观其变，难道要无视她吗？

"那先这样。"

"那幅画……"

我见十色要走，便下意识地叫住了她。

"我看着好像桥在燃烧。"

十色脸上闪过一丝怯意。

"那只是碰巧。"

她没有了白天那种明快的态度，躲着我的目光含糊地回应道。

我不认为那是在演戏，于是追问道：

"就算是碰巧，在那个时候画画也太不自然了。你们不是对先见很感兴趣吗？为什么当时没有抓住听她说话的机会？"

"我很喜欢画画，因为我是美术部的。只要一有空，我就会画画。"

那根本不算理由。

"即便是这样……"

"我就是喜欢，没有办法。"

十色坚决不改口，已经是一脸要哭的表情。看来她自己都知道这个理由太牵强了。我稍微改变了问话的方式。

"我也这么想，所以你没必要隐瞒啊。"

"因为没有人能理解。"

"你要是不说，谁也不会理解。我会跟比留子同学……"

"你说我怎么了？"

我听到令人毛骨悚然的声音，转头一看，发现比留子同学把房间门开了一条缝儿，正探出头来看着我。她半湿的头发盖住了左眼，那只眼睛好像在闪闪发光。我们仿佛被魔眼盯上了，顿时动弹不得。

"比……比留子同学。你是从哪儿开始听的？"

比留子同学像灵异照片里的怪影一样站在那里，一字一句完美地重现了我们的对话。

"'我就是喜欢，没有办法。''我也这么想，所以你没必要隐瞒啊。''因为没有人能理解。''你要是不说，谁也不会理解。我会跟比留子同学……'对吧?"

噫——!她怎么听得如此不凑巧!

那个怨咒一样的声音散发着冷气继续道:

"白天我就觉得有点奇怪了,看来我的推理一点没错。"

"对话!对话被断章取义了!"

"不,从某种意义上来说,这让我放心了不少。从今天起,你就被堂堂正正地分类为肉食野兽了。会长万岁!"

"停下!你看十色都僵住了啊!"

"算了,玩笑就开到这里。"

比留子同学面不改色地变回平时的语调,来到了走廊上,打开我的房间门。

"你们两个都要着凉了,快进去吧。"

"我觉得你肯定是个模特,因为你特别漂亮,身材又好。"

"身材?"比留子同学苦笑道,"穿这么厚怎么看出来的,而且我这么矮。"

"还不止这些。你发现了好见的情况很奇怪,还说中了臼井先生的职业,不是吗?我觉得你好厉害啊,好想多跟你说说话,结果反而胆怯了。"

十色跟比留子同学并排坐在床上聊得火热,而我这个房间主人只能站在暖炉旁边看着。

十色一开始对我们非常紧张,不过比留子同学讲了一些跟画无关的话题,她很快就恢复了开朗。一问之下,原来她早在巴士上就注意到了比留子同学的美貌。十色先问起了大学生活，然后是平时维持体形的注意事项，还有在哪儿买衣服，渐渐深入了比留子同学的隐私。而且她一直试图问出保养头发和皮肤的方法，只是比留子同学一直回答并没有做什么特别的保养。

"总之就是多睡觉吧。"

"啊——就这样吗？"

十色可能觉得她在谦虚，便哈哈笑了起来。

虽然我不知道这跟美容有没有关系，但她确实总在睡觉。但我希望各位女生千万不要模仿，否则整个日本都要发生留级危机了。

聊到高中跟大学的不同，以及人际交往的话题时，换成比留子同学提问了。

"你跟茎泽君关系很好吗？"

十色一听就皱起了脸，抱着头长叹一声。

"我跟茎泽君没什么，只是他从初中开始就一直缠着我。"

"你们平时没有一起玩吗？"

听了比留子同学的提问，十色摇摇头。

"根本不。因为他一开口就是不明飞行物啊、阴谋什么的，我根本听不懂。今天他在路上看到一块田，马上说起了什么神秘麦田圈。我真想说你小子干脆别吃米了。"

"哦，是吗？"比留子同学尴尬地微笑着，"那你们两个怎么会到这里来？"

十色有点夸张地叹了口气。

"怎么说好呢。他这人无论怎么拒绝都听不明白，什么话都爱往对自己有利的方向解释，跟他说话就像一拳打在棉花上。最近我开始觉得，随便应付一下反而更轻松了。"

她只有回答这句话的时候把目光转开了。那是我的错觉吗？

过了晚上十一点，我们决定解散。

"叶村君，你把她送回去吧。"

比留子同学回房时，这样提议道。

"那太麻烦了，我没问题的。"十色慌忙说。

"可是外面太吓人了呀，还那么黑。"

正如她所说，走廊照明已经熄灭了，我们也不知道开关在哪儿，只能用手机的照明来行动。这种情况让十色一个人回去确实有点可怜。于是我答应了。

"晚安。"比留子同学说完，就关上了房门。我们并肩走了起来，可是十色在下楼梯的地方停住了脚步。

"送到这里就可以了，我房间离楼梯不远。"

"不过……"

我正要坚持，十色却换了话题。

"先不说这个。叶村哥，你跟剑崎姐莫非是一对儿？"

"才不是。"

我断然否定，她却很无奈地叹了口气。

"你该不是被甩了吧？你俩为什么不在一起啊？反正都好得一起在外面住宿了。难道你有点瞎吗？"

她还拿灯光照着我，对着我的脸挥了挥手。这女孩儿可真能说啊。

因为不擅长这种话题，我选择了顾左右而言他。

"要是我喜欢男人呢？"

"啊，那不可能。"十色立即回答，"那样一来，剑崎姐刚才的忌妒就毫无理由了，而且叶村哥如此焦急的态度也无法解释。"

好敏锐！

"我们都觉得现在这种关系更好。"

我有点尴尬，十色却露出了坏笑。

"那可不行，那种大意可是会害了你自己。你瞧，王寺先生不就是个大帅哥嘛，你肯定不希望他对剑崎姐出手吧。所以你得积极点！"

"像茎泽君那样吗？"

我的反击让她吐出了舌头。

"糟糕。那这件事我们下回再仔细探讨吧。"

她果断结束对话，没等我叫住就往地下室跑了下去。那个撤退如此果断，让我感觉刚才的恋爱话题是不是为了不着痕迹地拒绝我的护送。

预言与先知

予言と予知

一

我走在一个很冷的地方。

脚下是随处可见，却头一次踏足的乡间道路。

路面崎岖不平，每走一步都有细雨淋湿的泥土吸住运动鞋的橡胶鞋底，让人不得不减小步幅。

比留子同学走在前面。她跟我不一样，丝毫没有辛苦的样子，快步留下了一串脚印。

两人的距离渐渐拉开，她的背影越来越小。

比留子同学停下了脚步。

她前方耸起了陡峭的悬崖。抬头看去，岩壁上有一条瀑布，前方的悬崖底下是瀑布潭。不知何时，周围充满了隆隆的水声。那条瀑布似乎很高。

那边很危险，快退后一点。

比留子同学听到我的喊声，转过头来。

她缓缓张开嘴，说了些什么。

瀑布的轰鸣遮盖了她的声音。你说什么？

比留子同学似乎放弃了，对我笑了笑。

不行，我知道那个笑容。

她的唇又动了起来。这回我看懂了。

总是很不顺利啊。

记忆激荡起一阵悲鸣。

你为什么说了那个人的话。

比留子同学的身体突然向悬崖那头倾斜。

纤细的手臂向我伸来，我想抓住她，身体却动不了。

不知何时，连瀑布的声音都听不见了。

我要救她。

我知道，我知道了。我救不了她，已经来不及了。

我的福尔摩斯，又一次……

这次，声音在耳旁响起。

"骗人，你不是拒绝了吗？"

我猛地睁开了眼睛。那是梦。

汗水……并没有冒出来，反而有点冷。

外面传来咚咚的敲门声，还有比留子同学叫我"叶村君"的声音。梦的内容已经忘掉了八成，不过听见那个声音，我还是很想大声感谢。

"我这就出去。"

我伸手去摸放在枕边的手机，屏幕的光芒映照出病房一般雪白的天花板和墙壁。

现在是早上六点四十五分。

我想起了两天要死四个人的预言，脑海中突然闪过倒计时。

还剩四十一个小时。

我打开门，比留子同学已经梳洗打扮好了。

她穿着一件奶油色的宽松高领毛衣，柔和的线条中延伸出包裹在黑色修身长裤里的双腿，凸显了身材的曼妙。

我眼前一亮。

"真抱歉，这么早把你给叫醒了。我想在早餐前先把情况梳理一遍。"

"今天没有课，你怎么能靠自己的力量起这么早？"

"这是紧张感的问题。心里想着随时可能有人来访，我就无法熟睡。"

房间都有锁，而且没有锁孔，从内部把旋钮一转，门里就会滑出门闩卡在门框的洞里。

也就是说，只要不从室内把门打开，就不用担心被人看到穿睡衣的样子。不过我感觉，比留子同学可能连自己的生活感都不愿让人看到。

由于屋里没有椅子，我们只能坐在我刚刚还在睡的床上。

"我们先来整理一遍昨天认识的人吧。人数有点多，名字你都记得吗？"

我想起几个月前，自己跟比留子同学有过类似的对话。

"基本记得。比留子同学肯定连名带姓都记住了吧？"

"那当然。"

她得意地点点头。那让我们来见识见识比留子同学的人物记忆法吧。

"先从好记的人开始，首先是大学教授狮狮田严雄。他的名字听起来就像个很严厉的老师，而且长相也很严肃。他儿子纯君却不像爸爸，性格看起来很纯粹。"

"那个岁数的孩子跟爸爸性格一样，可是要受苦的。"

我想起了狮狮田那张让人难以接近的臭脸。要拿他的学分肯定很累人吧。他开的车出了故障，而且外套里面还穿着礼服，可能是刚参加完葬礼。

"接下来是摩托车没油的王寺贵士。他虽然个子不高，却像漫画里那种王族或贵族一样英俊。要是去看病，会不会被叫成'王子殿下'[1]啊。"

根据我昨天的观察，王寺在这群人中属于比较好相处的类型。他对眼前的情况虽然感到困惑，但跟什么人都能聊到一起，还主动拿起灭火器，主动让出床铺，表现出了绅士风度。而且他有点做作的用词也让人忍不住联想到王子。

"然后是好见的前村民朱鹭野秋子。昨天她的外套和鞋子都是大

---

1. "王寺"的发音与日语"王子"相同，医院喊病人会称呼"××樣"，最后一字为尊称，一般译为"先生/女士"，特殊语境下也可译为"殿下"等称呼。

红色啊。"

"而且头发和指甲也是红色。"

朱就是鲜艳的红色，秋子这个名字也有点红色的气息。

"她是来扫墓的，据说是母亲的周年忌日。"

她当然知道先见是一名预言者，同时好像很害怕先见。

"然后是《月刊亚特兰蒂斯》的记者臼井赖太。他整个人都很薄[1]。"

比留子同学可能想起了他昨天无礼的言行，少见地开始贬低这个人。

"言行轻薄，道德浅薄，头发也很稀薄！"

哇哦，这话可不能在公开场合说。

"无论干什么都很薄的写手，臼井赖太。很少有人的名字如此贴合自己的特征。"

其实就算是记者，也很难找到像他那样口无遮拦的类型啊。

"接着是负责管理'魔眼之匣'，并照顾先见女士生活的神服奉子。神服写作'服从神明'，读作'hattori'，这有点少见啊。还有写作侍奉的名字，这都正符合对先见女士忠心耿耿的形象。"

像机器人一样面无表情，对先见忠心耿耿的神服。说好听点就是典雅，王寺那种人可能会喜欢这个类型……

"老实说，我不太受得了神服。"

我吐露了心声，比留子同学则眨眨眼睛。

---

1. 同上文，"臼井"（*usui*）与"薄"（*usui*）谐音。

"我还以为相比朱鹭野小姐那样的直性子，神服女士跟你更合得来呢。"

"正因为这样啊。她看起来充满理性，却如此崇拜号称预言者的先见，我实在无法理解。"

"我知道你想说什么。事实上，神服女士看到桥被烧掉了也不为所动。她已经超出了能称作冷静的范畴。"

没错。现在我们虽然受了她的照顾，不过她的想法最让人难以读懂。

"我对先见女士还不怎么了解。虽然不知道是真名还是称号，但她的名字可能来自'预见未来'的能力吧。我有好多问题想问她，比如班目机构，还有预言。要是能找到跟她单独谈话的机会就好了。"

剩下的就是那两个神秘高中生了。

"首先是十色真理绘。这个女高中生会用彩铅描绘疑似预言的图画。她虽然很神秘，不过昨天跟她聊了几句，我还是有所斩获。"

她平时是个开朗外向的人，不过对巴士事故和木桥起火这两幅预言画却口风很紧，坚称那都是巧合。

我说起了最后一个人。

"茎泽——后面是什么名字来着？"

"忍，他叫茎泽忍。"比留子同学依旧是秒答。

"这个名字让我很难跟人联系上啊。不过他又高又瘦，确实可以说长得像植物的茎一样。如何？"

我说出了最单纯的想法。

比留子同学抱着胳膊不为所动。她闭着眼睛，但应该没在苦思冥想吧。因为她真正思考的时候，习惯摆弄自己的头发。

"英语。"

"哈？"

"你知道'茎'的英语是什么吗？"

树的英语是 tree，叶子是 leaf，可我不记得自己学过茎的单词。我正抓耳挠腮，比留子同学不知为何压低声音说出了答案。

"就是 stalk。"

"斯托克？"

"对。这就是'茎'或者'柄'的意思。另外，这个词还有潜行和跟踪的意思。"

潜行。茎泽的名字不就是"忍"[1] 嘛。

我不自觉地咽了口唾沫。

比留子同学依旧压低着声音，用能把人变成石头的笑容看着我。

"'茎'泽'忍'，全都是尾随。嗯，我总感觉自己最近才说过这个词。到底是什么时候呢，叶村君？"

您还在记仇呢啊。

二

时间是七点十五分左右。

由于"魔眼之匣"没有窗户，我还没有现在是早上的感觉。

---

1. "潜行"，日文作"忍び寄る"。

我们都想出去透透气，就往玄关走，发现大门敞开着。外面的冷空气吹进来，让人忍不住想背过脸去，不过房子里的沉闷仿佛被吹了个干净，十分舒爽。晚上可能下了雨，天上堆着厚厚的乌云，地面还有点湿润。

神服从外面走了回来，穿着跟昨天一样的黑色连衣裙，手上也拿着昨天那杆霰弹枪。

"两位休息好了吗？"神服见到我们，点了点头。

"嗯，托您的福。"

她的态度很恭敬，脸上却没有笑容。看来她接待我们并非出于好意，而是出于先见侍者的义务感。

我还没来得及问她是不是去巡视菜园了，神服就主动说道：

"昨天熊好像没有来，不过请你们不要独自在外面走动。因为那头熊最近好像就在这一带徘徊。"

跟夏天住过的紫湛庄相比，即使同样危险，熊至少还有点可爱。不过话说回来，用枪打不死熊，所以还真没什么两样。

"好不吉利的天空啊。"

背后传来一个声音，我和比留子同学都吓了一跳。

转头看过去，原来是先见。我这是头一次看她出现在房间外面。她可能是去洗手间了，不过没发出任何脚步声。

"早上好。"

我们打了声招呼，先见点点头。

"您早饭要怎么办？"神服问道。

"等奉子女士空下来再说吧。你不是要忙着招待客人吗？"

先见说完，便转身向房间走去。她的动作有点迟缓，不过脚步意外平稳。看她那个样子，除了家务以外的更衣和沐浴等事情应该都能自己做。

神服走进了玄关旁的办公室。办公室前面安装着饰有四个毛毡人偶的窗口，我从那里看见神服把猎枪放进貌似打扫用品储存柜的地方，还上了锁。看来那把枪平时就保存在那里。她又拿了几条抹布出来，蹲在厕所前的走廊上擦起了地板。

我仔细一看，原来厕所门口积了水。

"漏雨了。昨天好像又下了一场雨。这座房子到处都开始出现问题了。"

她话音未落，又有一滴水落了下来。我抬起头，发现水泥天花板裂了一条小缝儿。

然后，神服说要准备早饭，我们就跟她一起去了餐厅。途中一问，原来先见食欲下降，现在每天只吃早饭和较早的晚饭，一天两顿。

"先见女士生病了吗？"

比留子同学问出那句话，神服头一次露出了略显阴郁的表情。

"先见大人以前身体很好，不过几年前开始越来越差了。"

"去看过病吗？"

神服摇摇头。

"据说先见大人是因为那个研究被带到了真雁，并没有正规的居民证。她不想惹麻烦，所以不愿出去。"

"那连正确的病名都不知道啊。"

"是的，不过……"神服顿了顿，然后继续道，"我认为肌肉的衰退非常显著。依我这个外行人来看，那好像是难以治愈的肌肉萎缩疾病。"

先见原来还不到七十岁。不过从她脸上的皱纹和纤细的手腕来看，我觉得她老得多。

神服为了摆脱让人郁闷的话题，动作娴熟地准备起了煎锅和碗。毕竟吃饭的人多，我正打算提出帮忙，却听见比留子同学紧张地问：

"请问早饭是什么？"

"这里只能做些简单的东西，有米饭、味噌汤、炒蔬菜和煎鸡蛋吧。"

听了那个回答，比留子同学微微点头。

"煎鸡蛋——嗯，没问题。我来……我来帮忙吧，神服女士。"

不知为何，比留子同学卷起袖子准备下厨的背影，似乎散发着士兵出征前的紧张。

话说回来，我从没见过她做饭。平时虽然会一起吃饭，不过都是食堂，而紫湛庄集训时又有人专门负责这些工作。比留子同学虽然一个人住，可她是个彻头彻尾的千金小姐，虽然等同于被赶出了家门，但家里应该不会少了她的零花钱。所以说，她到底会不会自己做饭呢？

比留子同学对我不安的视线浑然不觉，右手虚握，对准水槽一角做起了打鸡蛋的练习动作。

啊，看来情况不妙。

　　来吃早餐的人跟昨晚完全一样。除了我、比留子同学、茎泽和十色以外，其他人基本都穿着昨天的衣服。他们都空着手被困在了这里，没有换洗的衣服。

　　"简直太糟糕了。我房间的通气口一整夜都在发出唰唰唰的声音，肯定是老鼠跑进去了。我特别害怕被咬，几乎一宿没睡。"

　　这个一大早就气冲冲的人，是把昨天高高束起的头发放下来的朱鹭野。可能因为睡眠不足或没带化妆品，她的脸色不太好。

　　"神服姐，这里有老鼠药吗？"

　　"先见大人房间里用的老鼠药应该还剩了一点，请等一等，我过后给你拿过去。"

　　"还有拖鞋。一直穿着鞋脚都肿了，好痛。"

　　昨晚所有人都因为木桥着火和先见的预言陷入了混乱，现在似乎都冷静下来了。至少从表面看上去都在平静地吃饭。好在没有人抱怨煎鸡蛋形状崩了，或是煎太久变硬了。

　　我看了一眼坐在旁边的比留子大厨，发现她正在听纯在对面天真地说："我们的房间好像鬼屋一样，特别可怕！"并大口咀嚼着她亲自切开的、可谓"焦蛋"的物体。她的表情很苦涩——啊，还用茶水冲进去了。

　　"今天要做什么呢？"

　　《月刊亚特兰蒂斯》的记者臼井以旺盛的食欲吃完了早餐，环视所有人问道。

　　"当然是寻找跟'外界'联系的方法。我才不想在这里被困上整整两天。"

狮狮田依旧满脸不高兴地回答完，朱鹭野也把手机扔到桌上，露出了厌恶的表情。

“我才不要连续好几天旷工，要怎么跟妈妈桑说啊？”

正如我想象，她的工作好像是陪酒小姐。

十色看了一眼餐厅角落的固定电话。

“可是昨天电话打不通吧，这里又收不到手机信号，难道还有别的联系方法吗？”

“要么想办法渡河，要么翻过后面的山，总是有办法的吧——纯，你筷子拿错了。”

狮狮田边说边注视着儿子的一举一动，纯噘起了嘴唇。

“每个人都有自己的拿法啊，老师还说要重视个性。”

“少给我找歪理，这是礼仪的问题。”

“爸爸每次吃意面的方法也不对啊。”

“吃那种东西没有规矩！”

神服不理睬那对父子的争吵，而是提出了忠告。

“底无川虽然不宽，但是水流很急，一掉下去就没救了。请务必小心。”

我反正不会阻止你们，虽然大概率行不通——她暗示着这层意思。身为被迫受困的人，听到那种话虽然不怎么高兴，不过现在还是应该尽量从熟悉环境的她口中套出信息吧。

“上流情况怎么样？”

“上流是瀑布，周围有二十米高的岩壁，要是没装备肯定爬不上去。”

朱鹭野在旁边回答。

听到"瀑布"二字，我吓了一跳。虽然不怎么记得了，但我感觉今早那个不吉利的梦里确实出现了瀑布。

另外，下游还跟其他支流汇合，水面变得很宽，人无法渡过去。

"再往后就是没有桥也没有人的原生林了。要是不想死在里面，最好不要过去。"

她以前住在这里，熟知此处地理情况，所以话语中早已放弃了逃出去的打算。确实，想到昨天我们乘坐巴士开了一个多小时才到这里，而且还要空着手从深山里穿出去，那简直太鲁莽了。

无所事事的臼井问了一句：

"先见女士今天什么时候能见我？"

"你还有事情要问吗？"神服依旧对臼井很冷淡。

"那当然了，我还没问到能写成文章的东西呢。"

狮狮田冷笑一声。

"那就用幻想来补上啊，这不是你最重要的工作吗？诺查丹玛斯啊，玛雅[1]这些所谓预言，你应该早就见怪不怪了吧。"

"大老师您这么想我也没办法。"臼井故作卑微地反驳道，"像我们这样的神秘学杂志之所以在现代还能办下去，就是因为一百个消息里至少有一个是真的。那就是科学无法解释的，真正的神秘学。正因为如此，其余的九十九个谎言也能吸引到读者。"

"比如说什么是真的？"

---

1. 前者预言1999年是地球末日，后者预言2012年是地球末日。

貌似对神秘学有兴趣的茎泽加入了话题。

臼井想了想，列举了一篇报道。

"最近有这么一个。那篇文章是半年前的，你知道 o 县的三岔隧道是著名的灵异地点吗？那是现在已经不再使用的旧隧道。"

"啊啊，那篇我看过！"

茎泽可能一直是《月刊亚特兰蒂斯》的读者，闻言高兴得连连点头。话说回来，我也记得见过这样的标题。臼井用所有人都能听到的音量开始了介绍。

o 县的三岔隧道有这么一个怪谈。十年前，一对情侣开的车因为超速，转弯时惯性太大撞到了墙上，导致车在隧道内起火。当时两个人还活着，副驾的女性被破损座椅卡住无法动弹，于是男性竟不理睬她的求助，把她扔在大火中，一个人逃掉了。灭火后勘查现场，发现残骸上遍布着疑似女性鲜血被烧焦的手印。从那以后，就渐渐传出男性驾驶的车辆一旦穿过三岔隧道，就会被女人的幽灵不断追踪，最后惨遭杀害。

"去年有四个年轻人开车去那个隧道里冒险，回去路上就遭遇了事故，因为负责开车的青年竟然在驾驶过程中突然死亡了。警方调查后证实，他的死因是缺血性心脏病。可是青年身上那件 T 恤的肩膀部分，赫然残留着仿佛从背后被揪住的血手印。"

"讨厌，那是真的吗？"

十色眯起单眼皮的眼睛笑了，还故作害怕的样子，结果臼井探出身子继续说道：

"成为怪谈起源的事故是十年前真实发生过的事情。隧道里面至今还残留着火灾的痕迹呢。我记得拍过照片的……"

"都在吃早餐呢，就不要拿出来看了。"

被朱鹭野厉声制止后，臼井不情不愿地放下了手机，回到刚才的话题。

"我直接采访了参加冒险的一个年轻人，他整个过程都在害怕'那家伙要来了，那家伙要来了'，一点都不像说谎的样子。而且你猜他后来怎么样了？死啦。我去采访的短短三个月后，他就被卷进了娑可安湖的恐怖袭击，而且他穿的衣服上也有无数的手印。"

那个事件的话题在意想不到的地方出现，让我吓了一跳。我转动眼珠四处看了看，好在没有人注意到。

"更有意思的是，第三个年轻人死在大阪那场楼房火灾里了。这样一来，去过三岔隧道的四个人就死了三个。"

"太厉害了，而且那两个不都是先见大人预言的事件吗？肯定有问题吧。剩下那个人怎么样了？"茎泽兴奋地问。

"不知道，据说他跟所有熟人都失去了联系。搞不好这会儿已经成了诅咒的牺牲品。"

臼井说完后，每个人脸上都露出了"这就没了？"的表情。

这个结局也太让人泄气了。这就是所谓"百里挑一"的故事吗？

狮狮田摇了摇头，仿佛在说这都是浪费时间：

"难道你想说娑可安湖的恐怖袭击也是怨灵作祟吗？蠢透了。那个事件死了五千多个人，血手印肯定也不稀奇吧。"

臼井较真地反驳道：

"随便你怎么说。你们家就算盂兰盆节见到父母的灵魂，肯定也会归为错觉吧。"

他烦躁地叼起了香烟，一直默不作声的神服开了口。

"如果先见大人身体没问题，中午或许能见一次——这里禁烟。"

"啊，可是我没看到禁烟的标识啊。"

臼井顶了一句，神服冷冷地顶了回去。

"我讨厌烟味。"

三

上午九点。

来访者们吃完早饭，不自觉地集中到了门口。连刚才反对逃离的朱鹭野也来了。她可能觉得与其待在这座奇怪的房子里，还不如出去找找很可能是徒劳的逃脱方法。

臼井没来。他的目的是拿到大新闻，想必是优先了先见和班目机构的调查吧。

"纯君呢？"

比留子同学跟昨天一样穿着羽绒服，披着大围巾，向狮狮田询问不在场的少年。狮狮田不耐烦地回答道：

"留在里面看家。没有人烟的深山可不是好玩儿的地方，万一受伤可不好。"

于是，参与探索的来访者除去臼井和纯，就有七个人。

所有人聚在一起慢慢走实在没有效率，于是我们决定兵分两路。

我跟比留子同学、王寺和朱鹭野负责调查"魔眼之匣"的周边，十色和跟踪……不对，茎泽这对高中生则与狮狮田组队，往被烧毁的木桥方向走。

目送了狮狮田那队人的背影，我先向这里的前村民朱鹭野征求意见。

"朱鹭野小姐很熟悉真雁的地理情况吗？"

"我小时候跟朋友来过很多次。当时被大人发现，把我们骂了一顿狗血淋头。大人都叫我们不要靠近'魔眼之匣'，因为好见村村民都把桥这边当成了'禁忌之地'。我也没想到自己长到这个年纪了，竟会跑到这里来。"

禁忌之地就是传说被诅咒、人们都避讳的地方。我惊讶于"魔眼之匣"竟被好见村村民忌讳到这个地步，同时也意识到一件事情。

"之前说'魔眼'是曾经存在于这里的'真雁'的谐音，可是先知跟魔眼这两者的印象有点对不上号吧？我觉得应该叫千里眼更合适。"

"对村民来说，哪种叫法都一样。"

她不耐烦地撩起了红色的刘海儿，瞪了一眼水泥房子，顺着墙根走了起来。

"这是要去哪里？"我们慌忙跟了上去。

"到后面去。那里应该有通往瀑布的路。"

从正面来看，岩壁仿佛就位于房子背后，但实际上好像有一条路。

"好见的人都不喜欢先见女士吗？"

比留子同学对走在前面的朱鹭野的背影说。

"既恐惧又崇拜。不过大家都希望她待在看不见、听不着的地方，所以从来不会主动去招惹先见。"

"那是因为她是先知吗？"

"你觉得这很蠢吗？"朱鹭野有点尖锐地反问，"我没强迫你相信，但那是真的。那个人一直在预言无法用人力操纵的灾害和事件，有时还会准确预言好见会死人。只要那个人一开口，就有人要死。可我们又不能把她的嘴堵起来——干脆就选择了不看不听。"

朱鹭野走在前面，我们看不见她的表情。不过她僵硬的声音里的确传出了真实的畏惧。

我似乎有点理解她刚才说的"哪种叫法都一样"了。

千里眼能看到千里之外的地点和人心，也能看透未来。魔眼则是心怀恶意瞪视对方，对其施以诅咒。然而，既然先见的死人预言绝对没有失误，那对这里的村民来说，千里眼跟魔眼就没什么不同了。不，为了发泄对死亡的不安，将其称为魔眼并避讳远离反倒是更好的选择。

我们来到"魔眼之匣"后方，眼前是一片裸露着土地的狭小空间，角落里长着神服昨天提到的植物，开满了装饰在走廊和先见房间门口的各色欧石楠。后院另一头的岩壁几乎垂直耸立，中间有一条恰好能让人通过的裂缝。

"从这里就能走到瀑布潭去。"朱鹭野说。

我们走进裂缝，大约两米宽的小路在两侧岩壁的裹挟下缓缓向右弯曲。看来这里是利用岩壁间天然形成的裂缝加工而成的通道，可以看到岩石一直延伸到二十米高的上空，然后是一道狭窄的天空。

"从这里爬出去应该不行吧。"

王寺用意外温柔的动作轻抚岩壁。这里的岩石表面比较平滑，可能因为前方湿气涌入和阳光不好，到处都生长着苔藓。

我试着把脚踩上去看能不能攀爬，然而只能一个劲儿打滑，根本找不到落脚的地方。就算专业攀岩选手，要空手爬上去恐怕也很困难。

走了一会儿，前方视野变宽，脚下的路也没了。这里就是终点。我们眼前是直径三十米左右的瀑布潭，对面是一道从悬崖上奔腾而下的瀑布。

"你瞧，没办法吧。"

朱鹭野转过来，气哼哼地拧着嘴唇。正如神服所说，瀑布的水势很猛，就算有救生圈，恐怕也撑不了多久就要被掀翻。要想往对岸抛绳，也找不到合适的树卡住绳子，再说这个距离也太远了。

我们无能为力地听着隆隆水声，王寺突然看了我们一眼。

"对了，你们不觉得房间有点奇怪吗？"

我回想起分配给自己的房间模样。里面只有一张床和灯油暖炉，并没有奇怪之处。不过王寺说的却不是那些。

"是不是只有我的房间不会反射声音啊？我在房间里大声说话，都好像被棉被盖住了脸一样，声音都被吸走了。"

"的确是这样啊。"朱鹭野赞同道。

我看了一眼比留子同学，她摇了摇头。

我跟比留子同学的房间在一楼，王寺和朱鹭野的房间则在地下室。只是地下室的部分房间过去是用来做实验的。这说不定就是设计不同的原因。

我们盯着瀑布潭发呆了五分钟，决定折返"魔眼之匣"。

"那我回房去了。"

朱鹭野没了干劲，转过身去。比留子同学马上把她叫住了。

"请原谅我的唐突，可以让我去看看房间的结构吗？我有点在意不反射声音这点。"

朱鹭野并没有特别抵触，很干脆地答应了。

王寺似乎还有点活力，说要在附近散散步。"魔眼之匣"左右两侧虽然是险峻的高山，但我从来没有走进去过。那里虽然有点调查的价值，不过朱鹭野刚在早饭时劝告过不想死就别进去，所以她有点不高兴。

"受伤了我可不管。"

"我不会胡来的，只想看看那片原生林是不是真的走不了人。"

我们在门口跟王寺道别，跟随朱鹭野往房间走去。

我和比留子同学昨天只到过先见的房间、餐厅和自己的房间，一直在一楼活动。现在，我们第一次走下了进门左拐最尽头的楼梯。楼梯上铺着防滑的绿色地毯，散发着一股潮湿的霉味。

"好黑……"

地下室就像葡萄酒贮藏室一样，充满了微弱的橙色灯光。天花板上吊着一个个电灯泡，其中几个还彻底不亮了。于是，近在眼前的朱鹭野的脸都成了一团阴影，让人辨认不清。

原来这就是纯在吃早饭时说的鬼屋啊。

"没想到你们昨晚能在这种情况下休息。"

人们经常用"保留着昭和风情"来形容比较老的建筑物，然而这里只能用"骇人"来形容。只见朱鹭野嘴部的影子歪曲起来，她笑了。

"你们这些在大城市长大的人肯定想象不到吧。直到最近，偏远地方的住宅还保留着'这种情况'呢。"

"对不起，是我说错话了。"比留子同学道了歉。

"没什么，这么说又没有错。"

渐渐习惯黑暗后，我发现地下室的基本结构跟一楼一样。餐厅下方的大房间两侧平行伸出两条走廊，边上排列着看似通往单间的门。

朱鹭野的房间在楼梯远端向左拐的尽头右手侧。只见她整个身体压在门上打开了向内侧开的房门。看来那扇门跟我的房间门不一样，非常沉重。

朱鹭野点亮了室内的荧光灯，灯光很晃眼，让人觉得那是刚换上的新灯管。

"房门好像还经过隔音处理。"

比留子同学把门检查了一遍，朱鹭野则打开了灯油暖炉。室内摆着一张小桌子，但除了朱鹭野的手机以外，上面什么东西都没有。

我们在室内说话的时候，确实一点回响都没有。我记得中小学的视听教室就是这种感觉。我让比留子同学留在室内，自己出去到走廊上。如果只是用普通音量呼唤，室内根本听不到，而且里面的声音也不会传到外面来。我凑到门缝处大声喊叫，里面才勉强听见了。

"满足了？"

听到朱鹭野的不耐烦，我们决定告辞。

"要是你们想到怎么出去了，记得告诉我哦。"

她说完那句话便把门关上，一切的声音顿时消失，连朱鹭野在里面是生是死都不知道了。

"难得来一趟，不如把这里也调查一下吧。"

比留子同学看着对面那个大房间的房门上方。那上面贴着一块字迹斑驳的牌子，上书"实验室 1"。隔壁那间则是"实验室 2"。想到有人曾在这里面做超能力实验，我就有点不太敢进去。

比留子同学推的那扇门比朱鹭野房间的门还要沉重，再加上长年老化，很难打开。我在她身后伸出双手助力，好不容易才伴随着合页锈蚀的吱嘎声把门缓缓推开了。

比留子同学在我胸前转过头抬眼看着我，小声说了一句：

"壁咚·背后双手式。"

"啥？！"

趁我狼狈不堪，她从我胳膊底下钻出去，融入了黑暗中。什么背后式，这是什么格斗技吗？

比留子同学按了一下墙上的开关，天花板的几盏荧光灯亮了一半。

"实验室 1"里面只有两张长桌和几个圆凳，除此以外，连书架都看不到一个。看来这个房间本来就没有放很多东西。

接着，我们走进"实验室 2"，发现这里跟刚才截然不同。书架上摆满了各种语言类专业书籍，还密密麻麻排列着许多疑似实验用的器材。还有像脑波检测仪一样布满图形和尖针的记录装置。

"我们房间里原本摆放的东西可能都被拿到这里来了吧。"

我们小心地检查着里面的东西。本来还想找出跟当时的实验或班目机构有关的资料，不过理所当然地，这里只剩下一些完全不怕被人看到的文件。

"这是什么？"

我注意到了房间一角的柜子。那里杂乱摆放着先见穿的那种白衣服和头巾等服饰，还有形状扭曲、各色各样的石头，大约一米长的尖头木棍和弯掉的铁丝，等等。

"是不是实验用的东西啊。"

比留子同学歪头想了想，但很快就去查看别的东西了。

我们又继续调查了一会儿房间，并没有什么收获。如果可以，我还想看看其他人住的房间是什么样子，但毕竟不能随便进去，便暂时离开了地下室。

四

"你在干什么？"

刚来到一楼，走廊就传来尖锐的声音，我和比留子同学忍不住绷紧了身子。

可是我们并没有看到发出声音的人。朝传出声音的餐厅走去，这才发现纯站在门口。

"出什么事了？"

比留子同学问了一句，纯指着斜对面先见的房间说：

"神服阿姨给先见大人拿了早饭过去，结果那个大姐姐从房间里走了出来。"

端着托盘的神服正用责备的目光看着一个低头不语的人，那是刚才去查看木桥的十色。莫非她偷偷溜了回来，跑进先见的房间去了？如果是只对取材有兴趣的臼井便也罢了，没想到她也会做出这种没有纪律性的行动。

"对不起，我本来是想回来上厕所，但想到昨天没见成先见大人，就想着趁现在应该能多聊几句。"

十色诚恳地道了歉。

"我不是说了中午可以见面吗？先见大人身体不好，请你不要擅自行动打扰她休息。"

十色被神服声色俱厉地赶了出来，沮丧地走过我们身边。她低着头，表情异常僵硬，很难单纯解释为好奇心，总让我感觉这背后有什么紧急事态。她应该是想找先见问问自己那不可思议的能力吧。

神服走进先见的房间，我们也转身要走开，却看见纯满怀期待地望向比留子同学。

"大姐姐，你能陪我玩吗？"

"对不起，我还要再工作一会儿，否则要被你爸爸骂了。"

比留子同学向他道了歉，纯便留下一句"那待会儿见"，然后走进了餐厅。他好像很亲近比留子同学。

一直待在"魔眼之匣"也无事可做，我们便决定往桥那边走，跟狮狮田他们会合。途中，我看见臼井赖太在有很多石墙和废旧房子的地方一个人抽烟。我不太想跟他说话，可是直接无视又怕他缠上来，便打了声招呼。

"你看见狮狮田先生他们了吗？"

我问了个最不痛不痒的问题，他叼着香烟含糊地回答道：

"女孩子刚才往桥那边走了，大叔不知道，可能还在想办法过河吧？"

他管狮狮田叫大叔吗？也不想想自己有多大岁数了。我随口道了谢，正要走过去，却发现臼井跟了过来。

"你们说看了杂志的文章对预言产生了兴趣。不过真实理由只有这个吗？"

我瞥了他一眼，发现他目不转睛地盯着我。这家伙敏锐得有些诡异，难道是记者的直觉吗？见我不说话，他好像觉得有戏，便步步紧逼。

"你别这么提防我嘛。我干这份工作这么长时间，能分清什么人信这个，什么人不信。那个叫荃泽的，他就是典型的狂热分子。可是你们不一样。你们是平时根本不把我们当回事的人。可是这回却专门找到了这个地方来，肯定有什么特殊理由，对不对？"

我察觉到臼井对我露出了黏腻的笑容。

他这是认定从比留子同学那里套不出话来了吗？

虽然不甘心，但在打探彼此底细这件事上，臼井确实比我厉害。我刻意不对上他的视线，反问了一个问题。

"臼井先生你也是，如果昨天那些话都是真的，那我们可是处在很危险的境地啊。"

"昨天哪些话？"臼井开始装傻。

"就是后来写给编辑部的那封信啊。寄信人明知道先见的预言内容，还是引诱你在那个时候进入了真雁。如此一来——"

"你想说我是故意被卷进来的？"

背后传来哧哧的笑声。

"可能性应该很大。说不定寄信人就在烧桥那几个人里面，而且还打算搞点别的事情。"

我并不认为杂志记者会被这种话吓到，但只要能把他牵制住就好。

可是，他并没有安静下来，反倒突然大喊一声：

"要是不那样，我才更伤脑筋啊！"

连比留子同学都惊讶地停下了脚步。

"这不是理所当然的吗？！我们天天都能收到奇怪的信件，有无法融入社会的人拼命鼓吹末世论，有乳臭未干的小鬼瞎编的'钓鱼'情报，想要什么样的都有！正经的信就只有投诉信了。"

他激动得香烟都掉了。

"我们得把那些垃圾一样的信息全部做成文章，否则没有饭吃！结果我抱着不可能的心情过来一看，情况竟变得这么有趣。你说我光采访那个老太婆会心满意足吗？放屁！这里要是不死个人，根本写不成文章！"

臼井发泄着平日积攒的愤懑，把烟头踩了个粉碎。

我想说点什么反驳他那自私自大的发言，可是无奈得全身脱力，一句话也说不出来。比留子同学半张着嘴，仿佛随时都要吐出"白痴"两个字。

　　道路前方出现了狮狮田的身影，打破了这阵尴尬的沉默。他旁边还跟着茎泽和刚才过去的十色。狮狮田见到我们，开口就说：

　　"不行啊。我们把那条河周边调查了一遍，不可能过得去。你们那边有收获吗——你也决定来帮忙啦？"

　　最后那句话是对臼井的讽刺。刚才还很兴奋的记者此时却像缩头乌龟一样，不服气地"哼"了一声，又拿出一根烟点了起来。

　　比留子同学分享了"魔眼之匣"屋后岩壁里的小路，还有小路尽头的瀑布情况。还说在那些地方都没有找到离开的办法。

　　探索最后毫无成效，我们决定回到"魔眼之匣"。臼井还在吸烟，并不挪动，我们就把他扔下了。

　　茎泽和狮狮田在前面边走边讨论。

　　"我们只能点一堆火让路过好见附近的人注意到了吧？"

　　"那当然比什么都不做强，只是昨天整座桥都被烧了，也没见有谁来救我们。一点篝火肯定不管用。"

　　"用上暖炉里的灯油能行吗？"

　　两个人好像都放弃了自行逃生，转而思考起了如何请求救援。

　　就在那时，我右手袖子被人拽了一下。转过头去，发现比留子同学用眼珠子示意我看看背后。

　　原本跟在后面的十色不知何时蹲了下来，正从手提包里拿出素描本。接着，她又从笔袋里拿出一支褐色彩铅，毫不犹豫地在纸上画了起来。

　　"喂，你怎么了？"

　　狮狮田和茎泽也停下脚步看了过来。只有留在原处的臼井没发现这个情况。

十色跟昨天一样，挨个儿换着颜色迅速涂抹起来。她的动作机械而僵硬，丝毫感觉不到思考，不仅是我们，狮狮田也被吸引住了。

最后，她画出来的画比昨天木桥着火的画还难以理解。

整张纸都被褐色覆盖，其中混着黑色的复杂阴影，随处可见的无机质直线究竟是什么呢？

比留子同学哽着嗓子小声说道：

"是柱子或某种建材……"

她说出来的瞬间，我感觉全身汗毛直竖。

遥远的彼方传来了听不见的重低音。

糟糕。

在那一瞬间，那个声音穿过几十数百公里的距离，没有经由内耳，而是通过骨骼直接传了过来。

"地震了！"

脚下开始剧烈摇晃。

同时，我脑海中猛地意识到十色的画究竟是什么意思。

比留子同学好像也得出了同样的结论。

"小心！有东西塌下来了！"

视线前方，臼井夹着刚点着火的香烟，用力跺着脚。

与此同时，摇晃猛地变大，他右侧斜上方的腐朽废屋连同山体的石墙一道滑落下来。那个光景仿佛看不见的巨人用黄油刀削掉了一小块山峰，严重缺乏现实感。

千万吨的土块瞬间吞没了杂志记者的身体，连一点尖叫都没有透出来。

紧接着，轰鸣和烟尘卷裹着滑坡的余波向我们袭来。

"危险！"

"后退！后退！"

大家纷纷叫喊着向后退去，滑坡的范围一直延伸到刚才十色蹲下的地方，那个手提包也被掩埋了。

所幸大地不再摇撼，山峦重归静寂，仿佛什么都没发生过。

"停下了吗？"

我缓缓走向碎石堆，发现脚下有一团白色纸屑一样的东西。

是香烟。

它可能从臼井手上脱出来被风吹跑了，洁白得充满讽刺，还升起一道细细的青烟，仿佛在吊唁被泥沙掩埋的主人。

五

我们无法救出臼井。

几个勉强躲过灾难的人当即回到"魔眼之匣"寻找救援道具，那里的震感应该也很强烈，不仅是神服、朱鹭野和纯，连先见都来到了玄关门前。此时正好王寺也从林子里回来了，于是他跟我们一起马上回到了现场。

然而，吞没臼井的泥沙和草木如字面意义般堆成了一座小山，仅凭人力去挖掘实在是太令人绝望了。

"这只能放弃了吧。"

狮狮田停下手头的动作，道出了无情的现实。

"现在挖出来也太晚了。虽然对不起他，可我们只能等外部救援抵达之后再说了。"

"那怎么行！"王寺一边挥动铁锹一边责难道，"这还没过三十分钟呢！搞不好里面还残留着一点空气让他维持生命啊。"

狮狮田可能预料到会有这样的反驳，冷静地摇了摇头。

"你没看见，他是被塌下来的石墙压在下面，然后泥沙才滚了下来，再怎么着也不可能活着。你们待在这里也很危险，说不定还有余震。"

他的话很快就应验了，崩塌的山体上又滚落了西瓜那样大的石块，轰隆一声击中了我们旁边的倒树。要是落到谁脑袋上，那可不得了。

狮狮田说得对。

我们生活在一个电话就能召唤到警察和消防员的环境中，总感觉不尽力救援或放弃救援是很不好的事情。可是面对无力抵抗的灾害，确实存在必须优先考虑自身安全的情况。

"我也赞成。待在这里恐怕会遇到二次灾害，我们还是回去吧。"

我放下手上的工具，比留子同学也放了下来。其他人都一言不发，但仿佛松了口气一般加入了我们。

"怎么会这样，竟然真的死人了。"

回去的路上，王寺懊恼地说。

我想到的当然是先见的预言。

男女各二人，共计四人死去。

没想到最希望预言应验的臼井竟是头一个死掉的人。如他所愿，这起事件不久之后肯定会占据全国性报纸的版面。只可惜他从中受惠的未来永远都不会到来了。

"所以我不是说了嘛。"朱鹭野的声音也有气无力，"先见大人的预言一定会应验，不要到处乱走。"

我们拖着沉重的脚步回到"魔眼之匣"，纯正在走廊右侧扫地。

"啊，你们回来啦。"

刚才的地震好像把花台上的花瓶震了下来，木板地上扫起了一堆小小的黄色花瓣。

"你在帮忙打扫吗？"

纯对父亲点点头。

好在花瓶并没有摔破，黄色欧石楠被放了回去。

"餐厅里有碗碟打破了，很危险，所以我被分配到这里打扫了。神服阿姨在里面打扫。"

走进餐厅，神服好像刚刚收拾完，正把包着碎片的报纸塞进垃圾袋里。她应该是意识到臼井没在我们这群人中间，用极为平静的口吻说：

"臼井先生虽然很可怜，但这也没办法。要是他听了先见大人的话，或许还能迎来不一样的结局。"

"你够了！"狮狮田骂道，"这只是巧合。那个叫先见的人说过会发生地震吗？每天到处都在死人，预言不过是煞有介事的马后炮罢了。"

神服对此做出的回答似乎游刃有余：

"您忘了吗？先见大人说的是'真雁''这两天内'有人要死。如果说这是巧合，那么巧合应验的概率有多大呢？"

"总之不是零。"

狮狮田顽固地反驳，但是想不出更有力的说法，只能烦躁地拍打着衣服上的泥土。

"喂，这是什么啊？"

我听到朱鹭野的声音回过头去，发现她在餐厅门口拦住了十色。原来十色在地震的混乱中失去了手提包，还抱着素描本把那幅画给露出来了。朱鹭野看到山体滑坡的画，露出了毫不掩饰的嫌恶。

"一个人被活埋了，你竟然还去写生？"

朱鹭野彼时还在"魔眼之匣"，误以为十色是在山体滑坡之后画了那幅画。

"这是……"

"真是服了你。结果连你也跟那个记者一样，是把别人的不幸当饭吃的人啊。"

朱鹭野的误解无可厚非，然而突然被劈头一顿骂的十色也失了色。

"你别胡说！"

茎泽插了进去。

"前辈是在地震前画的那幅画。要是你不信，就去问狮狮田先生，还有叶村哥。"

朱鹭野和王寺他们的目光转了过来。我一时不知如何应对，就瞥了一眼比留子同学，而她则一脸苦涩地瞪着茎泽。她应该是在暗自愤慨，为何茎泽要说出十色试图隐瞒的事情。

可是茎泽越说越上头，一把夺过十色手中的素描本，把昨天的画也翻出来给朱鹭野他们看了。

"不仅是山体滑坡。你们瞧，还有昨天桥着火的画，还有到这里来的巴士事故！前辈能够通过画来预言身边发生的事件！她才不是搞恶作剧！"

"茎泽君，够了。"

十色试图打断他，王寺却开口道：

"我记得你昨天留在餐厅时确实拿出了素描本。从时间上来说，桥着火是那之后不久发生的事。难道你真的……"

另一边，朱鹭野提出了怀疑。

"你说她画了桥着火和山体滑坡的预言？怎么可能有这种巧合。而且你们还偷偷打探先见大人的事，搞不好这都是你们干的吧？"

"你……你什么意思啊！"

"那场地震有可能根本不是偶然发生的天灾，而是人造机关引发的。比如事先在山上埋好爆破用的炸药，画完画后引爆？"

茎泽被这种出乎意料的质疑逼得无言以对，怯生生地说：

"你……你不是相信预言能力的存在吗？"

"能不能不要混为一谈？我从小就看着先见大人的预言一个个应验，那可是无法动摇的事实啊。相比之下，你们倒像在故意显摆这些画。太可疑了。"

咄咄逼人的话语把荃泽呛得说不出话来，一直沉默的狮狮田却不怀好意地说：

"可是朱鹭野小姐，你那个说法不仅对十色君[1]有效，也对先见女士有效啊。"

"你什么意思？"

"先见女士不正是因为此前的预言都应验了，才能在好见作威作福吗？难道那些就不是人为安排的啦？同样，为了实现这次死四个人的预言，她可能人为引发了山体滑坡。搞不好先见女士并非一个人，而有一个崇拜她的信徒在协助。"

当即反驳的人自然是神服。

"你说的那个信徒，可以理解为我吗？"

"你觉得是这样吗？我只是指出了最符合逻辑的可能性而已。"

"那么我就用逻辑来回答你吧。地震发生时，我就待在餐厅里。因为受了你的委托，跟你的儿子纯君待在一起。你觉得我在那种情况下，有可能瞅准你们的行动时机引爆炸药吗？"

见狮狮田说不上话来，神服继续道：

"反过来说，十色同学不是跟臼井先生离得最近吗？那么她完全有可能看准臼井先生接近目标地点的时机开始画画，然后马上引爆炸药，所以最可疑的应该是她。"

"你说什么？！"

---

1. 日本一些年长者会称呼下级或比自己年纪小的女性为"君"。

听到十色被侮辱，茎泽顿时激动起来。

"前辈的预知能力是真的。要是你们不信，就来彻底验证一遍吧，我求之不得！到时候你们就知道前辈有多特别——"

"闭嘴！"

那声怒吼比狮狮田的吼声还要惊人十倍。因为在此之前一直温和亲切的十色竟然吊起眼角，气得顾不上掩饰了。

"你少给我乱讲话！干什么啊，我什么时候说想当超能力者了？！"

"可……可是大家都不相信前辈，所以我要向他们证明啊！"

"闭嘴，闭嘴！你真是太讨厌了！"

趁着十色的怒吼让大家沉默下来，我插了一句嘴：

"请听我说。那场山体滑坡不是爆炸引发的，而是自然地震所致。我在地震前明显感觉到了初期微震，而且完全没有听见爆炸声。"

"你的感觉绝对可信吗？"

神服用死板的语气问道。

"我中学时经历过大地震，而且臼井先生被泥沙掩埋的地方离我们不到二十米。如果是故意为之，那就太危险了。"

她没有反驳，刚才提出阴谋论的狮狮田也不情不愿地承认道："的确是这样。那难道这都是巧合吗？"

没有人点头，也没有人否定。总之，大家都很累了，似乎不想继续争论下去。尽管如此，餐厅里还是充斥着压力，并暗示人们心中从昨晚开始渐渐膨胀的猜疑，开始向十色集中了。

为了转移话题，我问王寺散步有没有收获。

"不行啊。山里植被太密了，得有砍刀开路才能往前走。而且我还在树上发现了疑似熊爪的痕迹，当时就掉头跑回来了。"

他有气无力地回答。

不知不觉已经过了正午，神服询问谁要吃午饭，但没有人提出肚子饿了。朱鹭野说她更讨厌身上脏兮兮的，想请神服先去烧洗澡水。

"臼井先生已经去世了，那跟先见女士见面的事情该怎么办？如果可以，我也希望直接问她一些问题。"

比留子同学说完，神服想了想，然后点点头。

"我先去向先见大人汇报臼井先生的死讯，然后传达你的话。请在房间里稍事等待。"

"那能请你到叶村君的房间来找我吗？"

我一边听她们说话，一边呆呆地思考。

现在已经死了一个人。如果预言正确，在接下来的三十六个小时里，还要再死三个人。

六

我们没有定下今后的行动方针，而是直接解散了。本来想齐心协力找到离开的办法，结果却事与愿违，搞得人心涣散。

我和比留子同学在房间等候神服的回答，顺便谈论了刚才的事情。主题并不是臼井的死，而是十色的画。

巴士撞到野猪的事故，木桥着火，还有地震导致的山体滑坡。我们从昨天到现在，已经三次目睹了十色的画不久之后变为现实。这实在难以解释为巧合。

"本来我还想赞成狮狮田先生，认为十色同学施展了什么诡计……不过那场地震绝对是自然现象。结果正如先见女士的预言，有人死掉了。"

"目前为止还没有证据能够否定先见和十色的超能力啊。"

比留子同学把大披肩盖在腿上，不断用手梳理着沾了灰土的头发，同时点点头。

"我也不相信超能力。可是，如果说先见女士真的跟班目机构的研究有关系，那就无法断言那种能力不存在。"

我对此表示赞同。

那是用常识很难想象，只存在于神秘学当中的东西。可是，我们在娑可安湖已经亲眼看到了班目机构将其中一种变为现实。

以不符合既存常识这个理由来予以否定的行为，已经不再符合逻辑了。

"假设先见女士和十色同学的预知能力都是真的。"

比留子同学慢慢说了起来。

"或许能以她们的预言为参考，去规避悲惨的未来。可是针对先见女士这次的预言，它并没有娑可安湖恐怖袭击和大阪南区楼房大火那两次的内容那么具体。"

我也有同感。预言只提到会有男女各二人在真雁死去，并没有触及具体会发生什么，以及具体的死因，所以就算想规避，也无从制定策略。

"与之相对，十色同学画的都是现场光景，所以很具体。只是问题在于，绘画完成和事情发生之间几乎没有时间差。"

　　木桥起火一事虽然不太确定，不过巴士事故和山体滑坡都是画作完成后几分钟就发生了。要是不时时刻刻监视十色的举动，就无法利用她的能力来躲避危险。

　　我们迟迟找不到有效的对策，比留子同学开始垂头丧气。

　　"早知道就不该带你来。"

　　糟糕，她进入消极模式了。

　　"事情变成这样又不是比留子同学的错。"

　　"可我完全可以一个人过来。"

　　我内心有些厌烦：事到如今还要回到出发前的话题吗？到底要说多少次她才明白，我跟她共同行动并非没有意识到危险呢？就算比留子同学一个人来了，我也会担心这个担心那个，同样不好受啊。

　　为了让她重振精神，我加重了语气。

　　"你那个反省太不着道了。我们不是来旅行，而是来调查班目机构的啊。结果呢……"

　　我跺了一下脚。

　　"这不是找到班目机构的设施了吗？还找到了曾经是实验对象的先见。我们的行动一点错都没有，难道不是吗？接下来要去跟先见谈话，尽量获取班目机构的信息，然后平安回去！现在只需要想这个就好了。"

　　"嗯，也对啊。"

　　比留子同学依旧低着头，但好像强忍住了不安，朝我点点头。

　　"为此，我会尽我所能。"

下午一点多，神服来找我们了。她跟昨天不一样，只带我们两个去了先见的房间。神服说，先见希望跟我们好好谈谈，所以决定跟十色分开见面。

神服把我们领到门前，低下了头。

"请两位进去吧。我在餐厅等候，有什么事请过来叫我。我认为你们应该不会有过分之举，但务必劳烦二位，不要让先见大人太兴奋了。"

看着神服走进餐厅后，我们敲敲门走进了先见的房间。

先见端坐在书台前，用猛禽一般锐利的目光看着我们。桌上那个小花瓶里的白花还是昨天的样子。比留子同学用它当了打开话题的工具。

"这花好可爱呀。早上我在屋后看到了这种花，好像叫欧石楠，对吧？"

"那是奉子女士种的。她很照顾我。"

先见的声音不像昨天那样严厉了。

"我听说神服女士是五年前搬过来的。她从那时起就一直在照顾您吗？"

"她很年轻，我也劝告她待在这个深山里没有前途。不过别看她那样，性子可顽固了。"

先见的话清晰易懂，看不出思考能力衰退的迹象。可是她瘦削的身体和摆在手边的药盒都在暗示着她生病了。

先见善解人意地马上进入了主题。

"听说那位记者去世了？虽然他是自找的，不过也太可怜了。"

她说起这件事来好像跟自己完全无关，而比留子同学只是点了点头。

"是的。现在我也明白好见村村民为何如此害怕预言了。"

"你们好像是看到杂志上的文章，对我的预言产生了兴趣，对吧？"

昨天的会谈虽然在混乱中结束，可她好像记得很清楚。

"听说您预言了许多重大事件，让我不禁感到震惊——但是我们对先见女士您产生好奇的理由并不只有这个。"

老人眯起了眼睛。

"我们被卷入了您预言的娑可安湖恐怖袭击案件，后来在调查那起案件的过程中，我们又得知发起袭击的凶手利用了班目机构这个组织的研究成果。就在那时，我们在杂志上读到了您的预言和神秘组织，心中就产生了疑念。"

先见眼皮缝隙间露出的双目，暗含着严肃的光芒。

"我们怀疑，您对娑可安湖一案的预言可能并非超能力，而是从机构的相关人员那里得到了信息。同时还怀疑先见女士至今仍跟班目机构维持着某种关系。"

比留子同学结束了话语，观察着先见的反应。

先见拿起旁边的茶杯喝了一口，然后长叹一声。

"没想到这个岁数了还能从别人口中听到那个名称。我还以为他们早就消亡了。"

"您现在已经跟他们没关系了？"

比留子同学目不转睛地看着她，绝不放过任何谎言。老人则笃定地点点头。

"我可以发誓。从他们离开那一天起，我已经将近半个世纪没有见过机构的人了。恐怖袭击是我很早以前的预言，并且也忠告过好见村村民不要靠近那里。你们过后查一查就知道。"

但是，比留子同学依旧在追问机构的事情。

"班目机构作为一个巨大的研究组织，其活动确实可以说是终止了。只是，一部分研究成果实际已经引发了重大惨案。我听说班目机构还进行过其他不可思议的研究。现在必须防止悲剧再次发生，所以希望您能把知道的信息全部告诉我。"

先见可能感受到了比留子同学的热情，轻声说了句"是吗"，然后看着远处沉默了一会儿。她后来发出的声音里，透着从未有过的寂寥。

"班目机构——可以说是一个可能性的沙盘。不过这也是我以前从这里的研究者口中听来的说法。"

"可能性的沙盘"，我默默重复了那几个字。

"身处这个世界，自己认为好的事情往往会得出坏结果，而灾难也可能会转变为福报，尤其是人类自己的发明更是如此。救人的技术会被用于杀戮，而为战争创造的技术，却能给现在的世界带来便利。

"原子能和 GPS（全球卫星定位系统）自然不用说，连现代生活不可或缺的互联网、电脑和移动电话，都是军事技术转为民用的产物。这是连我都知道的一些例子。把视角反过来，原本用于建筑爆破的炸药后来被应用为武器，植物学家研发的枯叶剂在越南战争中被当成毒药大肆喷洒，给许多人带来了痛苦。

"正因为有了战争这种摆脱伦理和道德枷锁的环境，才会促进技术的快速发展……"

先见说到这里停了下来，开始剧烈咳嗽。那种咳嗽仿佛在消磨性命，显然不是感冒，而是深深侵蚀身体的疾病所致。我和比留子同学同时站起身来，绕到老人身后替她轻抚背部。她实在太瘦了，隔着衣服也能感到清晰的骨骼触感，令我大吃一惊。

"真是对不住啊，年轻人。"

"要不要叫神服女士进来？"

"没关系。刚才说到哪儿了？对，战争能令技术实现惊人的发展，反倒是和平时期，人们心中会恐惧变化，从而慎重看待技术的发展。班目机构就是为了不受那个枷锁束缚而诞生的组织。"

"不受伦理和道德枷锁束缚的研究……"

比留子同学可能想起了娑可安湖的事情，苦涩地呢喃道。

日本有禁止克隆人类的克隆技术规制法，而近年的 AI（人工智能）技术发展也时刻伴随着警告其危险性的论断。

如果单纯从研究的观点来看，这些明显是压抑手段。

班目机构创造了一个不受任何压抑的沙盘，以推进他们的研究。

"当然，他们并不是单纯的法外之徒。这个设施里除了研究员，还有机构派来的监督员。他们时刻把握着研究内容，防止研究员失去控制。"

比留子同学撩起一束头发放到嘴边。

"也就是说，班目机构认为一切研究本身没有善恶，问题在于掌握成果的人，所以只在与俗世隔绝的沙盘中进行研究。是这样吗？"

"他们特别注意不让情报泄露。我在机构撤出前，也一直生活在桥这边，以免被好见村村民看见。"

大约五十年前，班目机构从全国各地召集了相传拥有预知未来或透视等特殊能力的人。其中有知名占卜师、修验者、奇怪传闻不绝于耳的奇人等等。先见出生在某个深山村落代代执掌巫女职务的家族，也是拥有特殊能力的人。她从小就发挥出了非同寻常的预知能力，但是时代流变，村子的主产业林业开始衰退，使她经济上出现困难，便以巨额酬金为交换加入了班目机构的研究。当时她才二十岁。

说得好听点是加入，实际等同于卖身给机构。

机构向好见村村民支付了大笔封口费，在这里建起了研究所，开始超能力研究。主导研究的人是个年轻研究员，他带来了一名助手，另外还有班目机构派来的三个研究员在这里工作。加上负责警备和生活管理的人，这里平时住着大约十名成员。

一开始被召集过来的实验对象有十一人，大家只能几人合住一个房间。但是其中有许多谎称能力或用诡计骗人的人，半年后，剩下的实验对象就一只手都能数过来了。

"对你们来说，研究是件痛苦的事吗？"

我从娑可安湖的经历中判断，"魔眼之匣"可能进行着非人道的研究。然而先见做出了否定。

"他们认为，为了最大限度地激发能力，必须尽量减轻实验对象的精神负担。而且这里的机构成员大都性格温和。只是……"

先见的语气变沉重了。

"我们每天为了得到他们想要的结果，都在拼命努力。万一被认定为假货，我们就连故乡都回不去了，因为那只会让我们被斥为家族之耻。"

从来到班目机构那一刻起，她的生存之道就只有不断证明自己的能力。

比留子同学进一步追问先见的能力。

"您昨天说'事件的残片不会寄托在映像或文字中，而是作为信息直接被我接收到'，能请您再仔细讲讲预言的方法吗？"

老人咕哝了一句"你问那个有什么用"，不过并没有表现出厌烦。

"首先进行祈祷，最好在自然环境中。我在这里就经常到屋后的瀑布去。"

她说的应该是我们今早去过的瀑布。

"每天早晚各两个小时左右，把想知道的时间和场所，或是事件规模放在念头中进行祈祷，持续三天到一周，我就会在梦中看到事件的光景。越是未来的事，祈祷的负担就越重。"

"也就是说，预言需要一定时间和体力，并不是能简单完成的事情。"

"特别是最近，我的身体已经越来越跟不上祈祷的消耗了。真是丢人。"

先见自嘲地笑了笑，而比留子同学还是一副难以释怀的表情继续问道：

"班目机构为何撤出了这个研究所？只要你一直创造成果，预言的研究就能继续下去，难道不是吗？"

先见沉重地摇了摇头。

"研究经过了四年，我犯了一个重大错误。"

"预言没有应验？"

"不对，是预言应验了。可是机构因此将其视为大问题，后来还发展成了被公安盯上的大事。在此之前，因为机构与政府的关系，公安一直保持不干涉的立场，但是我的预言令班目机构的立场岌岌可危，甚至否定了预言研究本身的意义。结果就是，我辜负了他们的期待。"

先见并没有具体说明，但研究因为那件事而走进了死胡同，研究员们则把先见留在这里，全部离开了。

长长的自白似乎消耗了大量体力，先见缓缓叹了口气。

就在那时，背后传来敲门声，紧接着是神服的声音：

"先见大人，该轮到下一位了。"

我看了一眼屋里的时钟，不知不觉已经过了将近一个小时。十色肯定等得很心急吧。

"请让我最后问一个问题。"比留子同学坚持道，"十色同学——那个年轻女孩好像也有预知未来的能力。您对她的身世有什么想法吗？"

那个出人意料的提问让我吃了一惊。

先见抿紧嘴唇，目光飘忽了片刻。

"没有。因为我昨天才第一次见到那位小姑娘。奉子女士。"

她用一声呼唤示意我们的面谈已经结束。遗憾的是，此行并没有得到我期待的收获。

如果先见没有说谎，那我们就问出了以前这里进行的研究内容。

可是她与班目机构早已断绝关系，并没有近几年的信息。此外，我们也没办法判断预言的真伪，只能静候事态发展。

返回房间的路上，比留子同学突然在玄关门前停了下来。我看向她，发现她在看着前方窗口的毛毡人偶。

"——变少了。"

那里原本有四个人偶，现在只剩下三个了。

手持樱花枝的"春之人偶"不知所终。

七

我们站在只剩下三个的人偶前面疑惑不已，神服正好路过去叫十色，顺带告诉我们洗澡水烧好了。现在其他访客正按顺序洗澡，最后应该是王寺过来通知我。

"另外，晚饭定在七点钟，请准时到餐厅来。"说完，神服就离开了。

我跟比留子同学道别后，在房间里等待洗澡顺序，同时思索着那个消失的毛毡人偶。说到人偶消失的推理故事，我首先想到的就是《无人生还》。那个故事里也是每死一个人就有一个人偶消失。难道说——

不，臼井的死是一场事故，情况跟《无人生还》完全不一样。可能是人偶碰巧掉在地上被人踢走了，或是狮狮田的儿子纯拿去玩丢了。就算有人模仿推理小说的做法，那也只是恶作剧罢了。

想着想着，我开始犯困，然后听到走廊传来说话声，猛然清醒了。再看时钟，时间是下午三点。已经过去了一个小时。

没过多久，外面又传来敲门声，我打开门，发现是刚洗完澡的王寺。

"真是受不了，我只知道你们的房间在一楼，就赌上五成概率敲了隔壁的房门，结果开门的是剑崎妹子。她好像对我戒心特别重，真是太对不起她了。啊对了，她说要先去洗。"

那可真是难为她了。比留子同学对私人空间特别严防死守，我不禁想象到她隔着门缝战战兢兢地跟突然来访的王寺说话。

我本以为他只是过来传话，没想到王寺不好意思地合起手掌，向我提出了意外的请求。

"那啥，要是你还有多的内裤，能借我一条吗？"

这么说来，带了换洗衣物的只有我和比留子同学，还有茎泽他们两个。王寺则把所有行李连同贵重物品都留在了机车上。好在我带了两条备用，内衣又不是一定要按尺码穿的东西，便给了他一条。

不过，王寺左顾右盼，好像还想说点什么。

"怎么了？"

"没什么，我就是觉得刚有人在面前死了，你倒是很冷静啊。"

我之所以没有惊慌，单纯是因为经历过更悲惨的情况。

"我当然吓了一跳，毕竟连我们都差点被山体滑坡给卷进去了。"

王寺飞快地确认了两旁没有人，然后压低声音。

"你怎么想？臼井先生的死真的是巧合吗？还是说……"

还是说——我们中间某个人杀了他？

他并没有说出后面的话，而是抿紧了嘴唇。

他可能为自己毫无根据的怀疑感到羞耻了，也可能想到我同样是嫌疑人之一。

"不好意思，你忘了这些话吧。内裤，谢谢啦。"

后来，我等比留子同学回来之后去洗了澡。因为是最后一个，我舒舒服服地泡了个尽兴，出来时已经快下午四点了。

因为出去洗澡时我没关暖炉，所以房间温度正好，导致睡魔偷偷降临。可能也因为一大早就四处走动，确实累了。

我想着比留子同学待会儿可能会过来，还是在床上躺了一会儿，随后意识就被拖入了睡眠的深渊。

八

我独自一人坐在船上，像暴风中的树叶一般被怒涛翻卷。

我眨眨眼睛，转眼就被以前从未见过，但相貌极为普通的女人绞住了脖子，下一个瞬间，则来到气氛厚重的酒吧痛饮起了度数特别高的伏特加或白兰地。

不知转换到第几个场面，我已经意识到这是在做梦，但无论如何都醒不过来。后来想想，那也是理所当然。因为所有梦境中共通的苦闷和恶心，就是现实的感觉。

突然，一阵清风吹来，我的身体遭到了强烈摇晃。

"叶村君！"

是比留子同学的声音。我极为困难地睁开眼睛，发现白色天花板映衬着一张神情紧张的美丽面孔，好像还没出息地扭曲了片刻。

我猛然感到自己被一股强烈的呕吐感侵袭。比留子同学确认到我的反应，马上跑到敞开的房门处把门开关了好几次。看来她在给我的房间换气。我看到门外站着怀抱素描本的十色。于是我强忍恶心开口问道。

"比留子同学，怎么回事……"

"可能是一氧化碳中毒。由于室内氧气不足，灯油暖炉发生了不完全燃烧。"

暖炉的火已经熄灭了。可能是比留子同学把我摇醒之前处理过了。

我的症状比较轻微，呼吸了一会儿新鲜空气后，恶心感渐渐平息下来。

看向时钟，现在是下午五点半。从我洗完澡回来已经过去了一个半小时。按照比留子同学的说法，我在她后面去洗澡后，她也打着瞌睡一直等我回来。过了一会儿，她来敲我的房间门，发现没有反应。因为门只能从内部上锁，如果我还在洗澡，她就能开门进去，可她认为我应该是还没洗好，就回房间去了。又过了三十分钟，她再次走出来，发现十色在走廊尽头的厕所前晃来晃去，手上还抱着素描本。

比留子同学刚想说她跟先见已经谈完了，没想到十色竟一脸哭相朝她跑了过来。

"剑崎姐，怎么办？我又……"

比留子同学发现她手上拿着彩铅，立刻理解了事态。

十色又画了"那种画"。她赶紧查看素描本，上面画着发出红光的暖炉，旁边床上躺着一个黑色的人，地上还有个小动物一样的影子。

"根据目前为止发生的事情判断，肯定是某个房间出现了跟画中一样的情况。于是我头一个冲进了你的房间，发现你倒在床上。"

比留子同学一边介绍完情况，一边查看我房间的暖炉。好在我睡下去之前想到比留子同学可能要来，就没有锁门。

十色自从走进我房间，就一脸消沉地站在那里。她好像在等着我随时对她发起指责。

"暖炉好像没有问题，应该是典型的不完全燃烧。"

"是不是因为我洗澡的时候一直把它开着啊。"

听了我的疑问，比留子同学一脸复杂的表情。

"确实有可能，但你洗完澡开门进去的时候，应该带入了一定的新鲜空气。再加上房间也有通气口……"

天花板附近确实开着一个小小的通气口，就算关着房门，也不应该会出现缺氧的情况。

就在那时，比留子同学发现床底下有个东西。

"这是……"

她用运动鞋尖撩出来一个东西，那是比拳头还小一点的老鼠干尸。

我在死了老鼠的房间一氧化碳中毒倒下了。

十色再一次完美料中了事故内容。

"昨天还没老鼠啊。"

"对不起。"

我听到一声呢喃，转过头去，发现十色流着眼泪在向我道歉。

"对不起，这都怪我。差点就害叶村哥也死了。"

十色说叶村哥"也"。看来她把自己的画和夺走臼井性命的山体滑坡认定为了因果关系。

"我才不想要这种力量。可是我真的不知道该怎么办。每次只要脑子里出现一个光景，我就控制不住自己，一定要把它画完。等我回过神来，眼前已经出现一幅画了……"

"没关系，这不怪你。"

比留子同学上前安慰，她却摇乱了头发拼命拒绝。

"以前从来不会像这样连续发生可怕的事情。接下来可能还有人会因为我而死去。"

"话不能这么说。其实臼井先生的死也不是你的责任……"

"被诅咒的人是我，我死掉就好了！"

"那样不对。"

比留子同学语气强硬地打断了她的悲痛之词，然后笔直看着十色满是泪水的脸。

"如果世界上真的存在诅咒，那一定是我的诅咒更强。在此之前，我身边已经死去了两只手都数不过来的人。"

突如其来的坦白破坏力惊人，少女霎时止住了呜咽。她面露惊讶，比留子同学却露出了微笑。

"这是真的，还害我跟家里相当于断绝了关系。可是就算这样，我也不想死，也不希望任何人死。所以我要感谢你，多亏你让我看了画，我才能尽快赶到叶村君身边。"

十色闻言又哭了一会儿，然后擦掉眼泪。

我没想到比留子同学竟会坦白自己的体质，不禁感到有些震惊。

她可能在被真相不明的能力所折磨的十色身上看到了自己的影子。对她来说，就算别人管她叫诅咒，应该也绝不会选择死亡这种徒劳的解决方法。

"不如让十色同学了解一下我们的情况吧？"

比留子同学可能与我看法相同，当即便同意了，然后催促十色在我旁边坐下。

"你还记得昨天神服女士说的班目机构吗？我们到这里来就是为了调查那个组织。可是刚才直接问了先见女士，还是没得到很详细的信息。"

"啊……"

十色突然有了反应。

"那个，只要知道当时的研究情况就可以了吗？"

"你知道吗？"我和比留子同学异口同声地说。

"嗯，不过……"十色说到这里顿了顿，"我觉得还是要先说说我的能力。"

十色在小学三年级的时候发现了自己的特殊能力。某天上课时，她看着窗外，脑海中突然毫无征兆地浮现出一个光景。

俯伏在地的人影。那个印象派绘画一般的人影没有清楚的面容，四肢都朝着奇怪的方向弯曲，倒在了血泊中。虽然那是个很骇人的光景，但就像睡意蒙眬时做的梦一般缺乏真实感，所以她并没有慌乱。

可是。

"老师，十色在桌子上乱涂乱画！"

邻座男同学的告状让十色回过神来，被眼前的光景吓得几乎翻倒在地。

她的课桌桌板上画满了铅笔画。那在旁人看来可能只是涂鸦，可只有她本人一眼就看出，那是一具扭曲的人体——跟刚才看到的幻影一样。她举起惯用手，发现侧面已经蹭黑了。尽管难以置信，但这只能解释为她在意识陷入梦境世界的一瞬间，一口气画成了这幅画。

"十色同学，你怎么……"

就在班主任老师责备她的瞬间——

窗外掠过一个大黑影，紧接着是一声钝响，一直传到了她在二楼的班级。

周围顿时爆发出尖叫，班主任老师猛地冲到了窗前。

不会吧。

这是怎么回事。是我做的吗？

学生们看到瘫在地面的尸体，纷纷哭叫起来，教室陷入混乱。只有十色一个人在拼命用橡皮擦擦除课桌上的画。

第二天早会，她才得知跳楼死亡的人是遭到同学霸凌的六年级女生。

从那以后，十色身边只要发生惨案，她必然会提前"接收"到那个光景。她无法凭自己的意志选择看或不看，只能单方面接收信息，等她回过神来，就会发现自己使用一切能画出颜色的东西，在附近的纸张、墙壁或是地面上完成了一幅画。

次数频繁之时，每年会有一到两次。她心里很害怕，就找父母商量了好几次，但好像都被认定是少女多愁善感的叛逆行为，并没有得到认真对待。有一天，她来到了住在远方的外祖父家。好像是父母对外祖父提到了女儿最近有点奇怪。外祖父平时很温柔，唯独那次声色俱厉地训斥她，叫她绝对不能对外人透露自己的症状，因为那样会让家族蒙羞。十色再次陷入沮丧，但认为外祖父之所以一提到这个就脸色大变，单纯是因为老人家很在意周围的目光。

不巧的是，随着她的成长，看到幻象的次数越来越频繁了。

"于是我就尽量让自己保持低调。为了避免到处涂鸦，还一直把素描本和彩铅带在身上，升上初中后为了不引人注目，还加入了自己一点都不感兴趣的美术部。可是有一次校内发生骚动，有同学看到我在火警警报拉响之前就画了火灾的场景，不好的传言渐渐传开了。"

为了重新构筑人际关系，十色选择了当地人几乎不会考的县外高中入学。

她虽然从不好的传言中解放出来，但是为了掩饰自己的能力，还是不得不故意在他人面前画画。

"我只要一有空就会画画，在同学眼中可能是个有点奇怪的人。但我老早就说自己想考美术大学，所以这样就够了。总比上初中时被所有人害怕要好。"

听到美术大学，我忍不住问了回去：

"你连将来的计划也要配合掩饰行为吗？要是你真的喜欢画画，那还好说。"

"我怎么可能会喜欢。"

十色咬牙切齿地说。

"都是因为画画，我才会这么辛苦。可是为了隐藏这个能力，我还要继续画很多很多画。如果不那样，就无法融入大家了！"

我不仅为自己的提问感到羞耻。比留子同学无法摆脱吸引案件的体质，十色也无法将人生与这种麻烦的能力割离开来。她为了寻找平衡点，已经很拼命了。

"抱歉，我太不注意了。"

十色迅速抹了一下眼角说："那我继续了。"

升上高中后，外祖父隔三岔五就要问问十色的症状，并百般叮嘱她千万不能透露给别人。十色觉得外祖父如此在乎这件事，肯定是知道点什么，但是不敢直接问他。

就在那时，她碰巧看到了茎泽正在翻阅的《月刊亚特兰蒂斯》十月号，也就是那篇有关预言和 M 机构的文章。

"当时我想，说不定除了我以外，还有别人拥有同样的能力。觉得除此之外别无可能了。"

然后到了十月——外祖父因为交通事故突然去世，十色在悲痛的同时，又因为没能来得及问出这个能力的真相而大失所望。可就在她帮外祖母整理遗物的时候，在书架深处发现了一个没见过的东西。

"在早就没人用的厚重字典里面，好像故意隐藏似的放着几本笔记。里面好像是关于某项实验的研究记录。"

"研究记录？"

我们听到这个信息，不由得感到震惊。十色继续道：

"我一看就知道那是外祖父的笔迹，而且最后一页还有他的签名。问题是里面记载的超能力研究，那主要是围绕一个名叫先见的女性展开的内容。我的外祖父曾经是班目机构的研究员。"

九

十色的外祖父就在我们身处的这个研究所进行着超能力实验。

"笔记上写着先见的家系是隔代遗传预知能力的，还写了外祖父跟她有着不同寻常的关系。而且，外祖父还在这个'魔眼之匣'跟她生了一个孩子。不久之后，他就把孩子带走了。"

先见有个被迫分别的孩子。没想到先见的血脉还在真雁之外的地方继续传承。

"那孩子的名字叫久美——是我母亲的名字。"

于是十色便知道了自己的能力是隔代遗传，也就是说，她是先见的外孙女。可是她不能在家人面前提起这件事，因为别说外祖父，连母亲久美都没对她说过这些事情。母亲极有可能并不知道自己跟十色现在的外祖母没有血缘关系。现在痛失外祖父的心伤尚未愈合，她并不想对家人投下这样的重磅炸弹。

唯一可能知道些什么的，就是外祖母了；因为她知道自己跟外祖父结婚时，丈夫已经有了一个孩子。

"所以我就在回忆外祖父的谈话中混进了一个问题：'外公跟外婆结婚前是做什么工作的？'可是外祖母只是笑着摇了摇头，并不回答。"

十色为了亲自确认真相，一路找到了好见来。之所以让荃泽一起过来，是因为她没有勇气独自踏足这片陌生的土地。

"笔记上还写着研究所的地点吗？"

"上面只写了好见，所以我是自己找过来的。你要看看笔记吗？"

那是个求之不得的好机会。我们满怀期待地跟她回了房间。她住在地下室，房间就在比留子同学正下方。

里面的结构跟今早看到的朱鹭野的房间一样，照明也一样。屋里摆着床和暖炉，还有张简陋的桌子。不过正对床的墙上多了个圆形时钟。那是个挺漂亮的钟，表面没有玻璃覆盖，两根指针直接裸露出来。最近神服应该对过时间，指针显示的时刻跟我手表上的一模一样。

下午六点。

我险些又要计算剩余时间，于是将注意力转回了室内的情况。

"神服阿姨说这里以前是研究室，说不定是我外公的房间。"

十色从行李中拿出几本晒得发黄的笔记，递给了比留子同学。

"请看吧。我已经全部看过了，可以借给你一段时间。"

比留子同学把笔记扫了一眼，略显犹豫地说：

"你今天早上偷偷跑到先见女士的房间，也是想问这个血缘问题吗？"

"昨天因为桥的事情没顾得上问，所以我想尽快确认这件事。可是她说根本不记得有这件事。刚才我又跟她见了一面，她还是说我误会了。"

看来跟我们那次的反应一样。见十色一脸寂寞地垂下了目光，比留子同学转移了话题。

"茎泽君知道这些笔记吗？"

"我没告诉他。绝对不会告诉他。"

真够冷淡的。

"这个问题要是你不想回答就算了。他怎么知道你的能力，是你告诉他的吗？"

十色夸张地扭曲了面孔。

"那是不可抗力。我上初中时画了一幅人从逃生楼梯上滚下来的画。一想到又要有人受伤，我就特别想防患于未然。"

她先后看了教学楼的两处逃生楼梯，都没有发现异常。正在疑惑的时候，碰巧看见了在体育馆附近晃悠的男学生。于是她想起体育馆也有逃生楼梯，便把自己的画给那个男生看，然后拽着他的手远离了体育馆。

那个男生就是茎泽。

"可是当时有一群不良学生聚集在逃生楼梯上，其中一个人脚下打滑滚了下去，最后还叫了救护车来，造成了大骚动。"

茎泽逃过一劫，可能对她心怀恩义，从那以后就不顾周围的目光缠上了她，甚至在初中毕业后一路追到了县外的高中。

"对他来说，十色同学就是救了他免受重伤的恩人啊。"

比留子同学虽然这样笑着说，不过在我看来，除了恩义还要有更强的对异性的感觉，才会一路跟着她来到这么偏僻的地方，还赞赏她的特异能力吧。

可是，他不知道研究笔记这件事让我感到有些奇怪。

"十色同学知道好见的具体地点和先见的名字，他难道没有觉得奇怪吗？"

"荃泽君对《亚特兰蒂斯》的文章特别感兴趣，我说什么他都信，所以这些就都成了从远亲那儿听来的事情。"

毕竟是瞒着这件事把荃泽带了过来，十色看起来有些不好意思。

"不过他也不算是坏人啊。当然也不算好人。"我说。

"只要想象成一块大盾牌自己长脚走路了，应该就能容忍了吧。"比留子同学说。

我们对荃泽的评价实在太不客气，十色忍不住笑了出来，露出了久违的愉悦。

"你们两个果然意气相投啊。真羡慕你们。"

比留子同学表情马上变严肃了。

"不，换个视角来看，叶村君的行动力其实很糟……"

"就是啊，互相信赖才是最好的。"

我情急之下打断了多余的指责，然后换了话题。

"你画上的人物都是黑色影子呢。难道脑海中浮现的图像就是那样的吗？"

十色皱起眉，看着不像不情愿，而更像在选择措辞。

"一开始脑子里冒出来的其实不算是图像，嗯……更像是光景的要素。比如桥着火的时候，就是一大块红颜色，还有整体的黑颜色，人影则像细长的物体。"

"就像不聚焦的感觉？"

"也不是。"

十色抱着头更加苦思冥想了一会儿，终于想出了一个例子。

"我觉得应该像打印机一样。打印机会收到'释放什么颜色的墨水''按照这个坐标'等许多命令，然后依照命令喷出颜色。但是打印机本身并不知道那张画是什么。我也只是在画完之后才第一眼看到自己画的究竟是什么。"

"原来如此，也就是说，"比留子同学帮忙总结道，"你收到的并不是'桥在燃烧'或'男人站在那里'的题材式信息，而是颜色的配置信息，对吧？"

她的说法可能正中靶心，十色点了好几下头。

确实，这样想的话，好像也能解释她的画为何如此抽象了。如果要画出更精致的画面，必须接收并处理现在所无法比拟的更庞大的色彩配置信息。

"如果追究细节的话，十色同学脑海中浮现的光景还不是十色同学的视角，而是俯瞰状态呢。"

比留子同学请十色把之前的画拿给她看了。

"这张巴士事故的画，在野猪后面有五个人影。当时身在现场的是我们四个人和司机。也就是说，这是一张俯瞰全员的画。桥着火的画是猛烈燃烧的光景，可我们赶到的时候，桥已经烧毁坠落了。两者都不是十色同学的视角，而是所谓上帝视角看到的光景。"

换言之，十色不仅能预言他人，还能预言自己身上发生的事吗？

十色说，完成绘画后，画上的光景大约会在十分钟内成为现实。

接着，比留子同学翻看着素描本，发出了一声感叹。

那些应该不是预知画，而是她平时自己画的东西。有教学楼、走廊和操场的风景画，也有貌似以同学为模特的人物画。有的只用铅笔或木炭完成，也有一些水彩画。

"虽然我不懂专业知识，但很喜欢这些画。"

正如比留子同学所说，那些预知画只是按照接收到的指令涂抹颜色，但平时的画却充满了力量，线条轻盈跃动，仿佛脱离了单纯的描写，直接往纸上吹入了生命的气息，让人感受到绘画者的热情。

"是吗? 那个，我好高兴。"

十色害羞地笑了笑，比留子同学却说出了意想不到的话。

"对了，给我画一张吧。"

"啊?"十色愣愣地应了一声。

"你的人物画太棒了。拿我当模特画一张吧，无论多久，我都会忍着不动。"

"不不不不行的!"一头短发疯狂地摇晃起来，"我怎么能画剑崎姐!不行，我水平不够，会糟蹋了你的脸!"

"啊，是吗……"被十色以全力拒绝，比留子同学十分遗憾地耷拉下了肩膀。

看一眼墙上那个挺漂亮的钟，刚才指向正上方的长针已经转到了正下方。六点半了。

我们已经在十色房间里待了三十分钟吗?茎泽可能要过来找她了，万一被他打听我们谈话的内容也很麻烦，还是先告辞吧。

我们刚走出房门一步，比留子同学回过头来。

"你刚才画一氧化碳中毒的画时，周围有人看到吗?"

她很不好意思地摇了摇头。

"我刚走出房间就画了起来。当时应该没有人，不过我不记得画画时发生的事情，所以很难断言没被人看到。对不起。"

比留子同学笑着说："别介意。"

我走在前面上了楼梯，听见背后传来翻动纸张的声音，还有比留子同学压抑着兴奋的说话声。

"终于，终于找到班目机构的线索了……"

我们回到我的房间，彻底调查了一遍暖炉不完全燃烧的情况，结果发现通气口附近设置的防虫网堆满了死虫和灰尘，导致网眼被堵塞了。这房间很久没有人用，出现这种情况也不奇怪，但十色不可能事先知道这个。而且我在打盹儿，比留子同学第一次来的时候没有开门，这次的事故存在太多不确定因素，要人为引发恐怕不可能吧。

我们愈发要选择相信她的预知能力了。

Chap· 3

第三章

互相监视

相互監視

一

十一月三十日

在班目机构的援助下，我期待已久的超能力研究已经展开一个月了。虽然生活在与世隔绝的深山里，但每天还是充满了兴奋和发现。

我在大学时遭到冷遇，没有得到任何正当评价，因此万分感谢班目机构愿意倾听我那些看似荒唐无稽的想法，还给予我如此大的援助，设立了这么好的研究环境。我从大学找来的助手冈町君也对这个环境心满意足，每天都热心地投身于研究。

我们先花费一个月时间，从全国各地召集了十一名候选超能力者（这里且让我冒昧地称之为实验对象）进行观察。

曾经有许多为了鉴定超能力真伪而惊动了法院或警察这些公共机构的案例。然而那些大多是超能力者自身指定条件，或是运用道具的实验，其证明能力极为有限，如今更是无法洗清利用某种诡计的嫌疑。

首先，我要彻底排除这个嫌疑。

在实验对象同意的基础上，我让他们过了一个月足不出户的生活。所有生活必需物品都由我们来安排，而实验对象提出要携带的物品——激发超能力必须用到的道具等，都由我和机构派来的研究员们彻底确认过是否存在机关。当然，实验对象本身也接受了 X 光等全身检查。在这个阶段，我们发现四名实验对象暗藏了诡计，便将其逐出，交由机构处理。

十二月二十五日

真正的超能力验证已经开展了两个月。目前就是反复的实验与结果验证，以提高精确度。

为了保持客观视角，我首先从实验中抽身出来，只对结果分析投入精力。根据负责现场的冈町君的报告，七名实验对象中，有四名实现了超过五成的准确率。

交灵术的官野藤次郎。

寻水术的北上春。

接触感应的槐宽吉。

还有最具潜力的天弥先见。

此人年仅二十岁，稚嫩的面孔完全可以称为少女。她出生在山阴的山丘地带，那里至今还信奉着混合了原始神道的萨满教，而她则是当地巫女家系的后裔。传闻那个家族中，先见是力量最惊人的一员，于是研究所就去把她请来了。我不知道巫女的生活是什么样子，不过负责管理她的冈町君说，她从来不会对指示表示出不满，做什么事都很顺从。

天弥先见的能力目前暂时被判定为"预见未来"。据说她的家系通常会隔代遗传这种能力，她的祖母及之前的祖先都可以预见未来。不过预见未来的方法各有差异。先见的祖母和姐姐擅长降灵，而过去似乎有过观星者。

至于先见本人，则是通过做梦预见未来。

她通过事先祈祷，在一定程度上指定预知的地方和时间，然后在梦中看见结果。地方越远，时间越往后，祈祷的身心负担就会越大。这种事情很难让人相信，不过她到目前为止已经说中了三件外面发生的事件。

天弥先见。

她很可能就是我寻找的人才。

二

我们回到我的房间，一起阅读了从十色那里借来的笔记开头部分。

十色勤是十色的外祖父，主持过这里的超能力研究。根据他的研究笔记，先见的姓氏是天弥。

不过两个月才做了三个预言，对我来说总感觉有些少了。原来预言是这么消耗体力的事情吗？

原本在旁边凑过来看笔记内容的比留子同学恢复了姿势，提出了

174

不一样的见解。

"我觉得要验证一个预言是否能作为有效数据是一项很麻烦的工作。比如十色勤让她'预言一件发生在东京的事件'，而东京是事故和事件频发的地方，所以'发生重大交通事故'这样的预言并不能通过验证。"

"那就指定人更少的地区，比如让她预言发生在好见的事情啊。"

"可是，那样的地方反倒极少发生能够预言的事件。比如让她'预言一个月后发生在好见的事件'，得到的回答很有可能是'并不会发生什么事件'。"

她说到这里，我总算认同了。

如果要验证超能力，就必须让她预言很罕见的事件。可是，罕见的事件又不会经常出现。为了积累具有可信度的数据，想必需要慎之又慎吧。读了《月刊亚特兰蒂斯》的文章后，我也就预言进行过调查，发现日本在明治时代也发生过所谓千里眼事件的骚动。东京帝国大学和京都帝国大学的教授针对号称拥有透视和灵视能力的女性进行了公开实验，并针对其真伪展开了论争。《午夜凶铃》的贞子原型——高桥贞子也在同时期进行了灵视实验，但是一些实验的顺序和道具完全依照实验对象的要求安排，一些实验又没有进行环境变化后的对比实验，或是并没有完全排除弄虚作假的余地，因此都称不上科学证明，现在主要认为那些都是通过诡计实现的东西。

十色勤为了排除那些因素，好像对实验对象进行了堪称过度的管理。如此验证的结果显示，七个实验对象当中，先见的潜力最让他看好。

我看了一眼表，还有十五分钟就七点了。

现在神服应该在准备晚饭吧。我想继续研读那些笔记，可是想到我们又不是这里的客人，总不能什么事都指望她来做，便放下笔记走出了房间。

来到餐厅，神服正在厨房里忙碌。

我想起比留子同学今天早上的那场恶战，为了规避各种意义上的苦涩回忆，快步走进厨房叫了一声。

"我能帮点什么忙吗？"

神服好像被我的气势吓了一跳，但很快往旁边挪了一步说："那麻烦你把这些削好皮的蔬菜切成一口大小吧。"我们两人站在一起，厨房就显得很挤了。

比留子同学露出松了口气、又有点不甘心的复杂表情，然后在她今早的座位上坐了下来。

"先见女士的晚饭呢？"

"先见大人不太舒服，今天不想吃晚饭。"

我四处寻找菜刀，发现垃圾桶里扔着一块疑似鸡腿肉或鸡胸肉的物体。

"那是什么？"

神服听到我的话就叹了口气。

"冰箱坏了。明明中午还没什么问题。现在气温这么低，肉应该还没坏，但即使这样，也不能拿给病人吃，所以我决定把肉都扔了。如果只需要用到明天，那么用常温保存的蔬菜和大米应该能撑过去。"

我并不觉得有什么问题。

提到鸡肉，我想起了神服那把霰弹枪。

"神服女士，你平时会打猎吗？"

"我有狩猎许可证，不过猎枪只是用来驱赶到菜园捣乱的野兽而已。毕竟把打到的野兽拿回去处理也是个体力活儿。我也没有步枪的持枪证。"

"啊，霰弹枪和步枪的持枪证还不一样吗？"

神服往锅里的昆布高汤中加了点清酒和料酒，开火加热。

"步枪证需要持有霰弹枪十年后才能申请。我现在只有五年。"

她把味噌融进高汤里，煮沸后加入材料。这是一锅蔬菜丰富的味噌火锅。最后她加入一点黄油，让风味温和浓郁，看起来很下饭。

结果我并没有帮上什么忙。

不一会儿，其他成员也陆陆续续走进了餐厅。我和比留子同学坐在里侧的座位上，旁边还有衬衫和长裤已经穿得起皱的狮狮田和纯。趿拉着拖鞋走进来的朱鹭野跟狮狮田父子俩背对背坐在朝着入口的餐桌上。过了一会儿，两个高中生也进来了。十色很快就坐下了，茎泽则窥视着她的脸色在旁边落座。

过了说好的七点钟，王寺也没有出现。

"他还在房间里吗？"

比留子同学说完，狮狮田盯着手表咕哝起来。

"没必要等他吧，都已经超过十分钟了。这要是论文的提交期限，那他肯定要留级了。听着，你可不要长成不守时的人。"

最后那句话是对他儿子纯说的。但可悲的是，那个纯正热心地跟他喜欢的比留子姐姐说："白天我在放着油漆的仓库里发现了干巴巴的老鼠！"看都不看父亲一眼。

看着咕嘟咕嘟冒泡的锅干等着也不是个事儿，于是我们决定直接开始晚饭。

先见预言的两天中，总算有一天要过去了。只要再活过接下来那天——不，要是谁的家人因为联系不到人而担心起来，或是公司同事之类的人报了警，然后发现桥没了，那么我们就不用等上整整一天，也有可能离开这里了。只是……

"很遗憾，我只跟学校那边说亲戚过世了。"

狮狮田首先就在餐桌上否定了那个可能性。他没有提到妻子，可能是父子俩单独生活吧。而王寺好像也是请了长假出门的，不能指望他的公司会报警。

朱鹭野心烦意乱地戳着没有信号的电话嘀咕道：

"我可能会被人当成无故离职。"

唯一的希望就剩下十色和荃泽这两个未成年人了。要是高中生连续两天不去上课，又跟家里人联系不上，警察极有可能会出动。

"可是我没跟家里人说去哪儿，他们应该一时半会儿猜不到。"

十色垂头丧气地说。从她家过来要乘坐巴士和电车，还要换乘新干线，单程得花五六个小时，警察明天能找到这儿的可能性极低。

因为话题越来越沉重，接下来沉默了好长一段时间，只能听到餐具碰撞的声音。

"对了，我希望大家能注意一下。"

我把房间通气口堵塞和洗完澡差点一氧化碳中毒的事说了出来，

让所有人注意。

"这个餐厅应该没问题吧。"

朱鹭野看了一眼十色背后开了一条缝儿的门。我就是从那个门缝里看到了十色的画。

"这里外表像个密不透风的建筑物，可是走廊还会漏雨，看来已经老化严重了啊。"

狮狮田咕哝了一句，纯少见地扬起了声音。

"我在大家出门的时候去探险了。"

"探险？"

"这里没有小孩子玩的地方，我就带他走了走。"神服回答。

原来上午我们出去寻找出路时，神服为了给纯解闷陪了他一会儿。

"发现什么宝贝了？"

比留子同学一问，纯就瞪着亮晶晶的眼睛用力点了点头。

"我发现了神秘的'暗号'纸！"

暗号？

大家脸上都浮现出疑问，狮狮田则大口吃着饭解释起来。

"不是暗号，是一块灵乩板。他带回房间去了。"

"灵乩板？"

朱鹭野把那个陌生的词重复了一遍。一直在十色旁边默不作声的茎泽高兴地抬起头来："灵乩板！"

"那是用来施展交灵术的文字盘，对吧？在日本最常见的是钱仙。"

因为那上面有很多文字，难怪纯会觉得是暗号。

"那也是超能力实验用的东西吗？"

听到十色的疑问，狮狮田毫不客气地顶了回去。

"无聊透顶！那都是利用自动书写的诈术。"

"自……什么玩意儿？"

朱鹭野又重复了一遍，狮狮田不高兴地皱起了眉。看来他很讨厌反复解释一个问题。坐在他对面的比留子同学接过了话头。

"自动书写。这是一种肌肉自发作用，会做出与自己意志不相关的动作。"

确实，十色借给我们的研究笔记上也有擅长交灵术的实验对象的记录。那个实验对象通过亲手制作的灵乩板与灵沟通，能够回答各种问题。不过他的实验成功率好像不太高。

狮狮田咀嚼着滚烫的咖喱，还灵巧地说着话。

"灵乩板通常是所有参加者把手指放在一个用于指示文字的小道具上面。如果是钱仙，那个小道具就是十日元硬币。人们就是通过那个器具的移动来与灵魂之流进行对话和通信，可是哪怕所有参加者都没有在手指上用力，他们的肌肉实际还是在无意识中做出了动作。有人做过实验，要是用所有参加者都不懂的语言来提问，动作就会静止下来。"

"你好熟悉这个啊。"

没想到狮狮田这个社会学专业的人连这种事都知道，可他却理所当然地"哼"了一声。

"超能力这种东西都能用科学来解释。"

我担心他这样说话会得罪了信奉先见的神服，不过神服却一脸无所谓地动着筷子。再看神秘学爱好者茎泽，他正在对旁边的十色嘟哝："钱仙啥时候掌握了多国语言啊。"

"那么狮狮田先生，要是出现了像先见女士那样预言未来的人，你要如何辨别真伪呢？"

提问的人是比留子同学。所有人都停下了筷子，好奇地看着他。狮狮田愣了片刻，随即抱起手臂思索起来。

"首先考虑的应该是热点阅读吧。这种方法就是事先收集大量信息，是那些在媒体上露脸的占卜师经常使用的手段。"

"就是以信息为基础预测未来对吧？在广泛意义上，天气预报或许也能称为其中一种。"

天气和汇率这种东西，只要拥有足够的信息，就能进行一定程度上的预测。要证明那是超能力的预言，就必须让预言者处在完全与那些信息隔绝的状态。

"另外还要小心'伯纳姆效应'，也就是用含糊的表述来拓展解释空间的手段。"

狮狮田又说了个陌生的词汇，比留子同学立刻解释起来。

"比如'遭遇不幸'或'遭受重大损失'这样的预言，不管后来发生的是灾害还是失恋，全部可以解释为预言应验。这是在性格分析中经常使用的手段。"

原来如此。原来真正的预言要尽量使用具体的表述才行啊。

纯可能觉得大人们的议论没意思，就说了一句"我吃饱啦"离开了餐厅。他可能要上洗手间吧。

"还有……事先发出许多预言，最后只把可以解释为应验的挑出来着重强调。你们应该不知道，七十年代到九十年代流行的诺查丹玛斯的预言就是很好的例子。"

狮狮田断言道，光是凭这三个条件进行排除，也能揭露九成九的假把式了。比留子同学看似感慨地点了点头，内心应该并不满意。

因为十色祖父留下的研究笔记中明确表明，实验室是在慎重考虑了这些方面之后展开的。为了排除外部对实验对象的影响，他们只能在这座设施内生活。这里没有电视，也收不到广播，而且实验都在隔音的单间里进行。尽管如此，年轻时的先见还是从未做过错误的预言。

这该怎么解释？

班目机构虽然是个神秘的组织，但我并不认为那是一群盲信神秘学的人。他们关心的应该是实现常人难以理解的技术——

沙、沙、沙……

我和比留子同学都惊得站了起来。

我们光顾着听狮狮田的话，忽略了不知何时在桌子一角响起的铅笔在纸上游走的声音。

十色又像着了魔似的画起了画，茎泽在她旁边，看到我们的目光，完全慌了手脚。

我瞬间就理解了情况。刚才只有茎泽一个人注意到十色开始画画，而且一直没有吭声。他明明比谁都清楚十色描绘的灾祸很快就在她周围发生。我强忍住对他的怒火，跑到了十色旁边。几乎同时，十色停下了手。她画完了。

"这是……"

一个黑色的人影蜷缩在地上，旁边散落着许多红点。倒在地上的人影双手摸着脖子，看似非常痛苦。我联想到了——

"毒、毒死？"

朱鹭野闻言尖叫了一声，在场所有人早就吃完了晚饭。如果十色的画真的成为现实，应该很快就会有人发作症状了。

我们面面相觑，但没有人感到异常。比留子同学猛地抬起头。

"纯君呢？"

没错。那孩子刚才离开了房间，现在可能在什么地方痛苦不堪。

"纯！"

狮狮田面目狰狞地试图冲出餐厅。

就在那时，王寺跟纯一起出现在门口，见大家都站了起来，便露出了惊讶的表情。

"抱歉，我在屋里睡着了……你们表情这么可怕，这是怎么了？"

他们俩也没事，那究竟是谁？

我听到神服在背后倒吸了一口气。

"难道是先见大人……"

不在场的只有她了。我们慌忙离开餐厅，跑向左手边先见的房间。

可是没跑两步，前方走廊上就出现了突兀的红色，让我忍不住停了下来。

原来那是花。那是与进入玄关后走廊两端装饰的白花与黄花同种的欧石楠。开满红色小花的花枝被密密麻麻地扔在拉门前，让我联想到了十色刚才的画。

就在那时，房间里传出了痛苦的咳嗽声。

"先见大人！"

神服踩着红花跑向拉门。房门没有锁，一下就打开了。

十色画上的光景赫然出现在我们面前。

"呃啊啊！咳咳，咳咳！"

先见痛苦地扭动着身体，倒在榻榻米上抓挠着喉咙。那明显跟先前的咳嗽不一样。神服一时忘了去救助她，只顾着抱起那具瘦弱的身躯不断呼喊。

"先见大人！先见大人！……"

"这里也有红花……"

茎泽在背后小声说道。

只见书台上的花瓶被碰倒，在先见周围撒下了跟走廊上一样的红色花朵。

三

尽管先见的状态很差，但还是避免了最糟糕的结果。

她应该是摄入了某种有毒物质，不过幸亏发现得早，比留子同学又立刻进行了催吐处理。

处理结束后，我们把先见放在被子上，抬到了正对餐厅的神服的房间。神服一开始还反对，认为会给先见的身体造成负担，比留子同学说服道：

"这跟臼井先生那时不一样，是犯罪的可能性很高。我们不能再踩踏证据了。"

然而神服把所有人都当成了疑犯，除了帮先见催吐的比留子同学和我以外，将其他人都赶出了房间。

先见虽然有意识，但是说不出话来。

尽管如此，比留子同学还是请她用手势回答了几个简单的问题，获得了最低限度的信息。她在喝下茶杯里的液体后马上就感觉到了异常，由于对舌头刺激很大，忍不住吐了出来。

"茶杯里的液体没有特殊气味，所以不知道是什么有毒物质。我看先见女士的指尖出现了麻痹症状，就采取了神经毒素的处理方法，还好运气不错。要是具有腐蚀作用的有毒物质，催吐反而会造成黏膜损伤。"

比留子同学说得很谦虚，不过要是没有她，事态一定会变得更严重。

"一定是痛恨先见大人的人下的毒。"

神服的声音里透着前所未有的敌意。

"可是这里的人几乎都是第一次见到先见女士。他们没有伤害她的动机。"

"反过来说，那就是一群来路不明的人。"

即使神服心情激动，比留子同学还是不依不饶地问道：

"有件我感到很在意。先见女士的房间门前和室内散落着红色欧石楠。白天我们跟先见女士说话时，室内花瓶里插的应该是白色欧石楠才对。是神服女士换掉的吗？"

"开始准备晚饭前，大概六点钟的时候，我去换掉了。"

六点。我们在十色房间里那段时间吗？

"走廊上那些花也是当时插在室内花瓶里的吗？"

神服摇摇头。

"不是。你试试看就知道了，花瓶很小，只能装下散落在室内那部分。走廊的花应该是从后院摘过来的吧……这有什么问题吗？"

神服坚持要留在先见身边，于是我们从她房间走了出来。在走廊上乱晃的十色马上跑了过来。

"先见……那个人没事吧？"

"嗯，现在还不能掉以轻心，不过她的意识已经很清醒了。"

十色放下心来，我问她在干什么，她说不知道该不该把先见门前那些红色欧石楠打扫掉。

再仔细一看，掉在走廊上的欧石楠跟装饰在花台和房间里的有点不一样。神服把装饰用的花都修剪过，去掉了多余的枝叶，而掉在地上的花则好像是胡乱扯下来的，还保持着灌木的样子。所以那些花乍一看很多，实际上只有六七枝。

"本来应该避免触碰，原样保存。不过我们都已经踩上去了。"

茂盛的枝条被无情地踩扁，小豆似的花朵散落得到处都是。我们按照比留子同学的提议用手机拍摄了现场照片，然后把花枝全部装在塑料袋里保管起来了。

收拾完毕后，我们查看了玄关和后门，发现内侧都上了门锁和门闩。后院地面很干燥，看不到脚印，不过灌木丛和后门之间的地方，以及连接后门的走廊上都掉落着几朵红花，可以确定有人从后院摘了红色欧石楠拿进来。

比留子同学后来又把所有人召集到了餐厅。

她把先见的情况和极有可能被下毒的事情告诉大家，朱鹭野首先提出了疑问。

"等等啊，先见大人不是没吃晚饭吗？"

"毒物好像被下在了房间的茶杯里。"

茶杯、电水壶和茶叶都是今早神服准备的东西，之后一直摆在室内。先见说她跟我和比留子同学结束谈话后，就没有走出房间一步，当然也没见到可疑人士进出。

而且先见跟我们说话时，还当面拿起茶杯喝了一口水。也就是说，茶杯被下毒是后来的事情。

"这下终于演变成大事了。"狮狮田把纯拉到身边护着，语气凝重地说，"下毒的人就在我们中间。而且那人专门把毒药带进来了，证明一早就有预谋要对付先见女士。"

"可是为什么？他为什么要对先见大人下手啊……"

十色用颤抖的声音喃喃着。王寺回答道：

"是因为恐吓信啊。臼井先生之前说过，他们编辑部收到的信里写着要给先见女士断罪。恐怕只有寄信人会对她下手了吧？"

确实，我们这些人昨天才第一次见到先见，没有理由对她怀有杀意。早就对她怀有杀意的"恐吓人"混在我们中间的想法更为妥当。

比留子同学开始按顺序整理之前发生的事。

"山体滑坡后，我跟叶村君先去见了先见女士。后来十色同学也一个人去见了她。然后神服女士在晚饭前去更换了花瓶的花。我已经跟先见女士确认过，走进房间的人就只有这些。"

"等等。"

荃泽可能意识到话题正在往奇怪的方向发展，马上提出了异议。

"前辈跟先见昨天才刚认识。她没有杀了那个人的动机。要问谁有动机，那就是神服阿姨了。你别看她那样，平时可能被先见随意差遣，心里有不少怨气。"

然而朱鹭野提出了反驳。

"包括她在内，这里的村民都对先见怀有真正的恐惧。他们根本不会产生杀了先见大人的想法。而且我们都是刚刚认识的人，无法确定到底谁对先见大人心怀憎恨。"

朱鹭野的说法很有道理。我们恐怕很难从动机来查出嫌疑人。

不过——

"没必要考虑得这么复杂吧。无论换谁来看，凶手都很清楚了。"

狮狮田断言道。

"听好了，诸位。我们做梦都不会想到给先见女士下毒。可是这里有个人在赶到现场之前，就知道了那个光景。难道不是吗？"

十色一脸害怕地抱紧了素描本。狮狮田走过去，伸手要去拿那个本子。

"狮狮田先生。"比留子同学发出了抗议。

他拧歪了嘴角，但还是用冷静的口吻对十色提出要求："让我们看看。"十色推开要扑过去的茎泽，翻开了素描本最新那页。

"瞧，这就是先见女士房间的情况。十色君之所以能在餐厅里画出这个，只可能是因为她才是下毒的凶手——那个'恐吓人'；而且她跟我们这些事出有因的人不一样，是自己跑到这个地方来的，当然可以事先准备好毒药。"

"那怎么可能！"茎泽变了脸，大叫一声，"凶手怎么会把行凶现场画出来给所有人看，那有什么意义！根本没理由做那种事！"

"当然有理由了，就像白天说的那样。"狮狮田游刃有余地回击，"你们昨天就一直在炫耀预知能力，可是谁也不相信，所以又重复了同样的举动。"

"你、你说前辈为了炫耀预知能力而杀了人吗？"

"我绝对不会做那种事！"

十色实在太激动了，噙着泪水否定道。我环视周围，发现朱鹭野好像赞同狮狮田的说法。至于王寺，则一脸复杂的表情。

"像十色同学这样的女孩子会因为那种理由去杀人吗？"

"杀人不需要多么冠冕堂皇的理由。"狮狮田冷冷地说。

我觉得很难用感性的意见来说服他，于是指出了矛盾点。

"十色同学在跟先见女士谈话时的确有机会投毒。可是当时房间里插的是白色欧石楠。直到开始准备晚饭前，神服女士才把花换成了红色欧石楠。也就是说，十色同学并不知道房间里有红花。"

"你说什么？"王寺瞪大了眼睛，"可她还是画出了红花，那就是说——"

茎泽顿时如鱼得水。

"没错！那就是前辈有预知能力的证据！"

给我闭嘴，你一说话就要惹麻烦。

"她真的不知道吗？会不会是神服女士拿着红花穿过走廊时，让她看到了？"

狮狮田还是没有放弃怀疑，但我有足够的材料否定他。

"按照神服女士的证词，她换花的时间是六点左右。当时，十色同学正跟我们在一起。"

那正是我们到十色的房间去借研究笔记的时间。她不可能看到神服。

尽管我提出了这样的主张，还是发现比留子同学一直没说话。这种程度的东西她应该早就发现了才对。

狮狮田好像在咀嚼我的说法，点了好几次头，然后开口道：

"你叫叶村君是吧？你的话很有说服力，但我可以解释那个矛盾。"

狮狮田说这话的时候充满自信，连他的身体仿佛都膨胀了一圈。

"室内的红花是先见女士碰倒花瓶撒下的。但是，房间门前的走廊上不也掉落了红色的花吗？谁也没有站出来承认那是自己干的，如此一来，自然可以认为那是'恐吓人'的所为了。可是这么做的目的是什么？撒了花并不能挡住人们的脚步啊。"

现场散落不自然之物的原因。

我举出了推理小说中常见的几种。

"可能是为了隐藏走廊上残留的痕迹吧。"

"藏木于林吗？那是指痕迹无法轻易消除的情况吧。比如泡过水的痕迹，还有撒落了细碎玻璃碴儿的情况。可是有什么痕迹必须用花来隐藏？那样只会更引人注意。"

确实。走廊并没有污渍。如果是无法轻易收拾的痕迹——比如细小的玻璃碴儿和头发，反倒是直接留在那里更不容易被发现。撒花只会带来反效果。

"那是要引起我们的注意吗？因为凶手在别的地方留下了不希望被注意到的痕迹，所以要引开我们的目光。"

"那也没有专门从后院摘花进来的理由。旁边就是浴室，只要把脏衣服脸盆什么的弄到地上就好了。"

狮狮田的反驳全都很有道理。

"所以我是这样想的。走廊的红花关键作用就在于撒在那个地方。目的是在被毒死的人旁边撒满红花，制造出跟画一模一样的场景。我记得晚饭时她跟荃泽君迟到了一会儿吧？她肯定在那段时间里跑到走廊上撒花了。"

也就是说，十色在跟先见碰面的时候趁机往茶杯里下了毒，然后在晚饭时当着所有人的面画了毒杀现场的画，以此展示自己的预知能力。可是只有一个人倒在地上，画面的冲击感不足，于是她就让红花这个本来不应该存在的东西登场了。她趁大家都集中到餐厅的空隙，在走廊上撒了红花，然后若无其事地去吃晚饭。接着，她就伺机画出毒杀尸体和红花的画，并跟大家一起赶往现场，最终实现计划。然而神服把室内的白花换成了红花，使得画上的情景在室内就得到了完成。

"我不相信预言先知这种不科学的东西。这个计划很周密，不过

'恐吓人'只可能是十色君。"

我很不甘心。他的话看似符合逻辑，但有些部分我难以认同。首先为了展示超能力而下毒这个动机就太牵强了。还有，就算是为了给画增添冲击感，十色为何不直接使用跟先见碰面时看见的白花，而是刻意拿了没出现过的红花撒在走廊上呢？简而言之，狮狮田的说法建立在十色谎称预言能力的前提下，并且只根据这个前提展开推论。

如此一来，为了证明十色的无辜，就只能证明她真的拥有预言能力了吗？由于预言能力既不科学，又不讲逻辑，现在的发展变得有点奇怪了。

不过，十色已经当着我们的面展现了好几次只能解释为预言能力的现象，盲目否定不也是不讲逻辑的行为吗？如果要说十色谎称能力，那也要证实一遍才对。

"我并不要求大家相信超能力。"

比留子同学可能感应到了我的苦恼，开口说道。

"可是，如果肯定了狮狮田先生的说法，那么臼井先生去世时，她预言的山体滑坡就是罕见的巧合……也就是奇迹了啊。"

狮狮田认同了，因为那场地震不可能是人为引发。

"那么，对于先见女士毒杀未遂一事，我们是不是也应该考虑'奇迹应验'的可能性呢？就算不是超能力，如果十色同学的画碰巧跟现场一致，那她就是无辜的。"

这个奇妙的逻辑不仅让狮狮田愣住了，连我都感到莫名其妙。此时朱鹭野插了进来。

"那也太……这种巧合连续发生，太不符合逻辑了。"

"一次可以，两次就不行吗？为什么？"

虽然那个逻辑虚得很，可她毕竟是比留子同学。狮狮田的理论建立在十色只是碰巧预言了地震发生的假设上，既然如此，为何毒杀却要被刻意排除在碰巧的范围外，断定为弄虚作假呢？这不正是主观臆断嘛。

"啊啊，可恶。知道了知道了。"

狮狮田挠了挠掺着许多白发的脑袋。

"我不知道她怎么画的那幅画，可能是超能力，可能是奇迹，可能是诡计。然而事实就是，她的画接连不断地变成了现实。这点你承认吧？"

比留子同学慎重地点点头。无论是巧合、超能力，还是模仿画作的犯罪，十色的画已经给大家的意识产生了很大影响。

"那么反过来想，今后应该禁止她继续作画。还要请她一直待在自己的房间里。"

"你这是歧视！"茎泽马上反咬一口。

"这不是歧视。她有下毒的机会，又在赶到现场前就掌握了那里的情况。这就使她成了一个重要嫌疑人。我们可是还要在这里过上整整一天啊。"

"是啊，那样会让人放心不少。"

朱鹭野表示了赞成，王寺却不怎么愿意。

"没有证据就随便软禁一个女孩子，这太违反我的原则了。"

"又不是要监禁她，只要老实待在屋里就好了。"

十色本人打断了他们的争执。

"知道了。如果能让大家放心一些，我同意。"

紧张感顿时缓解下来，因为谁也不想把她强行关在房间里。

狮狮田看了一眼餐厅的时钟。

"现在是……八点半。总之，请你现在在房间里待到早上七点吧。我们在餐厅里过夜，任何人都不能到房间去找她。保险起见，你把素描本也留下来吧。"

十色说她在学校的书桌上都画过画。虽然没收素描本没有意义，但我们和茎泽都没有吭声。

"那个，请不要看里面的东西，太不好意思了。"

狮狮田答应了她，把素描本收进厨房料理台的抽屉里了。

"先见女士跟神服女士怎么办？"

比留子同学说完，狮狮田摇了摇头。

"就算去劝，她们肯定也不听吧。而且神服女士的房间就在餐厅对面，只要开着门就能监视。"

我们前去报告了这些决定，神服守在已经平静下来的先见旁边点了点头，然后宣称："我在这里彻夜守候。"

推理小说的世界很少能实现这样的集体行动。没想到我竟然有亲身检验其有效性的一天。

十色上完洗手间后，被我和比留子同学，还有狮狮田护送回了房间。

比留子同学站在地下室的房间门前，对她低下了头。

"事情变成这样，真是对不起。"

"请不要道歉。剑崎姐维护我的样子真是太帅了。"

狮狮田一手扶住房门说：

"可能会有点不方便，但是请你忍到明天早上吧。"

房门关闭的前一刻，十色突然说了句话：

"那个，剑崎姐。"

"嗯？"

"我能给你画一幅像吗？虽然不知道能不能合你的意，但我会做很多练习。"

比留子同学瞪大了眼睛。

"其实我从小就经常画人像。祖父生前特别喜欢我的画，而我在发现这种能力前，确实想过要当一名画家。跟你们谈过之后，我想起了这件事。说不定接下来的人生，并不只有被这种力量所困扰而已。"

比留子同学脸上缓缓露出了笑容。

"我很期待哦。"

好！十色也微笑起来，然后房门关上了。

里面传来锁门声。这样一来，只要十色不主动开门，就谁也进不去。

走在返回餐厅的路上，比留子同学对狮狮田的背影说：

"通过剥夺十色同学的自由，我们中间形成了秩序。可是，这依旧是一种牺牲别人的行为。"

她的声音显然不同于刚才跟十色说话的时候，带着明显的谴责。

"这我知道。要是这样能避免更多牺牲者，那在警方证实她无罪后，随便你怎么谴责我都没关系。"

不仅对别人严厉，对自己也毫不留情。我有点欣赏他的态度了。

"对不起。"比留子同学的声音里没有了愤怒。狮狮田又咕哝了一句"没关系"。

看来，比留子同学真的把自己跟十色的境遇重叠在一起了。

上完楼梯，狮狮田突然停了下来。

"有件事我一直都很在意。你们好像在特别冷静地观察情况啊。"

我心想，王寺也说过这样的话，然后跟比留子同学对视了一眼。我之所以冷静，是因为贯彻了给她当助手的决意，但我并不想把她介绍成美少女侦探。到底该怎么解释呢？

"哦，其实我们都对推理小说有点兴趣。"

狮狮田闻言"哼"了一声。

"原来如此，这么说来，听你们说话还真有点小说里侦探的调调。"

"狮狮田先生也看推理小说吗？"

比留子同学话音刚落，他就不屑一顾地哼笑起来。

"那种东西我小时候就看够了。"

那也太过分了。狮狮田你自己的推理不也差不多嘛。

"对了，比留子是你的真名吗？"

"对，是真名……"

他有什么怀疑这是假名的机会吗？狮狮田可能察觉到我们的疑惑，有点尴尬地加快了语速。

"没什么，就是觉得你父母起这个名字可能有理由。"

我只能从"hiru"[1]这个发音联想到某种吸食血液的环节动物，但

---

1. "比留子"发音为"hiruko"，而"hiru"指蚂蟥。下文的"水蛭子"发音也是"hiruko"。

狮狮田并不是这个意思。

"你知道伊邪那岐和伊邪那美这两位神明吧。根据《古事记》记载，二神诞下的第一个孩子就是水蛭子，然而他发育不全，被放在芦苇舟上冲走，成了不计入二神之子的存在[1]。用这个给孩子起名，难免有点不吉利了。"

"今吾所生之子，不良。"[2]

比留子同学小声说道。

"这是二神对水蛭子的评价。我父母也知道水蛭子是没生好的神明的名字。"

没生好。那个字眼让我毛骨悚然。可是比留子同学似乎并不在意，而是淡淡地说：

"他们给我取名时，还找过一直有来往的占卜师。那个占卜师说，现在的'hiruko'可以写作水蛭子，读作惠比寿，是个很吉利的名字。"

狮狮田好像接受了那个说法，不过我知道比留子同学和她家的情况，心里只有浓浓的苦涩。

走到门口时，比留子同学停下脚步，转向了前台窗口。

"比留子同学？"

"人偶……"

走在前面的狮狮田回过头来，奇怪地问。

---

[1]. 日本神话记载，伊邪那岐和伊邪那美交媾前需要进行一个绕柱一说话的仪式，水蛭子的发育不全是因为伊邪那美先于伊邪那岐说话所致。

[2]. 摘自《古事记》的《神代记》。

"人偶怎么了？"

"又少了。"

确实，白天还剩三个的人偶，现在又少了一个。那个戴着草帽的"夏天人偶"不见了。

"可能是纯那小子拿走的吧。"

听了狮狮田的话，比留子同学虽然点点头，表情却依旧紧绷。

四

为了保险起见，我们检查了正门和后门是否已经锁好，却在走廊上听到了茎泽和王寺的争执。为了看到神服的房间门口，我们刚把餐厅的双开门彻底敞开了，所以他们的声音才一直传到了走廊。

我跟狮狮田对视一眼，回到餐厅，缩成一团的纯马上跑了过来。

"大哥哥们在吵架！"

朱鹭野在稍远的座位上旁观，见我们走进来就一脸厌烦地朝茎泽努了努嘴。

"他好像很不服气女朋友被带走，一直嚷着她被冤枉了，还朝王寺先生和那个小孩儿发火。"

"还包括纯君吗？"

"搞什么啊。"

狮狮田也是无奈多于生气。

结果茎泽一脸亢奋地摇起了头。

"才不是发火！"

多亏十色同意待在房间里，我们才把这件事翻了篇，现在又要炒冷饭了吗？我沮丧地偷瞥了一眼狮狮田，发现他也苦着脸，面露疲色。

"我们都要在这儿一直待到明天，有的是时间，不如冷静下来好好说话吧。"

所有人都坐了下来，狮狮田问了句"怎么回事"，朱鹭野说出了引起争吵的原因。

"他说，被撒在先见大人房间门口的红花，是'恐吓人'为了嫁祸十色而弄的东西。"

"嫁祸？"

我反问一句，茎泽大声说："没错！"

"刚才狮狮田先生说前辈是为了炫耀预言能力撒下了红花，并画出那张画来对吧？"

"因为我不相信预言能力。除此之外，没有别的解释。"

"那不对。如果不是先撒花后画画，而是有人看了前辈的画，模仿上面的场景撒了花呢？"

"哈？为啥要做那种事？"朱鹭野不屑一顾地说。

"都说了！"见我们反应平平，茎泽急躁地提高了音量。

"'恐吓人'在晚饭时发现前辈开始描绘毒杀现场，那人见自己的罪行被彻底看透，肯定是吃了一惊。可是仔细一看，先见大人房间里的并不是白花，而是红花。于是'恐吓人'突然有了灵感。'既然如此，不如按照她画的那样，在现场附近撒上红花吧。那样一来，情况就会变成只有她提前知道了现场的光景，嫌疑就会转向她。'"

按照茎泽的说法，"恐吓人"先看了十色的画，然后才撒了那些花。可是十色画画时，几乎所有人都围在她旁边，应该没有抽身出去撒花的机会。那么，什么人不在那里呢？

王寺很不高兴地插嘴道：

"我在房间里睡过头了，连餐厅都没去。怎么可能看到她的画。"

"不对。"茎泽闻言立刻站起来，跑到了餐厅门口，"我和前辈在离门口最近的座位，背对门口坐下的。你瞧，这扇门关不紧，会留一条缝儿。"

这正是我昨天偷看到"木桥起火"那幅画的情况。确实，要看到画并不需要走进餐厅，在走廊上就能看。茎泽又进一步紧逼道：

"王寺先生，其实你当时来到门外了吧，然后隔着门缝看到了前辈面前的画。于是你没有进餐厅，而是去撒花了。"

"别胡说！"王寺瞪着茎泽说。

"原来如此，难怪纯也被当成嫌疑人了。"狮狮田咕哝道，"因为这小子中途去了一趟洗手间，在经过时看到那幅画并非不可能。"

纯好像一直心不在焉地听着大人们说话，听到"画"这个字就抬起了头。

"我看到画了。好厉害，那个姐姐画画特别快！"

唉……狮狮田长叹一声。这个小学低年级的少年似乎并不理解他刚才的证词有多么严重。孩子，多读读推理小说吧。

茎泽好像被打乱了节奏，但很快振作起来把我们都看了一遍。

"也就是说，王寺先生和纯君都有机会看到前辈的画，然后去撒花。"

"可是这不奇怪吗？为什么'恐吓人'要在走廊上撒花？如果要忠

实再现画的内容，应该到室内撒啊。"

"因为'恐吓人'也不知道先见大人什么时候会喝下茶杯里的毒药。她可能还活着，所以不能进去啊。"

茎泽马上回答了朱鹭野的疑问。我之前还以为他是个不识大体、说话不经大脑的性格，没想到如此能言善辩。

但即使这样，也不能放过那个被忽略的重点。我指了出来。

"王寺先生和纯君都没有机会下毒。"

先见本人已经证实，进入先见房间的只有我、比留子同学和十色，再有就是神服。但是茎泽依旧不依不饶。

"如果先见大人在说谎呢？"

"你说先见大人会包庇试图杀了自己的'恐吓人'？搞什么啊。"

朱鹭野似乎一点都不相信。

"并非不可能啊。假设纯君走进先见大人的房间下了毒。先见大人喝下毒药，意识到他就是凶手，又不忍心告发他这个小孩子，就隐瞒了他到过房间的事实。"

纯好像意识到自己受到了毫无根据的怀疑，攥着父亲的衬衫大声说：

"我只是去上厕所了，没有干坏事！"

狮狮田摇摇头，似乎觉得这一切很愚蠢。

"你的说法完全建立在相信十色君预言能力的前提下，简直胡闹。"

"你的说法不也是建立在前辈是假货这个前提下的胡说八道吗？"

处在餐厅剑拔弩张的空气中，我得到了新的教训。

恐怕很多推理粉丝，尤其是封闭空间爱好者一定都有过这样的不满。

"凶手明明就在这些人中间，那干吗还要各回各房，直接互相监视一晚上不就好了。你们都是笨蛋吗？"

现在，我作为当事人可以这样说。互相监视根本没用。现在连三十分钟都没过，情况已经变成这样了。互相猜忌的集体行动时刻都在酝酿着不满，会让人感到压力山大。早知道会这样，倒不如把自己锁在房间里更轻松。这种想法真是太值得理解了。

不过这种猜忌并没有持续很长时间，因为茎泽沮丧地坐了下来。他意识到，无论自己再怎么争论，也改变不了十色一个人待在房间里的现状。

我感觉争论已经进了死胡同，狮狮田却开口道：

"剑崎君，你听了这么久，有什么发现吗？"

"我吗？"比留子同学瞪大了眼睛。

"就算不知道真相，还是要理解事件要点。与其让我或茎泽君来分析，不如第三方更让人信服吧。你把这当成侦探游戏就好了。"

确实，让比留子同学来说，应该不会有刺激到什么人的发言。

"那么……首先请让我以十色同学的预言能力真实存在为前提进行分析。"

比留子同学说了起来。

"我注意到的是，先见女士门前撒的花，都是从后院摘来的红色欧石楠。可以肯定，那些花是先见女士和神服女士以外的某个人在看了十色同学的画之后撒上去的。"

除了先见和神服？

这个断定是否有点跳跃了？狮狮田好像也有同感，要求比留子同学说出依据。于是她开始仔细地说明。

"请各位回忆一下。一楼走廊两端各有一个花台，分别装饰着白色和黄色的欧石楠。可是凶手并没有选择白色或黄色，而是专门到后院去摘了红色欧石楠撒在走廊上。"

听了比留子同学的话，大家都点点头。

"之所以一定要用红花，只能认为像茎泽君说的那样，是为了符合十色同学的画。可是，假设撒花的人是先见女士或神服女士，她们应该没必要专门到后院去摘花。"

因为只有先见和给花瓶换了花的神服知道房间里已经有红花了。

"这点跟茎泽君认为王寺或纯君其中一人撒了花的推理一致。但是，他们两人没有机会下毒，这样就无法推导出凶手了。"

有机会下毒的是我和比留子同学，十色、神服，以及先见自己。

看了十色的画，有机会在走廊上撒花的人是王寺和纯。

两边并没有重复的人物。

"你瞧，这下只能解释成十色君的预言能力是假的了。"

狮狮田得意地说。如果能力是假的，那可以解释为十色画画前自己去撒了花。如此一来，十色就成了既有机会下毒，也有机会撒花的唯一人物。

"但是，我并不认为十色同学是'恐吓人'。"

比留子同学的话把狮狮田杀了个措手不及。

"为什么？"

"我们跟先见女士结束会面的时间是下午两点。其后，十色同学跟先见女士会面，并且按照假设在她的茶杯里投毒。然而正如茎泽君刚才所说，谁也不知道先见女士什么时候会喝下毒药。"

是啊。如果十色想刻意炫耀自己的预言能力，就必须赶在先见的毒杀尸体被发现前画画给大家看。然而下毒之后，先见完全有可能立刻就喝水了。那样不仅没有时间画画，还会害自己第一个被怀疑。反过来，如果让大家看到她画画的时间过早，先见还没喝水就引起了骚动，那么毒杀本身就有可能以失败告终。

"请仔细想想。刚画完画先见女士就喝下毒药这个时机实在太凑巧了。明明是以伪造预言能力为前提，变成这样却只能认为十色同学真的预知了事件的发生。"

如此一来，十色的嫌疑又被打消了。

"说了这么多，实在是不好意思。不过老实说，现阶段确实不知道凶手是谁。"

"我能说句话吗？"

举手的人是朱鹭野。

"我可不是故意找碴儿。不过刚才剑崎同学你的推理都是以撒在走廊上的红花为轴心，对吧？如果凶手的企图就是让我们这样想呢？如果他故意制造了'不可能这么做'的情况，以逃脱嫌疑呢？"

比留子同学点点头赞同了她的说法："是啊，老实说，虽然我不认为凶手设计了双重反转的诡计，但可能性也不是零。"

"要是讨论起这个来，那就什么都不能相信了。先见和神服有可能说谎了，这群人中还可能有几个人联手犯罪呢？"

王寺绝望地说。

"可能性越来越多了啊。"

狮狮田用大肉虫似的指头揉着眼皮咕哝道。

片刻沉默后，比留子同学又用一句"顺带一提"说了下去。

"有人发现玄关旁边前台窗口的人偶数量在减少吗？"

狮狮田问他儿子："是不是你动过了？"

纯却否定道："我记得发生地震后，四个人偶都掉在地上了。爸爸和其他人回来拿工具前，我把它们都捡起来放了回去。然后我就不知道了。"

后来，在结束与先见的面谈时，比留子同学发现人偶只剩下三个。

"等等。晚饭前我到餐厅来，路上看见已经只剩两个了。"

荃泽做出了证言。

然而最关键的问题是谁把人偶拿走了。没有人站出来承认。

"大家真的没什么想法吗？"

比留子同学又问了一句。

"既然谁都不承认，那应该认为是'恐吓人'的所为了。"

"会不会想太多了？"王寺质疑道。

"不。第一个人偶消失的时间是臼井先生遭到活埋后。这件事任何人都有机会做。可是先见女士这次则不一样。人偶在晚餐前已经不见了，那就意味着先见女士喝下毒药前，人偶就被拿走了。换言之，是下毒的'恐吓人'故意拿走了一个人偶。"

她都说到这份儿上了，我当然理解了比留子同学的想法。

205

意外的是，剩下的人里最先说话的竟是朱鹭野。

"我在小说上看过这个。是不是说每次不见一个人偶，就会多一个死人？"

比留子同学点点头。

"'男女各二人，共计四人死去'。这是先见女士的预言。人偶的数量是否被当作了'还有几个人要死'的计数呢。"

"那就是所谓的'比喻'吗？"

狮狮田的话让王寺疑惑不已。

"那是什么意思？"

狮狮田看了比留子同学一眼，似乎要她来解释，而比留子同学又看了我一眼。那个活儿出其不意地落到了我的头上。要是一直拖延会影响案情分析，于是我思索片刻，说了起来。

"'比喻'一般是指以某种东西来形容另一种东西。不过在推理世界中，那就不仅仅是一种表述方法，而是融入了凶手的各种意图。刚才提到的人偶的例子，是著名的阿加——"

"等等。"狮狮田突然插嘴道，"你要泄底吗？你还算个推理迷吗？"

我好像触发了什么奇怪的开关。之前我已经隐约有点感觉，看来狮狮田果然是个骨灰级的推理迷。

"没关系，泄就泄呗。"

王寺兴致缺缺地说了一句。

"这不是你的问题，是礼节问题。"

狮狮田坚决不让步。我为了回到正题，故意提高了音量。

"总而言之，比喻就是经常被应用在连续杀人中的手法。通常的做法是在现场留下让人联想到被害者姓名、当地传说或童谣等内容的东西。最为单纯的目的，就是暗示凶手身份，或是对目标传达某种信息。"

拿现在的情况来说，就是刚才比留子同学提到的，有可能是为了让我们意识到先见的预言，令我们心中产生"还要再死两个人，下一个或许就是我"的恐惧。

但是比留子同学却一脸不信服的表情。

"如果那是一种信息，那也太迂回了。我觉得应该有更好懂的方法啊。难道不会是出于其他目的吗？"

"呃，比如着重强调人们的死因是预言这种超常的东西，以此来摆脱嫌疑？"

"凶手都使用毒药了，这还坚称超常现象，完全是矛盾的行为。"

比留子同学马上否定了我的说法。

"那是为了诱导我们，这个说法怎么样？人偶没了就要死人。凶手先给我们植入这样的印象，今后一旦有人偶消失，我们就会误以为死人了，从而按照凶手的诱导展开行动。"

"如果真是那样，那么这个比喻要在后面才能发挥真正的作用。还有吗？"

为了回应她的追问，我又在脑海中列出了几部推理作品，然而还是找不到完全符合现状的解释，最后忍不住酸溜溜地说：

"这怎么说啊。如果是推理小说，有可能是跟第一起事件毫无关系的人趁机犯罪，有可能是为了掩饰凶行导致的不自然情况，也有可能是为了隐瞒死者之间缺失的环节（missing-link），有好多种呢。"

"缺失的环节！"

比留子同学两眼放光，王寺则仰天长叹。

"饶了我吧，怎么又有听不懂的词语！"

五

好了好了，我安抚一下王寺，然后开始说明：

"简单来说，就是被害者与凶手或被害者之间一下子看不出来的关系。比如说父母是小学同学，曾经在新干线上相邻而坐之类。"

缺失的环节往往能联系到凶手意想不到的犯罪动机。

"茎泽君。"

比留子同学突然叫了茎泽一声，他绷着身子反问："干、干什么？"

"吃晚饭时，你说你们到好见来连父母都没告诉。那你对其他人说过吗？比如班上的同学？"

"现在问这个有什么关系吗？"

茎泽不愿意老实回答。然而比留子同学并不气恼，而是锲而不舍地对大家说：

"假设试图杀害先见女士的是'恐吓人'，那他为何要拿走毛毡人偶？这个原因太不明确了。可是既然他在按顺序拿走那四个人偶，我很难想象他的目的只有杀害先见女士，所以才要寻找缺失的环节。臼井先生是被'恐吓人'用信引诱到真雁来的。这里会不会还有其他人也被引诱过来，或是到这里来的行动可以预期呢？说不定我们当中还有人跟'恐吓人'有着微小的关系，甚至连他自己都意识不到。"

她表面上是对所有人说了这番话，但我看出了比留子同学的想法。

在场所有人都是彼此素不相识的陌生人。假设"恐吓人"在这里面，而且目标不止先见，所以才会一个个拿走人偶，那么最有可能的候选人就是神服。因为她是先见的信奉者，又时常出现在"魔眼之匣"，很容易加入计划中。

第二候选就是十色。如果"恐吓人"知道先见与十色的关系，完全有可能将憎恨的矛头延伸到十色身上。问题在于谁知道先见与十色的关系，或者十色会在这个时间到好见来。

"反正闲着也是闲着，不如轮流说吧。要不光大眼瞪小眼的，也挺没意思。"

朱鹭野懒懒地抬头看了一眼时钟。

晚上九点三十分。送十色回房后，只过去了一个小时。

"这是跟自己安全有关的事情，我们还是不要单纯监视，而是彼此合作更有意义。"

王寺表示了赞同，狮狮田也没有反对。

自然变成第一个发言的茎泽很不自在地在椅子上挪了几次屁股，然后才盯着桌子中央说了起来。

茎泽从小在关东长大，这次是头一次到 w 县来。

"我和前辈都是学生，要瞒着父母出远门很困难。"

"你跟十色君是什么时候认识的？她以前就会像那样画画吗？"

他对狮狮田点了点头。

"我上初一的时候认识了前辈。当时全班都知道初二有个很吓人的女生。"

十色说过，她上小学三年级时第一次预知了高年级学生的自杀。从那以后，每年都会发生一两次这种事，而且频率在一点点变高。

荃泽细声细气地说了下去。

"我刚入学就被高年级的不良少年团伙给欺负了。他们总是让我放学后到体育馆后面的逃生楼梯去，拿走我身上所有的钱。虽然也不多，就几百日元。"

那天也一样。荃泽放学后拖着沉重的脚步朝体育馆走去，突然被十色跑过来拽住胳膊，让他不要过去。

"前辈的素描本上画着一个躺在楼梯底下的黑色人影。我一开始还不太懂，没过多久就听说不良集团的老大在逃生楼梯上打闹，脚下一滑摔下去了，还惊动了整个学校。"

伤者被送到医院，两天后恢复了意识，但是脑损伤在右腿留下了后遗症，让他在毕业前的那一年多时间里像换了个人似的内向沉闷。因为这件事，荃泽开始到处跟着十色，还选了跟她一样的高中。由于十色在高中极力隐瞒自己的能力，荃泽便自诩为她唯一的理解者。

我从荃泽口中听出了他对十色的热情，但总感觉缺少了一个视角，就是十色对此的看法。但我并不打算当着所有人的面指出这点。

比留子同学重复了刚才的提问。

"那你们都没对学校朋友说要到这里来，对吧？"

"没有什么朋友。"

茎泽愤愤地说。

"他们都是些脑筋顽固的笨蛋。现在把前辈的能力告诉他们，也只会给前辈招白眼而已。所以我要收集任何人都无法反驳的证据，将来让全世界承认前辈的能力。"

朱鹭野瞪大了眼睛。

"你要把她的预言能力公之于众？"

"我打算等收集到足够的数据之后就跟前辈商量。"

"十色同学应该不希望那样吧。"

茎泽用震惊的表情看着我。

"为什么？前辈不仅用她的能力让我免遭了一场事故，还让我从老师和同学都不管的霸凌里解放出来了。那是能帮助人的能力。可是前辈偏偏要压抑隐瞒自己的能力，过着很不自由的生活。那是为什么？那可是歧视啊。"

尽管我觉得茎泽有点欠考虑，但也理解他的说法。

如果十色的能力是与生俱来的，那么或许会有一天能够得到科学的阐明。只是现在，世间还不知道那种能力的存在，她不得不极力隐藏这个力量，甚至为此改变自己的志愿。如果说不公平，那倒是真的。

但是，这也证实了十色真的很希望过上平稳的生活。

能力不被认可也无所谓。她只想当一个普通的女孩子。

究竟哪种做法才是为了她好呢？

接着，茎泽又激情讲述了十色如何预知身边发生的交通事故和火灾。大家都心不在焉地听着，我还发现狮狮田悄悄打起了瞌睡。这明明是理解学生想法的大好机会啊。

总而言之，他想不到自己跟这里的人有什么接点，而且没有告诉任何人要到好见来。

茎泽讲了四十多分钟，时间已经是晚上十点十五分。

他总算说够了，朝这边问了一句"我能去厕所吧？"。我们看了一眼还在打瞌睡的狮狮田，比留子同学回答道：

"每次去一个人应该没问题。我们把离开的时间记录下来吧。"

六

我们都等着茎泽回来再听下一个人讲，可他过了十五分钟还没回到餐厅。只是去上厕所也太久了。

"他可能去找那个姐姐了。"

纯的发言让我们面面相觑。"那个姐姐"当然是指十色。

"有可能啊。"朱鹭野叹息道。

"这不太好吧，都说好了不靠近她。"

就在此时，茎泽出现了。我问他去干啥了，他噘着嘴说：

"我就是出去透了透气。外面下着雨也出不去。我才不会做什么让前辈立场尴尬的事情呢。"

你还好意思说。

总之，终于轮到王寺说了。

他在东京出生长大，从东京的私立大学毕业，进入一家饮料企业工作，但是一年前辞职了，跳槽到关西一家食品加工公司。这次是请了长假出来开车旅行。顺着巴士走的路线再往里走，有一段机车爱好者之间很出名的道路，他在那里欣赏了壮丽的溪谷和山峦，回程就遇到了现在的事。

说到这里，王寺转向比留子同学。

"你想问是否有人知道我到这里来对吧？我确实告诉过同事要出来兜风，但应该没有具体到目的地，因为我打算三天开上一千公里左右。"

"而且还是因为没油了才来到这里，谁也不会料想到吧？"

"嗯，你说得没错。"

连这种不痛不痒的话，从王寺嘴里说出来都好像好莱坞电影台词一样。

"王寺先生是不是有外国人的血统啊。你皮肤这么白，五官又这么立体。"

"我爷爷是罗马尼亚人。要是我能把身高也遗传到就好了。"

王寺自嘲了一句，然后听见纯小声说：

"我一开始远远看过去，还以为是女人。"

王寺苦笑起来。

"我像纯君这么大的时候经常被人嘲笑，说我是个女孩子。虽然比不上茎泽君遭到的霸凌，不过那时候得不到任何人的认可，让我特别不甘心。我想变得更像男人，就开始练习柔道，但是因为个子太矮，根本打不赢。最后就放弃了。"

"我也不擅长运动。是不是太弱了就不像男人啊？"

纯可能平日都有这种烦恼，此时表情阴沉下来。王寺鼓励道：

"小时候都是声音大、跑步快的孩子最显眼。其实像不像男人，要看你珍不珍惜女孩子。"

纯点点头，朱鹭野忍不住笑了：

"亏你说得出口。昨天晚上在地下室碰到我，你不是叫得很大声嘛，连腿都吓软了，跟个女孩子似的。"

"啊，那是因为太突然了，周围又黑，没认出你来。我没办法啊！"

我仔细一问，原来昨天半夜王寺走出房间想上厕所，结果碰到了朱鹭野。在那个气氛诡异的地下室遇到这种事，我可能也会叫得很大声。

王寺羞得满脸通红，额头上还冒出了汗水。他从昨天起就一直穿着皮夹克。我明明借了一件贴身 T 恤给他，可能他不好意思露出来吧。

比留子同学善解人意地问了一句要不要关掉暖炉，他回了一句"没关系"。

"对了，还是刚才的话题。"朱鹭野露出认真的表情，"王寺先生，你真的是男人对吧？"

"喂喂，这个玩笑还要开到啥时候？！"

"我就是有点在意。先见大人的预言是男女各死二人，可是性别不是那么单纯区分的吧。那个预言的判断标准究竟是什么呢？"

那确实是个盲点。最近人们渐渐接受了性别的多样性，比如性别认同障碍。说是性别，到底是指肉体性别还是精神性别，是户籍上登记的性别还是个人主张的性别？我们并不知道先见的预言是指哪一种。于是我说出了自己的意见。

"且不论自己的主张，他人认知的性别更为重要吧？"

打个比方，假设我精神上是女性，但是拥有男性的身体，平时也以男性的身份行动，那么在预言中应该被算作男性。我认为预言不会连一个人的少女心都照顾到。

"我身心都是女人，你瞧。"

朱鹭野从钱包里拿出保险证给我们看。上面确实写着"女性"。

"我也是。"

荃泽也拿出了写着"男性"的学生证。纯则从呼呼大睡的狮狮田的手包里拿出钱包给我们看了保险证。父子俩都是男性。我和比留子同学也照做了。

"都说了，我把贵重物品全放在机车上啦。"王寺无可奈何地说。

"那你能脱掉夹克吗？"

朱鹭野穷追不舍。

"够了吧，我去抽根烟。"

他站起来结束话题，走出了餐厅。

"什么啊，你真是女的？"

朱鹭野惊讶地说。

"可是我看到那个叔叔站着尿尿了。"

纯做证道。

他可能有自己的苦衷吧。

再看时钟，十点五十分了。

七

大约十分钟后，王寺从外面回来了，此时正好十一点。

他好像也出去透了透气，刘海儿上沾了一点雨水。

"雨好大啊，这下肯定不能翻山出去了。现在这个时节有可能被冻死。"

接下来轮到朱鹭野，不过她比别人都不轻易开口。只说好见的生活太不方便，上个初中都远得需要家长开车接送，当时的好朋友已经全部离开了。

"我跟父亲两个人生活，家里还很穷。父亲去世后，我就离开了好见。虽然最后只走到了中转站附近有点年头的娱乐街区的小酒吧里，可我觉得这样就够了，因为我感觉自己接触到了外面的世界。"

我不想打断她的话，可实在太在意，就问了一句：

"你喜欢红色吗？"

毕竟来扫墓穿成这样也太夸张了。朱鹭野苦笑道：

"我去世的母亲喜欢这个颜色，所以我就经常穿了。有一回我跟熟客说了这件事，他后来就只买红色的东西送我。"

"呃，他真是个好人啊。"

"他就是个不解风情的笨蛋。"

朱鹭野说着，头一次露出了柔和的表情。

总之，最近除了扫墓，她都不怎么到好见来。

"既然你每年都来扫墓，那昨天的行程应该是可以预料的吧？"

她不情不愿地对比留子同学点了点头。

"可能是吧。但我之所以会走到真雁这边来，完全是因为狮狮田先生想借电话。平时我都不到这边来看什么人，扫完墓直接就走了。"

狮狮田之所以在好见附近逗留，是因为车子故障了，而他原本的目的是去参加亲戚的葬礼。他人还在睡觉，等过会儿再问吧。

"你对这里进行超能力研究时的事情了解吗？"

朱鹭野抬起右手撩了撩头发。

"那不都是将近半个世纪前的事情了吗？这里的大人都不太愿意讲以前的事情。"不过她想了想，好像还是想到了什么，"好见村村民好像收了研究所的人不少钱，所以他们在组织撤出后还继续照顾先见大人。可是人类就是卑鄙，听说没过几年就开始有人抱怨了。"

我们又不是用人，干吗要照顾那个外来人？

心怀不满的村民连年增多，尽管如此，先见还是若无其事地住在这里。可是有许多人害怕这个神神秘秘的先见，终于凑成了要求先见离开这里的派系。

某天，先见出现在那个"赶走派"的集会现场，第一次当着村民的面留下了预言。

"确切的话语我不太清楚，反正就是山体滑坡要死好几个人的预言。可是村民们根本不把她当回事，还立下条件，要是预言没有应验，她就要离开这里。"

结果那年夏天，一场巨大台风让好见发生了山体滑坡，三座房子被掩埋，一共死了六个人。死者当中还有赶走派的核心人物。于是先见证实了，在班目机构结束研究后，她的预言能力依旧存在。

"从那以后，大家都不敢在背后谈论先见大人了。"

"可是先见女士的预言跟诅咒不一样，并不会明确地说什么人会死吧。至于这么害怕吗？"

我感到很不可思议，但茎泽竟点了点头说："我懂。"

"前辈也无法控制自己画的内容。我知道这件事，所以不觉得前辈可怕。可是在初中，大家都觉得是前辈引起了那些灾祸，对她唯恐避之不及。"

"没错。万一招惹了先见大人，闹出什么大事情来可怎么办？一想到这里，大家就只能看她的脸色了。"

也就是说，先见通过高调展示自己的预言能力打压了村民的反抗。不过她毕竟是一个人被扔在了这里，那或许是万不得已的手段吧。不过也因为这样，她和村民之间形成了比底无川还要深邃的隔阂。

"我离开一下。"

朱鹭野仿佛想打破她那些话造成的气氛，起身去了洗手间。

时间是十一点二十分。她的话比较少。

纯已经有点撑不起眼皮了。

"你困了？"

比留子同学一问，他就摇摇头。

最近的孩子都很晚睡啊。我上小学的时候，家里规定九点半之前必须睡觉。

朱鹭野跟前面那两个人不一样，五分钟就回来了。

狮狮田还没睡醒，不如让纯来说说吧。

八

不过对纯的调查却有点费功夫。

比留子同学此前一直跟几个大人谈论听不懂的话题，现在愿意跟他说话了，纯也就情不自禁地啰唆起来。

"比留子姐姐是大学生吧？大学好玩儿吗？爸爸总是抱怨大学。

"爸爸只关心成绩，连家庭课得了'良好'他也要生气。

"比留子姐姐好帅啊。不是普通的可爱，是好帅的感觉。"

看来他眼中已经没有我们几个了，而狮狮田还在睡觉。我看了王寺一眼，他无言地摇了摇头，仿佛在说"放弃吧"。

好，那就交给比留子同学吧。

"你害怕爸爸吗？"

"不害怕，可是爸爸声音好大，又总是生气，我有点讨厌他。"

"除了学习，他还会因为别的事情生气吗？"

"最近一看到我在看 UFO 或者变魔术的节目，他就会生气，说那些都是骗人的。"

狮狮田果然要对一切事物追求合理性，否则就浑身不舒服。

听到"变魔术"这个词，比留子同学从口袋里掏出了手帕。

"我给你看个好东西。你仔细看着这个十元硬币哦。"

她卷起袖子显示没有机关，然后把硬币包在手帕里，胡乱念了几句咒语·样的话，再抓住手帕边缘猛地打开。包在里面的十元硬币不见了。当然，比留子同学的双手都没有东西。

纯瞪大了眼睛，但好像不愿意轻易服输，就把她的手和手帕轮番看了好几次。

我知道这个魔术的窍门。她把硬币包进手帕的时候，用橡皮筋把包裹的口子给扎起来了。

很快，纯也发现了窍门，指着突出的一块地方说："找到了，找到了！"

"没错，那换下一个吧。"

比留子同学一边表演下一个小魔术，一边诱导他说出自己的家庭情况。

按照纯的说法，他升上小学的前一年，狮狮田跟妻子离婚了。具体情况不明，总之纯的监护权给了父亲。

"你以前来过这一带吗？"

"应该没有。"

纯他们住在离这里很远、靠近日本海的 T 县，据说是开了五个小时的车才到达亲戚家。他还说不记得自己坐过这么长时间的车。

"你们是去参加亲戚的葬礼，对吧？"

"嗯，说是爸爸的妈妈。"

这个说法让我们都面面相觑。

"你没见过奶奶吗？暑假都不过去玩吗？"

王寺用温和的语气询问。

"一次都没见过。昨天也是第一次去那里。那是个很大、很旧的房子。我还见到爷爷了，可他不叫狮狮田。"

"不叫狮狮田？"

"因为狮狮田是妈妈的姓。爸爸以前跟爷爷一样姓'Enju'，结婚后就改成狮狮田了。"

原来狮狮田是上门女婿啊。之所以从来没让纯见过爷爷奶奶，可能是因为跟家里关系很糟糕。他离婚后还用着前妻的姓，应该不只是为了纯着想，部分原因恐怕是他不想跟家里有任何纠葛。

不过纯说着说着就开始扭腰了。哈哈，这是——

"纯君，你想上厕所吗？"

少年"嗯"了一声，并没有动弹。

由于房子里没有窗户，无论白天晚上都没什么两样。不过现在发生了这么多事，也难怪他不想夜里一个人上厕所。而且他刚刚一个人去过了，这会儿不敢去难免要引起怀疑。

"我跟你一起去吧？"

比留子同学虽然这样提议，可他肯定不好意思，便晃了晃还在旁边睡觉的父亲。

"爸爸，我们去上厕所吧。醒醒，醒醒啊。"

狮狮田总算睁开了眼睛，看看四周，露出略显尴尬的神情，然后被纯拉着走出了餐厅。

九

过了整整十五分钟，我们都有点担心了，狮狮田父子才回到了餐厅。听说他们都上了厕所，纯又迟迟不愿意一个人进去，所以花了点时间。

时间是十一点五十五分。

"一天总算要结束了。"

狮狮田叹息一声，不知是松了口气，还是累了。

目前为止并没有什么异常，互相监视的策略似乎很顺利。

话说回来，不知先见和神服怎么样了。我正想着，餐厅对面的房门正好打开了，神服走了出来。

"看来没什么变化啊。"

"先见女士怎么样了？"

"目前已经稳定了。"

神服说完，就朝洗手间去了。

日期马上就要变更。

今天虽然发生了毒杀未遂，但总算是没有出现第二个牺牲者。如果能照这个势头再熬过接下来的二十四小时就好了。

我盯着走动的指针，看着它跨过午夜零点。

就在那时，神服大惊失色地跑进来喊道：

"枪！办公室的霰弹枪去哪儿了！"

她尖厉的声音让缓和的空气顿时紧张起来。

"枪怎么了？"

"没了！柜子的锁被弄坏了，里面的枪没了！"

我亲眼看到她今早巡视完菜园回来，把霰弹枪放进了柜子里。现在不见了？

"知道是什么时候不见的吗？"

我轮番看着离开过餐厅的人，大家都摇摇头。

冷静点。我们都在餐厅里，不可能藏得住那东西。如此一来……

"只有十色同学了。"王寺低声道。

比留子同学和茎泽都跳起来跑出了餐厅，其他人也紧随其后。

陈旧的木地板走廊、铺着绿色地毯的台阶，还有昏暗灯泡照亮的

222

地下室。前方就是十色的房间。

"十色同学!"

里面没有回应。比留子同学毫不犹豫地抓住了门把,毫无阻力地转动了。

我们把十色送过来时,确定已经上了锁的门,竟打开了。

现在还看不见里面,可是——

啊,这个气味……

打开电灯,首先映入眼帘的是地上的霰弹枪。

不远处,十色仰天倒在地上,胸口开了一个大洞。

"啊啊……"

这是谁的声音?

我只记得比留子同学突然失去平衡倒下,我立刻把她接住了。

"啊啊啊啊啊啊啊啊——"

撕裂空气的、野兽般的怒吼震荡了"魔眼之匣"。

十

凶案现场宛如暴风过境,情况惨烈。

面朝向内开的门,右手边是床。十色倒在左边靠墙的地上,胸前满是红黑色的血。她被枪杀了,还死不瞑目。我根本无法直视她。她的脸没有因为恐惧和痛苦而扭曲,那多少让人安慰了一些。可是那人偶一样缺乏生气的——

她背后的墙上飞溅着血迹，房间里散乱着撕破的被褥和她带来的换洗衣物、彩铅，连墙上的时钟都被砸了个粉碎。整个房间里可能只有还在燃烧的暖炉幸免于难了。

右侧床边的墙壁上布满了貌似抓痕的痕迹，仔细一看，我发现那是一幅画。正如我们所想，十色被没收了素描本后，把这片白墙当成了画布，画出了未来的光景。

她可能在柔软隔音材质的墙壁上用彩铅画了画，不但颜色没有涂上去，反倒留下了抓痕一样的破损痕迹。尽管如此，那些划痕里还是留下了一点色彩，我细细解读一番，发现那就是摆在我们眼前的光景。

"呜哇啊啊啊！"

茎泽惨叫着扑向遗体，却被狮狮田从背后拽开了。

"别乱碰！那上面可能留有证据。"

"我才不管！为什么，为什么前辈会死啊！"

茎泽瘦削的身体里不知为何爆发出了强大的力量，他拼命挣扎，像小坦克一样试图甩掉狮狮田。我和王寺都上去帮忙，好不容易把他从尸体旁拽开，却被他用噙着泪水的双眼狠狠盯住了。

"你看，前辈不是'恐吓人'！是你们害了前辈。畜生，畜生！我绝对要杀了你们！"

他甩开我们的手，带着满脸泪水转身跑上了一楼，不一会儿又听到铁门开启的声音。

"他出去了！"朱鹭野吓了一跳。

"等等，如果是他杀了十色同学，那我们不就眼睁睁看着他逃走了？"

　　我和王寺，还有狮狮田三人追了过去。来到一楼门口，我看到一串脚印在雨水打湿的泥地上延伸到黑暗中。看来他没有往桥那边走，而是扒开"魔眼之匣"右边的灌木丛，跑进没有路的山里去了。

　　"怎么办？"

　　我看了另外两人一眼，狮狮田咕哝道："能怎么办……"

　　"晚上进山太危险了。如果只是受伤还好说，可是完全有可能死在里面啊。而且他现在已经失去了理智。"

　　"那就开着门等他回来？他搞不好会随便捡个什么凶器袭击我们。"

　　我无法否定王寺的担忧，决定先把门关上，然后插上门闩。

　　霰弹枪原本是放在玄关旁的办公室里。我从前台窗口看进去，果然如神服所说，最里面那个柜子的门敞开着。走进去一看，门锁已经被剪断了，地上还落着一把钳子。那可能是从隔壁仓库里拿出来的东西。

　　"这东西按照规定不是应该严加保管吗？"

　　王寺抱怨了一声，狮狮田摇摇头。

　　"乡下都这样，而且这里平时只有两个人，疏于管理也不奇怪。"

　　回到地下室，朱鹭野正坐在走廊上安慰纯，只有神服站在房间门口，注视着里面的情景。比留子同学应该在勘查现场吧。

　　我在门口看到了比留子同学蹲在遗体前的背影。长发挡住了她的脸，可我注意到她勘验的动作远远没有以前那样快速而准确。她没怎么动手，只是一直低着头，想必也受到了相当大的打击。

"比留子同学。"

我叫了她一声，但见她像发条人偶一样僵硬地抬起头来。

"啊……茎泽君呢？"

"跑出去了。我见他很不冷静，为防万一，把门闩插上了。"

"是吗？"比留子同学叹了口气，转向狮狮田。

"本来不应该触碰现场，但是警察再怎么快也要一天以后才来，所以我想趁现在把能做的勘验都做了。我不会做出不正当行为，但希望你能充当证人。"

"你连这种事都能干啊。好吧，只要把勘验的过程录下来，过后也好说了。"

狮狮田脸色也不怎么好，不过还是拿起手机开始了摄影。

"现在时间是零时十五分，尸斑不明显，应为死后不超过两个小时。手指上附着疑为彩铅掉落的粉末。"

我跟比留子同学合力把十色的上半身抬起来一些。支撑头部时，她残留着体温的颈背贴在了我手臂上，触感宛如干了水的豆腐，让我险些尖叫起来。

忍住。我能做的只有这些了。助手不就是干这个的嘛。

十色背上的洞比胸口还大，体内是内脏破裂的凄惨痕迹。神服为了赶熊，在霰弹枪里装了单发弹，原来真正的枪伤竟如此骇人吗？

"子弹……"比留子同学声音里带着痛苦的哽咽，"子弹从胸部中央贯穿左后背偏上位置。感觉不是向斜上方开枪，而是子弹在体内受到阻力改变了轨道。"

确认完这点后，我们把她轻轻放回了血泊中。见比留子同学站了

226

起来，狮狮田结束摄影，用神服拿来的床单盖住了遗体。

"有没有自杀的可能性？"

狮狮田委婉地提出了主张，但我不得不否定。于是，我指着掉落在地上的霰弹枪说：

"如果是手枪也就算了，用枪身很长的霰弹枪对准胸口扣动扳机显得很不自然，如果要自杀，应该会从下往上对准下颚；而且伤口周围没有烧伤和硝烟痕迹，枪掉落的地方距离遗体也太远了。"

这都是我从侦探小说里得到的知识。

开枪时，枪口喷出的火药和金属粉末会附着在身体和衣服上，那种痕迹就叫作硝烟痕迹。如果把霰弹枪的枪口对准自己开枪，那么枪伤周围应该会留下枪口喷出的火焰和高温气体造成的烧伤以及硝烟痕迹。十色身上并没有那些东西。也就是说，开枪时，枪口离她至少有数十公分远。可以认为，不存在自杀的可能性。

我又看向床边墙上那幅画。柔软脆弱的白墙表面残破不堪，但可以辨认出一片红色中倒着一个黑色的人影。

"可能连她自己都没想到，画中的人物竟是她吧。"

王寺阴沉地咕哝道。

"她好像并不能识别到清楚的图像。要是她知道那是自己，也就……"

我说到这里就闭上了嘴。

知道了又能怎么样？

如果她的预言真的都会应验，那不就没有挣扎的余地了吗？

对，就像诅咒一样。

十色不是自杀。

除此之外，别无收获。于是我们就离开十色的房间，重新聚集在餐厅。按照神服的说法，那把霰弹枪里只装了一发独头弹，已经被打出去了。

"现场掉落的弹壳也只有一枚，应该不会有错了。"

由于地下室的房间隔音，我们在一楼没有听到枪声。

"如果枪支管理再到位一点，就不会有这种事了。"

面对朱鹭野的非难，神服泰然自若。

"本来那把枪放在我家，这次只是没办法，才放到了办公室的打扫用具储存柜里。而且我还上了锁，没理由承担杀人的责任。"

霰弹枪虽然是重要的物证，不过大家一致同意放在这里太危险了，于是我们把枪身拧弯，还销毁了剩余的子弹。

"总而言之，十色君不是'恐吓人'。我们闹了个天大的误会。"

连狮狮田也沮丧不已。

"你们说，有没有可能是外部人员作案？比如凶手一直躲在外面，然后悄悄跑进来把她打死了。"

王寺发出迫切的声音，比留子同学却把他否定了。

"我们送十色同学回房时，大门和后门都已经确认锁上了。钥匙还被神服女士寸步不离地带着；而且外面下雨，地面潮湿，但是除了茎泽君的脚印，并没有发现别的脚印。"

"可是这里以前不是做过奇怪的研究吗？说不定有秘密通道或秘密房间什么的。"

确实，"魔眼之匣"的诡异氛围完全可能催生出那种想象，但比留子同学还是摇了摇头。

"至少那个房间里没有任何机关暗道。门上没有锁孔，要是不旋转内侧的锁片，就无法把门解锁。地下室的房间为了隔音都做得很密封，从门缝里连一张纸都塞不进去。也就是说，是房间里的十色同学自己开了锁，把凶手放进去的。换言之，凶手是她认识的人。"

一直待在先见房间里的神服谴责地看着我们。

"你们不是一直待在一起吗? 有可能把枪拿走的到底是谁?"

我们面面相觑。巧的是，在神服发现霰弹枪丢失前，除了我和比留子同学以外，所有人都离开过座位。

按照荃泽、王寺、朱鹭野、狮狮田父子的顺序。

而且，发现霰弹枪丢失的神服自己也有机会。

"去洗手间时，有人注意到柜子的异常吗?"

没有人站出来回答比留子同学的问题。毕竟没有那么巧——就在我这样想的时候，有人说话了。

"既然事情已经变成了这样，那我就直说吧。"朱鹭野说，"我上洗手间的时候，想起人偶变少这件事，就到前台看了一眼。当时还看了柜子，锁没有被弄坏。"

那个发言让气氛顿时紧张起来。那么说来，拿走霰弹枪的就是在她后面出去的狮狮田父子或神服了。

"不可能!你不能这么瞎说。"

狮狮田脸色大变，提出了抗议。

"我没有瞎说。而且你看过十色同学的房间了吧? 偷了枪再去把她射杀，还要把房间弄得这么乱，把东西都砸碎，五分钟远远不够。所以我跟神服女士不可能做得了这件事。"

我们做了个简单验证来看她说得对不对。

我们从其他房间搜罗了多余的用品，实际模拟了一遍用钳子剪断柜子上的锁，再弄乱房间需要多长时间。为了计算最短时间，由我、狮狮田和王寺这三个男性参与了实验。

结果发现，光是剪断锁头和撕裂房间里的被子就要花五分钟以上。第一个挑战的我用了最长的八分钟时间，狮狮田看着我的样子悟到了诀窍，花了六分钟，王寺则花了六分半钟。如果再加上从餐厅到房间的移动时间，以及跟十色说话进入房间的时间，那么可以断定朱鹭野说得没错，五分钟根本不够，至少要十分钟。对于这点，所有人一致表示同意。

我再看记录，朱鹭野大约五分钟就回到了餐厅。神服离开时我看着手表给她计了时，可以证实她只离开了五分钟左右。而男士们基本都离席了十分钟以上。茎泽和一同离席的狮狮田父子都离开了十五分钟。

"我只是跟纯轮流使用厕所单间，所以花了点时间。当时两个人都在厕所门口等着，这孩子也可以提供证词。"

"同时没有不在场证据的人互相做证没有意义，对不对？"

朱鹭野跟狮狮田隔着桌子对峙。

"你是想说，我让自己的孩子协助我杀人？开什么玩笑。那我也直说吧，如果你那个所谓柜子没有异常的证词是假的，那茎泽君和王寺君也有可能行凶。他们都离席了超过十分钟。"

狮狮田还把矛头指向了神服。

"还有你，一个人可能完不成这么多事情，但和朱鹭野小姐合作就能完成了吧？你们两个人加起来有十分钟了。朱鹭野小姐负责枪杀十色同学，神服女士则负责弄乱房间。这样不就有可能了？"

"我跟朱鹭野小姐合作杀人？太愚蠢了。"

结果又变成了相互责怪。而且这回因为单独犯罪不可能实现，共犯则有可能实现的说法，所有人都开始疑神疑鬼了。

王寺夸张地叹了口气，向所有人摊开手做了个"冷静"的手势。

"请回忆一下，刚才不是还说我们彼此不相识，只是碰巧来到这里吗？就算有一个痛恨先见女士的'恐吓人'，我们也没有杀害十色同学的理由啊。"

我在内心否定了他。理由当然有，因为先见跟十色有血缘关系。"恐吓人"是否知道这件事呢？十色甚至没对苙泽说起过，知道的应该只有先见本人。而先见一步都没有离开神服的房间。

"彼此不认识又怎么样？'恐吓人'是到这里来之后才产生了杀害十色君的动机，这不就结了。"

比留子同学对满不在乎的狮狮田提出了异议。

"那就说不通了。不在场证据和动机固然重要，但我们必须考虑一个更基本的事情。"

"更基本的什么？"

"封闭空间。"

那是我几个月前教给比留子同学的推理小说用语。

"现在，我们通往好见的唯一手段——木桥被烧毁，形成了无法逃走也无法呼救的封闭空间。这正是眼下最重要的事情，因为封闭空间迟早会有开启的时候。"

听到那句话，我发现自己漏掉了一个很重要的细节。

是啊，那确实很奇怪！

"凶手也一样被困在了桥这边无法离开。那么，等警察从外面前来救援时，发现里面发生了杀人案件，他们会怎么想？凶手显然就在我们中间，所有人的周边关系和过往情况都会遭到彻底调查。这会让凶手被逮捕的可能性变得非常高。也就是说，没有比封闭空间更不理想的犯罪环境了。"

推理小说中有时也会出现凶手的独白，认为此时不会遭到任何人打扰，也无须担心目标逃走，是个大好的机会。然而明知道过后会遭到警方调查还要杀人，这比冲动犯罪还要愚蠢。无论对先见和十色有什么样的杀害动机，都不应该选择这段被困时间，而应该等待下一次机会再行动。

但有一个前提，那就是跟夏天的紫湛庄事件不同，凶手并非带着舍身的觉悟犯罪。

"你说得没错。假设我想杀了什么人，也不会在这种情况下动手。"

朱鹭野点着头赞同道。

"尽管如此，凶手却已经犯下了两起罪行，而且还是在我们怀疑十色同学是先见女士毒杀未遂凶手的情况下。这对凶手来说本应是最理想的发展，然而他却杀害了十色同学，把替自己背黑锅的人除掉了。我完全无法理解凶手的意图。或许我们应该暂时忘掉'恐吓人'这个凶手形象。"

比留子同学一脸严肃地把一缕头发按在唇边。

"那很奇怪吗？"

让人惊讶的是，说话的人竟是神服。

"在我看来，这种情况下杀人再自然不过了。"

"那不对吧，神服女士？"

王寺表示疑惑，神服却理所当然地开始了说明。

"各位难道忘了吗？先见大人预言了二男二女的死。假设各位中间有一个人产生'死掉两个同性我就能活下来'的想法，那也毫不奇怪。"

"啊。"

王寺呆呆地应了一声。

为了逃脱死的预言而杀人。

神服一脸严肃地告诉我们那个想法丝毫不奇怪，让我们受到了冲击。

"只要跟自己同性别的人死掉两个，那人就绝对安全了。凶手就是为了这个而给先见大人下毒，又枪杀了十色同学。"

"不是，那也太奇怪了吧。这是杀人啊。怎么会因为一句预言去杀人呢？"

神服依旧冷静地反驳了王寺。

"如果正如剑崎同学所说，现在的情况不适合犯罪。那么现在发生的杀人，就应该考虑为'正是因为在这种情况下才产生必要性'的行为吧。而那个必要性，除了先见大人的预言以外，还有别的吗？"

"你、你知道自己在说什么吗？"

朱鹭野尖声抗议道。

"你这是在说，凶手是女性啊。"

而且，一步都没有离开神服房间的先见和一直待在餐厅的比留子同学都杀不了十色。

换言之，朱鹭野和神服两人其中之一是凶手。

"不止如此。"

神服担忧地顿了顿。

"我想说的是，今后至少还有一名女性要被杀。"

餐厅的空气冻结了。

假设凶手真的是为了逃避先见的预言而杀害了十色，那么凶手就是女性。为了达成目的，她还需要牺牲一名女性。

"真的吗？"

纯不安地抬头看着父亲。

"愚蠢至极。"

狮狮田的话有气无力，还长叹一声。

"十色君的死我也有责任……但互相监视已经没有意义了吧。既然还有可能出现更多牺牲者，那就只能各自保护好自己了。"

说完，他就带着纯离开了餐厅。

十一

还有一名女性要被杀。

听了那句不吉利的话，我们面面相觑，最后王寺和朱鹭野都悄然回了房间。

餐厅里只剩下我们和神服。

这里还有四名女性。比留子同学、先见、神服、朱鹭野。其中一人是凶手，那还有谁要死？可是枪杀十色不可能单独完成，而比留子同学和先见又有完美的不在场证据。

那凶手就是——

不知神服猜没猜到我的想法，反正她露出了得意的表情。

"先见大人的预言一定会应验。这次的预言也是她好几年前就留下来的。"

她的发言让一直在沉思的比留子同学有了反应。

"真雁要死四个人不是今年才告诉村民的预言吗？难道先见女士事先告诉了神服女士？"

神服可能意识到了自己的失言，略显尴尬地低下了头。

"先见大人并非每年定时预言一次未来，而是每次梦到都会记录下来。如果其中有关系到村民的近期事件，就会公布出来。那个，我刚搬过来那段时间，出于好奇偷看了她用来记录的本子。当时上面已经记录了这次的预言。"

确实，十色祖父的研究笔记上也写着先见可以预言好几年后的事情。

比留子同学问她能否看看那本记录，可是神服似乎不敢让先见知道自己偷看的事实，就没有答应。不过她倒是说，如果明天先见状态还好，可以让我们再见一次。

"那请你告诉我。你看那本记录时，有没有这次事件之后的预言？"

"没有。当时这个就是最新的预言。现在可能又增加了一些……"

提到记录册，我想起了十色的素描本还放在厨房里。话说回来，十色之前特别交代过不要看里面的画。说不定里面有什么线索。

"还是看看比较好吧。"

我对比留子同学说完，又请神服在旁边见证，"如果里面真的有重要线索，说不定会有人怀疑我们动了手脚。"

在我和神服的注视下，比留子同学从料理台抽屉里双手拿出了素描本。她的动作很谨慎，可能意识到这东西已经成了遗物。她先把素描本放在料理台上，从后面往前翻了起来。可是先见毒杀未遂之后并没有新的画作，翻了好久都是白纸。看来是我想多了。

然而，比留子同学正要合上素描本的时候似乎发现了什么，再次翻开页面。原来从素描本另一边翻开，还有几页别的画。

那是——一张熟悉的美丽面孔。

是比留子同学。

我会做很多练习。

十色的声音在耳边回响。

后面还有别的画。神服倒吸了一口气。

那是一个老人的脸，是先见。她的表情比我们面谈时更柔和，但准确地描绘出了具有威严的脸形和体现着意志的清澈双目，让人很难想象这是仅仅见过几次的结果。

我不懂绘画，不过这两张人物画比其他任何一张画都更有热情，

236

看起来栩栩如生。在谈论完人物画到晚餐开始这段短短的时间里，十色究竟是带着什么心情下笔的呢？她多年以来应该都被画画这件事所困扰，感到痛苦和憎恨才对啊。

比留子同学无声地低下头，缓缓合上素描本，然后紧紧抱在了怀里。

走出餐厅，比留子同学还是一言不发，径直穿过我的房间，走向了她的房间。我则跟在后面护送她过去。

该跟她说点什么好呢？

比留子同学因为十色的死受到了巨大打击，我的感受应该远远没有她那样强烈。她每次要商量事情都会到我房间去，此时往自己房间走，肯定是想一个人待着。

然而，如果凶手就在剩下的女性中间，那么神服和朱鹭野有可能是共犯。换言之，下一个牺牲品极有可能是比留子同学。我要尽量跟她待在一起。

她无声地打开门，我不能就这么跟她分开，但也一时间想不到什么善解人意的台词，只好不动声色地跟了过去。

可恶，这真的是跟踪狂了。

"呜……"

门关上的瞬间，她发出了崩溃的声音。

我慌忙把手伸过去，下一个瞬间，胸前就受到轻微的冲击，同时她头顶的发旋出现在视野里。她抱着素描本靠在我身上，我只好轻轻搂住了她。

后来的事，我连想起来都感到痛苦。

她全身颤抖着、哭喊着，仿佛彻底崩溃一般大哭了一场。

明明约好了。

自责的话变成震动传到我体内。

反反复复，一遍又一遍。

十色因为天生的能力而不断自责。她跟比留子同学背负了同样的命运。她就这样走了，直到最后都没有得到解放。

我不仅没能拯救十色，也没能拯救比留子同学。

她的眼泪流干时，我提出跟她一起过夜。但比留子同学说，为了防止出现更多牺牲，她有个想法，所以请我回房去。

她还交给我一个任务，就是今晚一定要读完十色借给我们的研究笔记。既然她这么说了，我也就无法拒绝。我提醒她关好房门，然后离开了房间。

再见。

临别的那句话，化作不安残留在了我的心底。

消失的比留子

消え た 比 留 子

一

四月六日

研究已经进行了两年半。

我一直慎之又慎地进行了许多次验证，如今已经有足够的数据认定先见的未来预知能力属于事实。热衷研究的冈町君过于兴奋，最近好像有点睡眠不足。

那也难怪。因为像先见这样的人才，这个世界上恐怕不会再有第二个了。

遗憾的是，其他实验对象都没有留下能够判定为超能力的结果，实验全部终止，他们或是回到了故乡，或是在机构介绍下开始了新生活。我的研究只要有先见就好。

先见已经在严格的条件下预言了四十件以上的未来事件，而且全部应验了。

最值得惊讶的是，她的预言并非无为之能，而是可以在一定程度上指定区域和时间。我们给出"一年后东京银座发生的事件"这一条件,她会将条件加入祈祷,然后在梦中见到符合条件的未来。当然,能够与巧合相区别的大事件并非时常发生,实验时必须小心检讨后再提出条件。

上周冈町君接到机构的联系,兴高采烈地来通知了我。冈町君说,两年前先见预言的事件果然应验了。而且那还是日本第一起劫机事件(为了研究预言,我们依旧与外部信息完全隔离)。

先见还做了许多遥远未来的预言。今后的验证真是太让人期待了。

我们调查了她睡眠时的脑电波,发现只在做预知梦的夜晚,REM 睡眠和非 REM 睡眠的节奏会被打乱,有三到四个小时的脑电波比非 REM 睡眠时更低。一般非 REM 睡眠时做的梦几乎不会留存在记忆中……

关于预知梦的成因,现在还有很多不明之处。在试图解析的同时,我们开始了下一个实验。

那就是利用她的预言来规避危险。

班目机构也对我们的研究抱有很大期待。如果一切顺利,这个研究将会让机构名声大振,甚至可能从国家那里得到预算。如此一来,研究将得到进一步发展,届时日本就能靠预知能力的研究引领世界。

先见也理解了研究的意义,无论什么样的实验指示,她都用一句"只要能帮到老师"表示顺从。

唯一能称得上问题的,就是我长年潜心研究,不知该如何跟先见这个相差十几岁的人相处。不,不对。这个迷茫正在日渐增大。

先见在故乡从事巫女工作，几乎没有跟男性有过接触，对我这种榆木脑袋的人也毫不畏惧地缩短距离，真是个不可思议的小姑娘。

还发生过这种事：我到她房间商量事情时，被子后面突然跳出了一只老鼠。我正要叫人来打，先见却拼命把我拉住了。原来她因为一步都无法离开这里，便在房间里养起了老鼠当作说话对象。我见到这些东西都要毛骨悚然，而先见似乎从小就把蜘蛛和蜥蜴都当成朋友。先见用雪白的手指钩住我的手指，叫我不要把老鼠的事情告诉别人，还笑着说："这是我们俩的秘密。"

尽管很没出息，但我还是要承认，现在我就算没有实验预定，也会找借口跟先见碰面。可是，我只知道研究，并不知道怎么哄人，每次都会变成自说自话。

刚才我问冈町君，下个月是先见生日，有没有什么生日礼物的提议。结果得到了一个无可奈何的回答："老师应该多学习学习女性的知识。"

十一月十二日

又失败了。

不，这不怪先见。她的预言应验了，所以我们的研究没有出错。

可是应用方面。利用先见的预言规避灾难的实验，还一次都没成功过。

她预言了台风导致的水灾，我们就尝试疏散那个地区的村民。机构向政府提出了建言，甚至打出了避难指示。可是由于气象上的征兆很少，几乎没有村民遵从指示，结果预言应验，由于风暴潮和河川泛滥，导致十几个人死亡。

电车脱轨预言那次，人们做了极为严密的检修，最后却因为大型土方车急速冲进电车道口这个意想不到的原因造成了脱轨事故。

除此之外，班目机构还利用权力做了各种各样的对策，却从来没有成功规避过先见预言的灾害和事件。

她的预言必定会应验。无论如何，都会应验。

昨天，冈町君一脸苍白地告诉我，机构的干部对这个研究的未来感到悲观，正在讨论缩减预算。

开什么玩笑。先见可是空前绝后的预言者。如果现在放弃，预知能力研究的历史不知要被推后几百年。

我不能放弃研究。

今天，先见也在等着我。

勤哥哥，勤哥哥，下次要看什么？

每次看到先见对我露出无比信赖的笑容，我都要被罪恶感所压倒。尽管如此，我还是要让她预言人们的死亡，为了我的研究。

先见，我深爱的先见。

你是拥有守护人类免于一切灾祸之可能性的，救世主啊。

只差一点，肯定只差一点了。

我要证明你真正的价值。

二

预言的第二天早晨。

不到七点钟，外面就传来敲门声。

我应了一声，门外竟是意想不到的声音。

"这么早打扰你了。我是神服。"

"请、请等一下。"

我慌忙把凌乱的被子揉成一团推到床脚。这样至少看起来整齐一些了吧。

我打开门，神服有点急切地看了一眼室内。她这个样子太少见了。

"剑崎同学没来过吗？"

"比留子同学？出什么事了？"

我猛地凑过去问，只见神服摊开了右手。

那是比留子同学的手机。

"我在浴室门前的走廊上捡到了这个。因为昨天看到过拍视频的场景，知道这是剑崎同学的东西。我给她送到房间去了，不过……"

再怎么敲门都没有反应，转了转门把，发现门没上锁。室内空无一人，只有她的行李摆在那里。

"别的地方呢？"

"洗手间和浴室都没有。我还以为她跟叶村同学你在一起……"

还没等她说完，我就外套都不穿地跑了出去，把所有人都叫醒了。因为我在十色遭到杀害时有不在场证据，大家虽然很小心，还是给我开了门。

"剑崎同学不见了？"

说明情况后，狮狮田轮番看着我和神服。纯也伤心地看着我说："大姐姐一个人走了吗？"

"又是女性啊。这么说果然是……"

听到狮狮田的咕哝，朱鹭野吊起了眼角。

"你能不能别这样。难道一大早就要挑起无意义的争吵吗？不如先去找剑崎同学吧。"

为了保险起见，我还看了他们的房间，都没发现比留子同学。于是我又去看了臼井和茎泽的房间，还有十色的房间，结果还是一样。

"难道跟茎泽君一样跑出去了？"

神服否定了王寺的话。

"你看，玄关从内侧上了……"

她没了声音。神服愣在玄关旁边，原来前台窗口的毛毡人偶，只剩下装饰雪花结晶的那一个了。

所有人都意识到这点，顿时大惊失色。

"又少了！"

"难道下一个是剑崎同学吗？"

如果没有从玄关出去，那就只剩后门。我们匆忙往建筑物另一头走去，发现昨晚确实上了锁的后门竟然开了。

打开门，外面的天光令人目眩。昨晚那场雨已经停了，虽然看不到太阳，但天上飘着白色的云。

"这是……"

后门有一组脚印穿过雨水打湿的后院，朝通往瀑布的岩壁小路延伸过去。地面虽然湿软，还是留下了带有特色的鞋底纹路。等间距排列的锯齿纹，那是比留子同学的运动鞋。

"那是什么？"

朱鹭野的声音让我抬起头，原来脚印从后门延伸出去几米远的地方，掉落了一块黑色的布料。我避开脚印跑过去把它捡起来。这不可能弄错。

"……是比留子同学的披肩。"

我双手紧紧抱住吸满雨水的披肩，顺着脚印朝通往瀑布的道路跑了过去。

"喂！"

我无视了狮狮田的声音。我得赶快。

我一路踏着泥水，跑过了两侧耸立着岩壁的大大弯道。

途中没有遇到任何人，我来到脚印的终点，停下了脚步。

眼前是一条水量增大的瀑布，正在发出轰鸣。

"喂，剑崎同学她……"

王寺追了上来，察觉到我注视的方向，闭上了嘴。

脚印在悬崖边缘消失了。那里只剩下一只孤零零的运动鞋。

"难道她跳下去了？"

王寺提高音量，试图盖过瀑布的水声。狮狮田一边抓着想跑到悬崖边的儿子一边说：

"怎么可能？她为什么要跳下去？那个小姑娘不可能自杀啊。"

"可是到处都找不到她啊！"

我顺着成为路标的比留子同学的脚印回过头。大家都跟我一样避开了那行脚印，所以现在还清晰可见。周围确实没有别的脚印了。

"顺着岩壁返回……应该不行吧。"

王寺抬头看着道路两旁的岩壁。表面基本没有可以落脚的凹陷，而且因为被雨打湿，更加站不住脚。

"就算她有那个本事，也不可能跳过整个后院。"朱鹭野低声说。

我跪在泥地上探头看着瀑布潭，还叫了比留子同学几声。我不知多久没有发出过这么大的声音了，嗓子好像火烧一样痛。

可是无论我怎么叫，都没有回应。所有呼唤都被水声吞没了。

我们回到后门旁边，一起思索比留子同学可能会去什么地方。

"脚印确定是她的，没错吧？"

"对，掉在悬崖边的运动鞋是比留子同学的东西，鞋底的花纹也跟脚印一致。跟大家的脚印都不一样。"

我回答的声音有点颤抖。朱鹭野见我这样，便出言安慰道：

"有没可能是凶手穿着剑崎同学的鞋子走到那里去了？"

狮狮田马上提出了反驳。

"那你说，她本人到哪里去了？"

"这个……被监禁了？"

"费那个功夫有意义吗？再说了，不管到瀑布去的是剑崎君还是凶手，鞋印都只有一个方向。只能认为是不在这里的剑崎君自己走过去的吧。"

他毫不客气的说法让朱鹭野气不打一处来。

"你在叶村君面前说那种话，也太不知趣了吧。"

"他很冷静。这种程度的事情他早就想过了。你知道推理小说中使用过多少脚印诡计吗？"

狮狮田口中的"诡计"一词让王寺有了反应。

"我在电视上看过。比如踩着自己去程的脚印倒退回来。"

如果依靠现在的鉴证技术，瞬间就能分析出脚印的朝向和人物的体重。可是这串泥地里的脚印实在太软，我们无法分析。等警察来了，脚印恐怕就消失了。

"那应该不太可能吧。"

神服在后面插嘴道。

"有一只运动鞋落在了脚印的终点。就算只穿着一只鞋返回，要在泥地上单脚向后跳跃，还不踩坏脚印，我觉得不可能。"

王寺实际跳了几步，可是被雨打湿的地面在起跳的瞬间会吸住鞋底，落地之后还会溅起泥水打乱脚印。而且从那行脚印平均的步幅和方向来看，只能认为是走路留下的脚印。

"可恶，不行啊。"他一说完，就烦躁地啃起了指甲。

我也说出了自己的假设。

"我本来认为可以穿着两只运动鞋向后走到后门，最后扔一只鞋子出去，但应该是不可能的。因为这里离运动鞋掉落的悬崖边缘大约有五十米，而且岩壁间的小路还是弧形，再怎么扔也扔不过去。"

"那就只能认为是脚印的主人一路走到路的另一头，然后消失在瀑布潭里了吗？"

那个人只可能是比留子同学。此时，纯开口了。

"昨天那个跑出去的高个子哥哥呢？"

对了，茎泽也不见了……但我并没有把他给忘掉。

我们从"魔眼之匣"的背面绕到正面，发现昨晚茎泽跑出去时留下的脚印还能勉强辨认。他走向了林草茂密的山中。

"他平安过夜了吗？"狮狮田说。

"我觉得很难说啊。"

王寺说起了昨天实际进山的体验。

"那里面真的是野兽巢穴的感觉，到处都长满了树木杂草，地上全是倒下的死树和落叶，根本下不去脚，完全无法前进。我也是头一次知道没有登山道的自然山林这么险恶。这要是半夜什么装备都不带就跑进去，那根本不是正常人干的事。"

"好见村村民也只到熟悉的山里去。以前还发生过熊咬死村民的事。"

神服表示了赞同，朱鹭野不耐烦地提高了音量。

"先不管他了，重要的是剑崎同学。就算他平安无事，'魔眼之匣'也是上了锁的，没法对剑崎同学出手啊。"

"叶村君有什么想法吗？"

听了王寺的话，我想起昨晚最后的对话。

"比留子同学因为十色同学的死十分低落。她好像觉得十色同学被杀，她也有一定责任……早知道我就一直陪着她了。"

不一会儿，神服安静地说：

"各位还记得我昨晚说的话吗？凶手为了逃脱先见的预言，残杀了跟自己相同性别的人。剑崎同学莫不是感到自己应该对十色同学的死负责，主动选择了牺牲？"

男女各有二人死去的预言。

十色跟比留子同学死了，跟女性相关的预言就成立了。如此一来，朱鹭野、神服和先见都能转危为安。

不是自杀，而是自我牺牲。

大家可能都接受了这个想法，没有人说话。除了一个人。

"不对！大姐姐还活着！"

纯怒视着大人们，绷着小小的身体拼命喊道。

"干什么呀，大家为什么不再努力找找啊？！都在那里说好听的话，其实大家心里都松了口气对不对？"

少年的叫声似乎从意想不到的角度揭穿了大家的真心。反复争论过好几轮的大人们，现在竟对一个在父亲怀中拼命挣扎的少年无言以对，纷纷移开了视线。

我也无法正视纯，而是低头咕哝道：

"我也不想把她看成自我牺牲。可是，既然凶手为了逃避先见的预言而不断犯罪，那他有可能还会盯上一名男性。"

"为什么，凶手不是女人吗？"

"请想一想，十色同学被杀害时，考虑犯罪所需时间，几乎没有人可以单独完成犯罪，不是吗？也就是说，凶手极有可能是两人一组。假设那是男女两人，那么男性凶手的目的就尚未达成。"

"那不就更应该去确认茎泽君的情况了？"

王寺提了一句，但狮狮田却不怎么愿意。

"就算他没事，也不知道他会干出什么事来。现在应该优先考虑我们自己的安全。"

我也表示同意。

"只要再忍耐一天就够了。为了避免不必要的嫌疑，我们还是保持警惕，尽量不靠近其他人的房间为好。"

最后，王寺也一脸复杂地接受了我的意见。

神服似乎准备了早饭，不过考虑到先见被投毒，谁都不想去吃。于是神服说厨房有速食食品，虽然数量有限，但可以自由拿取，于是我们纷纷点头，各自回房了。

目送了他们离开的背影，我开始尽量拍掉比留子同学披肩上的泥土，留在原地的神服略显犹豫地问道：

"这种时候说这种话可能不太好，不过你还打算跟先见大人见面吗？"

我彻底忘了这件事。可是就算只有我一个人，也要把该做的事情做好。

"我现在脑子有点乱，能约在下午吗？"

神服一下就同意了。

"先见大人能说话吗？"

"似乎还有点痛苦，不过先见大人自己也有话想说。她可能想问十色同学的事情吧。"

"那我过了中午就去拜访她。女性虽然已经没有危险了，不过神服女士你也要小心。"

听到我的关心，神服略显惊讶，随后默默地点了一下头，消失在走廊深处。

这下真的只剩下我一个人了，于是我朝自己房间走去。昏暗的走廊上只能听到我的脚步声。

进房把门一关，我就感到全身脱力，抱着膝盖蹲了下来。

就在那个瞬间，堆在床脚的被子像生物一般蠕动起来。

里面冒出一团黑发，还有光洁的额头。

"怎么样？"

比留子同学顶着有点红肿的眼睛，对坐在地上的我问道。

三

"让大家都以为我死了吧。"

比留子同学今天一大早跑到我房间来，开口就是这么一句话。

我正困惑为啥要干这种事，比留子同学顶着哭肿的眼睛对我说。

"我们已经处在一触即发的状态了。

"一开始得知先见女士的预言，谁也不认为自己会死。臼井先生的死亡是一场事故，先见女士被下毒，也被认为是'恐吓人'出于个人怨恨的犯罪。所以大家才会在寻找凶手的时候，带有一种事不关己的态度。

"可是现在不一样了。第一次见面的十色同学被杀，逃脱死亡预言的动机浮上水面，人们开始意识到自己也面临着被杀的危险。"

原本是凶手对全员的构图，在十色死后，就变成了自己对他人。

"比如狮狮田先生，他虽然拒不相信预言，可一旦纯君受到威胁，他有可能会以正当防卫的理由伤害别人。就算不相信预言和预知能力，他也可能为了自保而杀害他人。我们现在已经疑神疑鬼到了这个地步。

"所以在下一个牺牲者出现之前，我们必须想办法阻止凶手的行动。"

详细说明被推到最后，我先按照比留子同学的指示完成了所有准备。

不久之后，神服就敲响了我的房门。

她应该没想到堆在床脚的被子里竟然裹了一个人吧。

"勉强成功了，就是声音有点抖。"

好不容易从紧张情绪中解放出来，我开始揉搓冰冷的双手。

我在演戏这件事应该没有被人发现，尽管我觉得很对不起特别喜欢比留子同学的纯。

"没关系，我相信叶村君的演技。而且我也想看看你对我的失踪究竟是什么反应。"

饶了我吧。要是让比留子同学看到我对着瀑布潭大喊她名字的光景，我肯定当场就跳下去了。

"不好意思，这个弄脏了。"我把捡回来的披肩和运动鞋还给了比留子同学，"虽然是临时想出来的，不过那个脚印诡计真是了不起啊。"

比留子同学一脸无所谓地接受了我的赞扬。

"这都多亏了会长大人平日的悉心指导。毕竟我也算是推理爱好会的成员。"

不明内情的人看到现场肯定会感到震惊吧。通往瀑布的脚印只有比留子同学的运动鞋那一串，而且她的运动鞋还落在道路尽头，除此之外没有可以行走的地方。道路两边都是高耸的岩壁，还是一条大弧线，从后门扔鞋肯定够不着。无论怎么看，那都是比留子同学自己走过去，在瀑布潭前面脱下运动鞋投水的结果。

我们设计的这个诡计十分单纯。

趁大家还没起床，比留子同学先走到瀑布潭前，留下一串脚印，然后踩着脚印倒退回后门。接着，她脱下鞋子，把其中一只包在大披肩里，用绑头发的皮筋扎好口子。那就是比留子同学表演给纯看的十元硬币消失伎俩。然后，她将披肩扔到距离后门几米开外的脚印旁边，仿佛走路途中掉落在那里的。这个时候，"秋天人偶"已经被扔到瀑布潭里了。

接下来就是我的工作。

大家发现脚印时，我第一个跑向落在地上的披肩将其回收。然后顺着脚印比所有人抢先一步向瀑布潭进发，瞅准小路弯曲，大家看不见我的时机从披肩里拿出运动鞋，放在脚印消失的地方。

在大家眼中，我是空手跑出后门的，所以没有人会意识到我把运动鞋拿了过去。

如此一来，我们就成功伪装了比留子同学的死。

为了不让人发现比留子同学在我房间，我们一边注意走廊的动静，一边小声说着话。

"现在可以告诉我了吧？为什么比留子同学的死能阻止凶手的行动？"

比留子同学坐在床上，叠起穿着黑色修身裤的细长双腿，以便随时藏进被子里。

"早上连仔细解释的时间都没有。接下来的话有点长，我就按顺序说明。首先，因为先见女士的杀害未遂事件中使用了毒药，这让我以为给《亚特兰蒂斯》编辑部寄信的'恐吓人'就在我们中间。"

"恐吓人"为什么要把预言内容透露给《月刊亚特兰蒂斯》编辑部，又是为什么要把编辑部的人引到真雁来，这些都不清楚。但是从信的内容来看，"恐吓人"显然很熟悉先见和好见的情况，并且相信预言一定会应验。

"可是在表现出计划性的同时，'恐吓人'又在封闭空间这一绝对不适合犯罪的情况下展开了凶行。两者形成了极大的矛盾。"

封闭空间内出现牺牲者，意味着凶手就在空间之内。等木桥被修复，警方介入调查，这里的所有人肯定都会被彻底审查一遍。这样不仅风险极高，而且"恐吓人"明知四个人将会死亡的预言，根本就不会留在真雁才对。

比留子同学继续道：

"'恐吓人'跟我们一样，都是碰巧被困在封闭空间里的。如果是一般情况，他只需要中止杀害计划就好，可是这回有四个人死亡的预言。也就是说，他自己也有可能因为某种意料不到的事情而死去。正因为'恐吓人'相信预言会应验，他才不顾被捕的风险实施了毒杀计划。"

也就是说，"恐吓人"仅仅是事先准备了毒药，其立场跟我们并没有什么不同。

我尝试反驳。

"如果'恐吓人'是丝毫不在意那些道理的人怎么办？如果他只是想杀人，完全不在乎封闭空间，就算会被警察抓住，也想杀了先见和十色呢？"

比留子同学举起双手露出浅笑。

"那反倒更简单了。如果他只是个单纯的精神异常者，那么预测并阻止其下一步行动就会变成不可能。既然如此，像现在这样躲在房间里，敌若犯我，我必诛之就好了。而且，如果对方只对先见女士和十色同学心怀怨恨，那就不用担心再有别的牺牲者了，只需要等警察来到这里仔细调查就好。"

啊，对呀。比留子同学伪装死亡的目的，就是为了防止凶手拥有明确的意志，导致更多牺牲者出现。"追凶"则是另一回事了。

"可是，十色同学被杀害一事令我产生了极大的疑问。因为从杀害情况来看，很难想象那是一个凶手的行为。"

发生在"魔眼之匣"这一密室内的凶案，每个人都拥有身在餐厅的不在场证据，杀害十色并弄乱房间至少需要十分钟。如果把这些都综合起来，只能认为一个人不可能独自完成作案。

"'恐吓人'从一开始就是两个人，是这样吗？既然如此，先见的毒杀未遂也完全有可能是他们合作的罪行。"

"如果是这样，那么'恐吓人'之一就是有机会下毒的神服女士或十色同学。可是你想想，没有人给出过能够打消她们嫌疑的证词。"

荃泽虽然反应强烈，可是十色最终还是成了最可疑的嫌疑人。而比留子同学关于红花的论证，是因为十色正好画了预知画才得以成立，从而让神服免于怀疑。这个确信度实在太低了。如果"恐吓人"是两个共犯，应该会做出有利于搭档的证词才对。

"恐怕应该认为，对先见下手的'恐吓人'只有一个人，他在毒杀先见女士未遂后，为了逃避死亡预言，临时跟其他人联手实施了杀害十色的计划。相当于临危之际的共犯吧。"

"可是十色被软禁完全是我们聚在一起商量的副产物，共犯并没有仔细商讨计划的时间。"

"如果要设计很复杂的诡计恐怕很困难，不过安排分工和对口供的时间应该还是有的。比如送十色同学回房的时间，或者这样……"

比留子同学取出手机输入了一段文字：把手枪上的指纹擦掉。

"只要事先定好厕所之类隐秘的地方，就可以通过便条或者手机来留下信息，完成交流。"

确实，除了我们两个，所有人都上过一次厕所。应该认为共犯之间可以完成简单的信息交换吧。

"如果凶手有两个人，那么靠蛮力阻止他们行动就会很困难。所以我才决定利用预言阻止他们的行动，并想到了伪装自杀的办法。"

"利用预言？"

听到我反问，比留子同学竖起了三根指头。

"假设凶手有两个，那么他们的性别构成就有二男、一男一女、二女三种可能。如果考虑逃脱预言这个动机，身为女性的十色同学成了牺牲品，由此可以排除二男的组合。"

因为十色的死并不能让男性逃脱预言。

"接着是二女的组合。此时我通过伪装自杀，结合十色同学的死就满足了牺牲二人的条件。所以只要没有人发现我还活着，接下来就无须担心继续发生杀人案。"

原来如此。我正在感慨，比留子同学却说了下去。

"最后是一男一女的组合。此时已经有臼井先生这个男性死了，所以有可能还会出现一个牺牲者。"

"哦，所以你才让我说那种话啊。"

大家各自回房前，我对狮狮田说了"那他有可能还会盯上一名男性""为了避免不必要的嫌疑，我们还是保持警惕，尽量不靠近其他人的房间为好"。其实这些都是比留子同学交代我说的话。

"你的忠告会让男性提高警惕，从而加大男性凶手行凶的难度。反过来，他可能会让女性凶手来替他行动，但我不认为对方会甘愿多背一条人命。"

因为比留子同学"死去"，女性凶手已经达到了自己的目的。只要他们是为了逃避死亡预言而结成的共犯关系，肯定不会去主动背负多余的罪名。

"厉害。现在真的成了凶手们难以行动的状况。"

她竟然在一夜之间，而且在十色被杀的打击尚未平复下来的时候想到了这么多。

不过比留子同学脸上并没有喜色。

"现在还有谜团没解开。如果到目前为止的推理正确，那凶手们究竟是如何缔结共犯关系的？"

"这……找个意气相投的人，说服他只有联手才能逃脱先见的死亡预言？"

比留子同学朝我竖起食指晃了晃。

"你要怎么开口？'我不想像预言那样死掉，所以打算拉别人当替死鬼，你要不要来帮忙'，这样吗？还是对一个昨天刚认识的人？"

呜哇，那可太难了。

是啊，如果不能绝对确信对方会上船，那就不可以对其说出自己的计划。万一没说服，那就完蛋了。这可不是借口开玩笑能糊弄过去的事情，届时那人就是个彻头彻尾的危险人物了。

比留子同学可能感应到了我的思考，满意地继续道：

"没错。缔结共犯关系本身就具有极高的风险。要解开所有谜题可能很难，不过因为'我的死'，应该在凶手发起下一次行动前争取到了一些时间。我们要利用这个时间找到凶手，阻止连环牺牲。"

可是比留子同学暂时无法出现在众人面前，那就只能我来想办法发现线索了。

"知道了，我先去查什么好？"

"先查一查十色同学的杀害现场吧。说来惭愧，昨晚我受了太大打击，不怎么记得房间里的情况。你能去拍几张照片吗？"

我充满气势地点点头。总算能干点华生的工作了。

"那比留子同学，你先好好藏着。我回来的时候会故意加重脚步，除此之外，你都当成别人就对了。"

"叶村君。"我正要走出房间，背后传来了担忧的声音，"对不起，你要小心。"

虽说现在已经进入了凶手难以行动的情况，但是依旧残留着男性遇袭的可能性。

但我毫不犹豫地说了一声"我去去就来"，然后离开了房间。

就算知道有危险，我也不能逃避事件，因为我知道有这么一个人曾经像这样为了他人而活。

时间是上午九点，还剩下十五个小时。

按照预言，还有两个人要死。

先见的预言从未出过错。

四

由于十色的房间是隔音室，其结构上气密性极佳，所以我走到门外都没有闻到气味。如果不知道内情，谁也想不到里面竟有一具被射杀的尸体。

我下意识地注意着周围的气息，轻手轻脚地打开门。

里面顿时涌出一股强烈的气味。可能因为地下室气温比较低，那并不是腐臭，而是血肉的腥臭。我打开灯，把门关上，室内马上被令人毛骨悚然的寂静包围。难怪餐厅没有人听到枪声。

室内的光景跟昨天一样。房间左侧滚落——不，倒下的十色遗体，以及散落在地面上的各种杂物。床边的墙壁留下了无数仿佛抓痕的线条，形成了貌似房间惨状的画面。

我调整着不知何时急促起来的呼吸，走向被床单盖住的十色的遗体，轻轻合掌。

随后，我想起了比留子同学的指示。

首先她注意到，房间里虽然散落着大量杂物，十色尸体下方却什么都没有。那就意味着这个仿佛台风过境的惨状并非十色与凶手搏斗的结果，而是凶手射杀十色之后干的事情。

那么，凶手为何要弄乱房间，把十色的东西都扔在地上呢？

可能跟先见毒杀未遂那次一样，凶手是为了隐藏某种无法回收的线索。

我跪在地上，一边注意不去触碰，一边检查每一个掉落的物品。

会不会是凶手带在身上的耳环或隐形眼镜这种小东西在开枪时不慎掉落了，一时半会儿又找不到，只能把房间弄乱来蒙混过去。

"不，那样反倒更花时间吧……"

我为了掩饰心中不安，自言自语道。

就在那时，背后突然传来转动门把的声音。

"欸!"

我吓了一跳，明明没人叫我，我却应了一声。紧接着门外传来一声"呀!"，还闪过了红色的头发。

"朱鹭野小姐？"

"哦，原来是你啊。"朱鹭野露出放心的表情，但很快又瞪着我问，"你在这种地方干什么？"

我在脑海中重新置换上了比留子同学行踪不明的设定。

"我在房间里实在待不下去，就想来找找有没有凶手的线索。"

说完，我露出了很勉强的笑容。这样演应该没错吧。

"那倒也是，别让自己想太多了。"

朱鹭野虽然有点尴尬，还是赞同了我的话。

"朱鹭野小姐来干什么？"

我见她手上拿着一小束花，应该是来献花了。

"我知道干这种事没有用，可是就这么把她扔在这里也太可怜了。"

确实如此。吊唁死者和揪出凶手明明同样重要，可是只有她想到了这点，让我有点自惭形秽。

我看着那束花，突然发现了她双手的变化。

"朱鹭野小姐，你把指甲洗了吗？"

第一天看见朱鹭野的时候，她的双手指甲跟衣服一样红，现在却变回了普通的颜色。

"昨天下午就洗掉了。你这个侦探观察能力不太行啊。而且这指甲不是涂的，而是贴上去的，因为我的指甲形状从小就很奇怪。"

她所谓的"贴上去"，是指用胶带或胶水把做成指甲形状的树脂片贴在真指甲上，也就是一种假指甲。

"莫非你把指甲片掉在什么地方了？"

朱鹭野一下就露出了很不高兴的表情。

"有一片比较松，不知什么时候就掉了——你问这个干什么，还一脸可疑的样子。难道你想说，我到这个房间来找指甲片了？"

"啊，不是……没错。"

"你干吗承认啊？"朱鹭野翻了个白眼。

因为我懒得装糊涂。而且如果是为了掩饰找不到的指甲片，房间被弄乱似乎也有了解释。

"我都跟你说了，我是昨天下午弄丢的指甲片。怎么可能在十色同学被杀的时候落在这个房间里。你想找就找吧，我不拦着你。"

她看起来不像撒谎。朱鹭野在尸体旁边把花放下，双手合十。

不管怎么说，我都得寻找线索。于是我又一次趴到地上，同时提防着朱鹭野隐匿证据。

如果按照大小来区分地上的杂物，最大的就是撕坏的床单和倒下的桌子，接着是十色的背包和换洗衣物，然后是洗漱用品和文具这类小件的东西，再有就是墙上挂钟的碎片了。

"不过这也太奇怪了。"

朱鹭野可能不太喜欢沉默，靠在门上低声说道。

"房间的锁只能从内部开启，门上又没有撬锁的痕迹，所以只能解释为十色同学主动让凶手进去了。"

"凶手一定是谎称紧急事态骗了她开门吧。只要把脸贴在门上，还是能勉强让里面听到的。"

要是再用力拧门把，或是敲门，十色应该也会走到能听见声音的地方来。

就在那时，我在尸体旁边发现了混在折断的挂钟指针中反射光芒的金属小球。

"这是……子弹吗？"

那东西并没有尖头，而是一块类似拇指指尖形状的金属。

"那是独头弹的弹身，一颗铅块而已。"

朱鹭野说这是以前好见一个持有猎枪的熟人告诉她的。

"这跟电影上出现的尖头子弹不一样啊。"

"那主要是步枪用的子弹。如果像神服女士这样用来驱赶野兽，独头弹这种贯穿力低的子弹更好用。"

"贯穿力低"这个说法让我产生了好奇。

"对付野兽用的子弹反而贯穿力更小吗？我还以为贯穿力高的子弹射程更长，威力也更大。"

结果朱鹭野连声说着"不对不对"，还抬起左手食指抵在右手掌心。

"子弹是通过高速侵入体内引起的冲击力造成伤害的。虽然弹头的材质和形状会产生一定影响，不过贯穿力低意味着在体内消耗大量能量制造冲击力。所以对付野兽的时候，才要选用贯穿力低的圆头子弹以制造更大的伤害。你没看见十色同学的伤口吗？"

原来十色的伤如此骇人，是因为击杀她的凶器本身是用来对付野猪和熊的吗？我脑海中闪过凶案发生的瞬间，忍不住握紧了冰凉的拳头。

我又产生一个想法，便叫住了朱鹭野。

"请等一等。我到房间外面去扮演凶手，麻烦你在里面开一下门好吗？"

"哦，可以啊。"

朱鹭野照我说的话，在我出到走廊后打开了房门。

"凶手哄骗十色同学开门后，可能先推了她一把，或是用什么方法进了房间。"

"是啊，因为开着门行凶会让枪声传到一楼。"朱鹭野点点头。

"然后凶手用枪把她逼到墙根，开枪。十色同学倒下了。"

"从房间情况来看，应该是这样了。"

接着我又指向墙壁。

"子弹从她胸口进入，然后从左后背穿出。墙上的血迹也证实了这点。可是有一点很奇怪，就是墙上找不到子弹贯穿后打中的痕迹。"

十色背后是一堵墙，子弹贯穿后一定会打在墙上。

白墙表面很脆弱，仅仅是拿彩铅画画就能形成刮痕。可是到处都看不到子弹的痕迹，这究竟是怎么回事？

我想象着十色站在墙边的情形，然后抬头看向子弹穿透的十色左背方向，也就是我的右上方。只见稍微高于我头顶的位置，有个 L 形铁钩钉在墙上。

"那是挂钟的地方吗？"

朱鹭野说得没错，而且这也跟我的记忆相符。如此一来……

"莫非子弹打中了挂钟？"

这样一想，几个有疑问的细节就能得到解释了。

"挂钟……原来如此啊。"朱鹭野似乎理解了我想说的内容，"子弹在贯穿十色同学身体的时候改变了轨迹，碰巧打中了挂在墙上的钟，对吧？"

"不仅如此。"

我接过她的话头。

"挂钟被子弹打中，或是掉到地上的瞬间，指针停在了凶案发生的时刻。凶手为了掩饰这个线索，故意将挂钟砸碎，然后弄乱房间，试图掩盖这个举动。"

昨晚十色待在房间里时，除了我跟比留子同学以外，所有成员都在十点十五分到零点之间各自离开过餐厅。如果从停止的时钟上判断出行凶时刻，那么射杀了十色的共犯就会被曝光。凶手这么做肯定是因为担心出现这个情况。

"现在我们知道房间为什么被弄乱了，可还是不知道凶手是谁啊。"

朱鹭野不甘心地说。

我再也没找到能称得上线索的东西，也没看见指甲片。于是我把房间情况拍成照片，然后离开了。

我跟准备回房间的朱鹭野在楼梯口道别，正打算往回走，却被她叫住了。

"我知道你很想了解先见大人和那个机构，但我还是要劝你小心神服。"

"为什么？"

"因为杀了十色同学的不是女性吗？先见大人一步都没走出房间，我也没干这件事，那就只剩下神服了。而且……"

她后来补充了一句让人意外的话。

"你知道欧石楠的花语是什么吗？"

我摇摇头，朱鹭野撩起长发说了起来。

"我工作那个酒馆的妈妈桑很熟悉这些，而且经常说给我们听，所以我就记住了。这种花根据品种和颜色不同，具有好几种意思。但是欧石楠整体的主要花语是背叛、孤独、寂寞。"

我瞪大了眼睛，朱鹭野坏心眼地笑了笑。

"懂了吗？那人仗着先见大人不知道，把那种花插满了整座房子。你别看她表面上低眉顺眼，实际上不知道在想什么。"

跟朱鹭野道别后，我去玄关看了一眼毛毡人偶。

因为今早比留子同学伪装自杀时，我把红叶装饰的"秋"人偶扔进了瀑布潭里，现在只剩下"冬"人偶孤零零地留在那里。虽然这算不上凶手没有行动的根据，但我还是放心了一些。

既然来了，我是不是该把保管霰弹枪的柜子也调查一下呢？我刚抬起手，想到警方勘验人员可能会调查指纹，便用袖子把手包住，然后转动了门把。

不到十平方米的办公室里有一张正对前台窗口的办公桌，除此之外便空荡荡，连个书架都没有。房间一角摆放着用于存放霰弹枪的打扫用具柜。

对着前台窗口那堵墙上有一扇门，我打开一看，门后面是面积跟办公室差不多的仓库，里面摆着油漆和清漆等罐装涂料，还有塞满肥料口袋的木架子。神服是五年前搬到好见来的，而这里有好多东西似乎早在那之前就被堆在了里面。

我来回扫视地面，发现架子底下有一小块红色碎片，便停下了脚步。

"朱鹭野的指甲片？"

怎么会出现在这种地方？难道她进过仓库吗？我还怀疑她是来偷霰弹枪的，可是放枪的柜子在办公室。

于是我打开了柜子最低处的柜门。

里面存放着学校理科准备室经常能见到的深色玻璃瓶，褪色的标签上写着亚砷酸。

这该不会是先见服下的毒药吧？

朱鹭野知道这里有毒药……

我忍不住先确认了周围没有人，然后才悄然走出仓库，快步折返房间。

现在还不确定她是凶手。可是只要她有心，刚才完全有机会把我杀了。

我感到背后一阵发凉，再次意识到一件紧迫的事。

我得在自己被杀之前查出事件真相。

五

二月二日

我没想到情况竟会窘迫到如此地步。

我们想尽一切办法，都无法回避先见预言的未来。

她的预言里还出现了足以留在日本历史上的大事。

一起发生在 H 市近郊的坠机事故中，将近七十名乘客和机组人员全部死亡。

I 县上空发生的客机与自卫队战机碰撞事件，已经有超过一百六十名死者。

针对这两起事故，机构都在事前动用了最大努力去进行防范，但是依旧防不住。机构的对策万无一失，但还是有细微的错漏、难以理解的人为失误和概率低得难以置信的巧合凑在一起，最终导致了预言的结果。仿佛先见的预言就是神启。

讽刺的是，先见的预言成了对我研究的最大障碍。

先见依旧对我们的指示百依百顺，与人为善，跟研究员保持着良好的关系。

可是我作为研究负责人，渐渐开始遭到非难。他们认为我应该认识到自己的能力不足，赶紧把研究交给他人来继续。毕竟我是头一个知道先见的预言，又眼睁睁看着超过一千人牺牲的人，他们会这么说也是理所当然。而且正如他们所说，班目机构应该能找到比我更优秀的研究人员来代替我。

冈町君为了压下那种言论而努力工作着，可是我们跟所员的对立正在日渐显露。

我很明白，是我不好。尽管如此，我还是不打算放弃研究。

因为这是我跟先见的唯一联系。

现在我坚持研究已经不是为了解析预知能力，而是为了陪伴在她身边。

为了研究者的名望、人类的可能性，也为了她这个女人——我怎么可能放手。

只要这个研究顺利，一切就能解决了。

二月十五日

最终还是发生了大事。

原因在于先见预言过本月上旬O县I郡会发生大规模杀人。

可是先见道出的I郡地点连一座房子都没有。他们认为那种地方不可能发生大规模杀人，直到最后都没有想办法阻止事件发生。

我每天忧心忡忡，担心先见的预言是不是真的出错了，可是昨天我被机构的上层传唤过去，还听到了令人震惊的事实。

位于O县的班目机构研究机关发生了重大事故，导致数十人死亡。

问题在于，那个地方只有班目机构中少数几个人知道，属于高度机密，而且正在进行政府极为重视的研究。最糟糕的是，政府密使当时也在现场，成了牺牲者之一。先见预言的惨剧令政府对班目机构的信任大为减弱，原本保持着微妙平衡的立场终告崩塌。

尽管那件事被定义为事故，但先见预言的却是大规模杀人。那里究竟发生了什么样的惨剧呢？

二月二十日

机构终于开始把先见视作危险了。他们说，先见的能力已经成了不可控制的东西。

针对我的批判也越来越强烈，上周冈町君还跟反对派的所员引发了暴力冲突。先见还是跟以前那样，用温和的态度协助我的研究。然而研究所已经人心涣散，还有人对我说：

"如果真的想规避灾难，倒不如现在就把那姑娘的舌头拔了，嘴巴缝起来。"

"你在这里太碍事了。如果想继续研究，你就把那个目中无人的女人带到别处去吧。"

"那帮人就是在忌妒我们这个研究的价值。他们只会拖后腿，一群蠢材。"

冈町君的愤怒，说不定是针对我。

因为尽管处在这种情况下，研究所还是出现了别的问题。

先见有了孩子，是我的。

怀孕对先见能力的影响完全是未知数。她的家族中似乎出现过分娩后就丧失能力的人。我会不会亲手将那稀世的预知能力给抹杀了呢？

可是她怀着我的孩子，似乎由衷地高兴，令我无法将这种话说出口。

最关键的是，连我自己都十分惊讶——

我自己竟然也迫不及待地期盼着我孩子的降生。

十月十六日

今天先见分娩了，是个活泼的女孩子。

研究没有进展。

十月三十日

到目前为止，孩子发育得很好。

我的孩子只受到了十分有限的祝福，令我心中不忍。尽管如此，我还是很高兴自己跟先见有了新的羁绊。

孩子名叫久美。我希望她能够一直美丽下去。

最近机构都没有联系这里。莫非风向变了？

还是他们终于把我放弃了，随时打算中断研究？

先见身体情况稳定后，我向她吐露了研究所跟我所处的情况，她却意外地露出了开朗的表情。

"那样也很好啊。只要能在一起，我在哪儿都愿意配合勤先生的研究。"

自从生了孩子，她就没去做过祈祷。但她本人说，能力应该没有问题。

我问她，如果能离开这里，想到哪里去？她用闪闪发光的眼睛看着我说，想去海边。

确实，先见从小到大只在山里待过。我们一家三口在潮水的气味中开始新生活或许也不坏。听到我这么说，她轻轻蹭着孩子的脸颊，笑着回答："那我们约好了，你一定要带我去哦。"

看到这里，我心中突然涌出了没来由的不安。

先见今后一定还会继续预知未来吧。

可是，万一她预言了我们孩子的死该怎么办？

没有人能改变结果。我不能，先见自己也不能。

我有那个觉悟吗？我能下定决心与先见的预言生活下

去吗？

十一月三日

我接到联系，说研究所被公安盯上了。

而且可能几天后就会有人来调查。时间太紧了。

机构下达了撤退命令，内容令我极为惊愕。

他们让我把女儿带走，先见则留在研究所里。

既然说是撤退，看来机构并没有停止超能力研究的打算。可是没有了先见，研究要如何继续？

机构的回答令人震惊。

"既然先见的家族拥有各不相同的预知能力，将来或许能够利用她的孩子重启研究。那个只会四处散播灾难的母亲已经用不上了。"

我总算明白了研究没有被中断的理由。

他们并没有放弃研究，甚至比我还执着。

他们是打算利用久美代替先见，并且将来还要利用久美的孩子。

开什么玩笑。我果然错了。

人不应该被困在这种闭塞的盒子里，而应该靠自己的双脚寻找生存之处。

干脆从班目机构逃离吧。

可是我该怎么做？

按照机构的计划，我们要请好见村村民协助，一次只开车送几个人到镇上去，以避免被公安发现撤退的迹象。村民应该不知道先见的样子，可是乘车人数比预定计划要多，很可能会暴露我的企图。届时甚至会有被迫跟这个孩子分开的危险。

我身为一个男人，身为一个父亲，应该怎么做？

你一定要带我去哦。

我俩的约定在脑海中回响。

十一月六日

经过百般烦恼，我还是只能把她留在这里。

我散尽钱财把她托付给了好见村村民。就算过后产生矛盾，她只要展示出预言的力量，应该也能生存下去。

唯一不能放下的，就是我没有履行约定这件事。

对不起。真的对不起。

六

我故意放大脚步声回到房间，看见比留子同学正抱膝坐在床上，翻看着十色借给我们的研究笔记。她好像正好看到十色勤最后离开好见那里。这就是确定先见跟十色有血缘关系的部分。

她有点困倦，可能因为彻夜思考缺乏休息吧。

"你回来啦，没事太好了。"

我告诉她十色房间里没有什么特别可疑的东西，墙壁和天花板都没有弹痕，以及挂钟疑似被子弹打中坏掉了。另外，我还补充了朱鹭野对我说的独头弹特征，以及我在仓库发现了朱鹭野的指甲片和亚砷酸的事情。

不愧是比留子同学，听了指甲片的事情，马上恍然大悟地点点头。

"朱鹭野小姐确实从昨天晚饭开始就一直是原色的指甲。我还以为她是因为泡澡才把假指甲摘掉了，原来是丢了一个吗？"

"你连别人的指甲都能注意到啊。"

"要是不密切关注，女性可是会备感受伤的哦。"

我忍不住看了一眼比留子同学的手指。

"我觉得比留子同学这样就很棒。"

"谢谢。不过希望你平时能主动说出这种话来。"

对不起，我做不到。

比留子同学不再跟我说笑，而是一脸认真地陷入了沉思。

"不经过检查，就无法判断先见女士喝下的毒药是不是亚砷酸。不过先见女士说过，她拿起茶杯喝水的时候，感到舌头受到了刺激。"

"啊，对呀。亚砷酸是无色无味的。"

砷在推理小说中是数一数二的常用毒物，以不易发现而闻名。而且朱鹭野并没有机会给茶杯投毒，可能是我想太多了。

"你在仓库还发现什么了？"

"没什么。"

"真的？什么都没有？"

她诧异地追问道。难道我说了什么奇怪的话吗？我有点在意，但比留子同学并没有继续追问，而是换了个话题。

"不过墙壁和天花板没有发现弹痕这点让我很意外。你挺不错啊，能发现没有的东西。这可能是非常重要的线索，不愧是神红的华生。"

她的夸奖让我很高兴。这应该就是平时猜别人点菜的训练成果吧。

"不过，假设在墙上画画的人是十色同学，那就意味着她知道很快就要有人被枪杀。如果叶村君站在她的立场上，还会听到有人来就轻易开门吗？"

"啊。"

那确实是个盲点。如果十色像之前一样画了预知未来的画，那么她应该比所有人都先察觉到危险。仅靠花言巧语应该很难骗她开门。

不，可是，如果反过来利用这点呢？

"这样如何？凶手对十色同学大喊：'不好了，茎泽君被叶村开枪打中了。我们已经把他控制住，你快过来。'"

凶手准备枪杀十色，还推测到十色可能已经预知了那个光景，于是故意说外面发生了枪杀。十色认为自己的预言应验，所以不假思索地把门打开了。

不知为何，比留子同学很惊讶地看着我。

"你脑子转得很快啊。莫非你平时就惯用这种伎俩……"

"不是啦！"

总而言之，凶手巧言欺骗了十色，并在她开门后将她枪杀了。

子弹贯穿十色的身体，击中挂在墙上的时钟，导致指针停摆。

"不知道挂钟是一直挂在墙上还是被打落在地。不管怎么说，要是坏掉的挂钟出现在枪杀尸体的旁边，任何人都能判断出那是被子弹打落，因此也就曝光了行凶时间。"

凶手为了不让人发现行凶时刻，故意踩碎了挂钟，又为了把我们的注意力从挂钟上引开，把房间弄得乱七八糟。这就是藏木于林，藏林于茫茫树海。

这样一来，现场的疑点就好像都能得到解释了。

可是比留子同学又说出了令人震惊的话。

"不过这个推理，从根本部分就出错了。"

"出错? 哪里错了?"

"子弹打中挂钟令其停摆那个部分。因为就算挂钟停在了行凶时刻，只要把指针转一转就好了呀。"

她的观点很简单，却让我忍不住抱住了头。我怎么就没发现呢?

凶手没必要执拗地踩碎挂钟，因此也没有弄乱房间的理由了。

比留子同学仿佛要照顾我的面子，继续说道：

"不过墙壁和天花板确实没有弹痕，所以子弹打中时钟这点肯定没错。问题在于，明明只要转动一下指针就好，凶手却要把整个挂钟破坏掉，那究竟是为了什么呢……不过现在还是先去跟先见女士见一面吧。"

比留子同学看了一眼时间，脸上闪过一道阴影。她可能想起了研究笔记最后记录的十色勤和先见的结局吧。

十色勤带着孩子逃离了班目机构。

先见被爱人背叛，还被迫与自己刚刚生下的孩子分开，她的心情如何自然不难猜测。无论在故乡还是班目机构的研究所，先见都一直生活在特殊的环境中，对外部世界的生存法则一无所知，最后只能选择一直住在这个盒子里。

稀世的先知遭到好见村村民的避讳，独自在魔窟里度过了半个世纪，并且差点被人杀掉了。这样的人生难道不悲惨吗？

我想起朱鹭野刚才说的花语。

背叛、孤独、寂寞。

欧石楠的花语概括了先见的人生。

我想跟先见确认的事情有很多，比如研究笔记上的内容，还有她跟十色的关系。然而那些都不太可能成为轻松的话题。

"笔记上还有一处让我很在意。"

比留子同学翻开了我昨天看过的页面。

"最开始出现的实验对象姓名：交灵术的宫野藤次郎、寻水术的北上春，然后是接触感应的槐宽吉。你知道他的姓怎么发音吗？"

我摇摇头。因为那个部分我不太关心，只是快速翻了翻。

"这个名字读作'Enju'。"

不愧是文学系的人，认识不少汉字。

不过，'Enju'这个读音好像在哪儿听过啊。我脑海中冒出了一个小孩子的声音。

"爸爸以前跟爷爷一样姓'Enju'，结婚后就改成狮狮田了。"

不会吧？可是这个姓很少见啊。

"狮狮田先生的父亲也姓'Enju'吧。"

"而且狮狮田先生离婚后并没有恢复旧姓。这里面或许有隐情。"

狮狮田在我们面前一直固执地否定超能力的存在。如果他的亲人也参与过班目机构的研究，那他来到这里真的只是偶然吗？

七

临近正午，我到餐厅弄了一点方便食品，拿回房间跟比留子同学分着吃了。

随后，我就来到了神服的房间与先见会面。这次神服也在场。

我听说先见经过昨晚的毒杀未遂，情况已经稳定下来。可是她布满皱纹的脸上依旧带着疲色。她仰卧在被褥上，微微抬起头发出了沙哑的声音。

"你也很可怜啊。"

她可能听神服说比留子同学死了吧。我一脸严肃地低下了头。

"那两个孩子也是。没想到我这个老太婆没死成，竟把这么年轻的人给害死了。"

或许是在哀悼两个女生，先见的声音透着此前没有的哀痛。

"先见女士。十色同学当着我们的面画了好几次未来的光景，她是否跟你一样，也具有预知能力呢？"

神服端坐在先见身边，全神贯注地听着。

"嗯。"几十秒的沉默过后，先见发出了肯定的声音。

"她母亲是我以前跟一个名叫十色勤的研究者生下的孩子，所以她是我的外孙女。"

神服好像是头一次听闻先见有孩子，此时瞪大了眼睛。

"可是你已经跟家人分开了将近半个世纪吧。那个研究者……十色勤跟你有联系吗？"

听了我的提问，先见无力地摇摇头。

"孩子出生没多久，就被他带走了。我曾经放弃了再见到孩子的可能，可是随着年纪越来越大，又渐渐想知道他们的情况了。"

当时神服尚未搬到好见，先见没有可以依靠的人。于是她便用机构留下的钱请某个村民去帮她寻人。

"那人就是朱鹭野小姐的父亲。他在我看来也跟别的村民不一样，好像一年到头都在为钱发愁，就算别的村民对我敬而远之，他也毫不犹豫地接下了我的委托。"

"朱鹭野小姐似乎也为父亲的挥霍习性受了不少苦。"神服赞同道。

先见委托朱鹭野父亲做的事情，是代她寻找有相关业绩的侦探事务所，请他们调查十色勤的去向。

她本以为调查会花费很长时间，没想到一下就查到了十色勤的所在地。

"他可能通过熟人得知了班目机构解体的消息，一直使用本名生活。他在新天地跟另一个女性结合，而与我分开时还是个婴儿的女儿也有了夫婿。"

不知该说幸或不幸，女儿并没有显露出预知能力。

可是先见的血统原本就有很强的隔代遗传倾向。于是她又委托侦探事务所进一步调查，果然查到她的外孙女十色真理绘在上小学时发生过不可思议的事情，并由此确信这个外孙女完美遗传了自己的预知能力。

"你早就知道十色同学有预知能力了，是吧？"

"我一直祈祷她不会变成我这个样子。"

先见远隔千里担心着外孙女，却无法告诉她自己是她亲生的外祖母。就这样，几年过去了。

"我记得是奉子女士到这里来的两年后吧？"

"您是说朱鹭野小姐的父亲去世吗？"

神服接过先见的话，开始说明。

"那年，先见大人预言盂兰盆节会有人被熊袭击而死。当然，村民们都恐惧预言，假期尽量避免外出，连扫墓都不去了。可是朱鹭野小姐的父亲却坚持一个人去扫墓，最后遇上了熊，遇袭死亡。"

听到这里，我心中产生了疑惑。

"他为什么不理睬预言？他不是相信先见女士的预言吗？"

"不知道。当时我也没事找他，所以很久没见他了。"

"村民们的传闻是：他女儿朱鹭野秋子小姐故意没有把先见大人的预言告诉他。刚才也说了，他在好见是格格不入的存在，一直是朱鹭野小姐在跟其他人来往。"

朱鹭野跟父亲两个人生活，却因为父亲花钱大手大脚而受了不少苦。她以父亲的死为契机离开了好见，开始新生活。难道那是她设计的契机吗？

"我年轻时对只把女儿带走的勤先生痛恨不已……不过现在能理解他的心情了。我的力量让许多人陷入了不幸。人根本不希望知道未来。就算是谎言，人们也想得到希望。这种绝对无法颠覆的预言……"

"那不对。"神服坚定地反驳道，"就算预言内容是某些人的死，还是有许多跟我一样得到拯救的人。"

"奉子女士这样的人其实是少数派。现在已经不是需要预言者的时代了。只是……"

本以为早就失去了力量的枯木般的手指，紧紧攥住了被褥。

"尽管如此，我当时明知自己被抛弃，还是对勤先生深信不疑。不，我很想相信他。我感觉一旦承认那个事实，我们的关系就会终结，所以我一直待在这个水泥盒子里等着他。"

"先见女士……"我突然感到一阵悲凉。

"可是他说要来接我的约定，最终没有实现。昨天我听那孩子说勤先生去世了，仿佛全身的力气都被抽走了。"

这里也有一个因为特殊能力而背负着不幸的人。

"先见女士。今后会发生什么事情，你知道吗？"

先见没有摇头，而是无力地闭上了眼睛。

"最近我连祈祷都做不了，也对未来的事情不感兴趣了。"

谈话结束后，我请求神服让我调查这个房间的构造。她虽然没有摆出好脸色，但我还是坦白了自己的意图。

十色昨晚被枪杀时，神服的房间正对餐厅，而先见一次都没有出去过。神服离开房间也只是最后那五分钟，应该没有单独杀害十色的时间。

可是，假设这个房间存在秘密通道，能够不动声色地离开，那就不一样了。她们两个人就有了足以杀害十色的时间。为了证明二人的清白，我必须否定房间里有秘密通道。

神服有点不服气，但是在提出不要惊扰卧床的先见后，还是答应了。

检查女性的房间让我非常紧张，不过神服好像平时都住在好见，并不会睡在这里，所以我没发现什么私人物品，也很快确认了这里没有密道。

我顺便要来了调查先见房间的许可，然后离开了神服的房间。

先见的房间跟昨晚她中毒倒下时没有两样，还是一副混乱的样子。其中最引人注目的就是散落在榻榻米上的小小红花和叶片。那些东西并非来自倒下的花瓶，而是我们踩到走廊上的欧石楠带到房间里来的。

神服在门口轻叹一声，可能想到了过后收拾的麻烦。

我开始了跟刚才在神服房间一样的操作，在室内寻找密道入口。可是神服一直在背后盯着我，我实在受不了，就给她抛去了一个话题。

"神服女士是从亲戚那里听到先见女士的事情，从东京搬过来的，对吧？这里面有什么特殊原因吗？"

神服可能很担心留在房间里的先见，一直扭头看着走廊，同时回答我。

"跟朱鹭野小姐一样。"

那是什么意思？

"我在东京工作时，由于业务压力大，又跟上司性格不合，感到身心俱疲，丧失了活下去的意义。"

她一直与父母不和，所以无法回老家。有一天，平时几乎跟她没有来往的叔父突然打来了一通奇怪的电话，叫她那几天不要靠近某个地区。

神服休息时经常光顾的购物街就在那个地区。虽然不懂叔父的意思，她还是感到有点害怕，最终没有出去。

结果就在下一个休息日，那个购物街发生了无差别杀伤事件。嫌疑人将大型车高速开上人行道，撞倒了一大片行人。罹难者中还有神服不喜欢的那个上司。

"我觉得那不可能只是巧合，就追问叔父那个电话是怎么回事。于是他告诉我，那是他住在好见时的邻居通知他的。"

她又追问详情，便听说了预言必定应验的先见这个人的存在。叔父知道侄女住在预言地点附近，就专门打电话说了一声，以免她被卷进去。

"多亏了先见大人的预言，我没有被卷进那起事件，而且连平日里最烦恼的上司都死了。你知道我有多么感谢先见大人吗？"

后来，神服的父母相继患病急逝，她拿到了一大笔保险金。因为她一直仰慕先见，干脆借此机会辞去工作，搬到了好见。

"你认为朱鹭野小姐内心也为父亲的死感到高兴吗？"

"那当然。整个好见都在谈论，唯一的血亲死成那个样子，她却在葬礼上一滴眼泪都没有流。"

"是吗？"

我含糊地应了一声。可是朱鹭野好像真心害怕先见啊。

或者说——她只是一时兴起没把预言告诉父亲，本来只打算稍微吓唬他一下。可是父亲外出，果然像预言那般被熊给咬死了。她是否至今仍背负着沉重的罪恶感呢？离开好见说不定也是因为这个。

神服坚定地说：

"先见大人的预言确实会无情地道出某些人的死亡。可是有一个事实无法否定，那就是一些人死了，会让另一些人得到救赎和幸福。"

我不知道该如何回答，同时抽屉都检查完了。接下来我一边检查榻榻米，一边向房间内部移动，在小小的衣箱后面发现了夹在榻榻米外框和墙壁之间那一点缝隙里的白色东西。

我抽出来一看，那是包药纸一样的薄纸，里面还包着什么东西。

"这是什么？"

打开纸包，里面是暗褐色的颗粒物。颗粒大小不一，就像一把白砂糖跟沙砾混在一起。

我拿给神服看，她皱着眉摇摇头表示不知道。在先见房间里找到的不明物质，这当然让我联想到了给先见下的毒药。

"我还想找先见女士确认一下。"

神服点点头，然后说：

"我还是离席比较好吧。"

"啊？"

"如果那是凶手使用的毒药，那么就出现了是谁把它藏在这里的问题。平时经常出入这个房间的我也是嫌疑人之一。所以，在你问询的时候，我不应该在旁边看着。"

她这个提议很好，但也有点莫名其妙。我还以为她会强烈反对我跟先见单独待在一起。

但是此行并没有得到什么结果。先见声称没见过这种东西，还断言它藏在房间深处，连神服平时都不会到那里去。那到底是谁，什么时候把这东西藏在那里的？

我拿着不明物质，离开了先见的房间。

八

返回房间途中，我在厕所门口碰到了狮狮田父子。由于现在随时有可能遭到袭击，狮狮田一刻都不会离开儿子身边。

所幸我在此前的事件中拥有确凿的不在场证据，再加上所有人都认为我失去了同伴比留子同学，狮狮田好像对我不怎么戒备，而是推了一把纯说："好了，你快去吧。"我听到单间门关上的声音，看来能跟他说上几句话了。

"我有个问题想问你。"

狮狮田一脸不耐烦地说。

"你还在玩侦探游戏吗？对你来说，我也是应该提防的人才对吧？"

那确实是一种可能性。不好，我是不是把自己错当成了置身事外的"调查者"？我得牢记这点，否则掉以轻心容易丧命。

"不好意思，下次我会提防的。"

"你这么说又让我心情很复杂了……算了，你要问什么？"

我轻吸一口气，用哪怕狮狮田真的袭击我了也能让房间里的比留子同学听到的声音说：

"班目机构的研究对象中，有一个人叫槐宽吉。"

狮狮田的表情明显变僵硬了。

"我听纯君说，狮狮田先生的父亲姓'Enju'对吧？这只是巧合吗？"

他恶狠狠地看了一眼厕所，然后长叹一声。

"我该说自己不小心，还是怪运气不好呢？没想到我儿子竟会说出那种话来。莫非这是你作为侦探的天生运气？"

"您的意思是……"

"槐宽吉就是我父亲，在户籍上是这样。我早就跟他不来往了，不过既然是母亲的葬礼，我也不能不出现。"

听他的说法，好像很长时间没跟家里联系过了。

"你离婚后还使用前妻的姓，也是因为这个吗？"

"那家伙到底说了多少啊？"狮狮田挠着下巴上的胡楂儿咕哝道，"我先声明一句，我和前妻现在还经常联系，只是彼此都太强势了，没法在一起生活而已。"

啊，我好像能想象出狮狮田家的光景了。要是两个互不相让的大人整天打仗，反倒是拉开一点距离对纯更好吧。

"先不说那个。我出生前，老爸好像确实跟什么班目机构有关联，可那玩意儿根本不是超能力者，而是骗子。"

狮狮田越说越来气，甚至开始管亲爹叫那玩意儿了。

"那玩意儿到处吹牛，说自己能读取物体上的记忆，也就是拥有所谓的接触感应能力，靠这个骗钱为生。比如从遗物上读取死者的信息，搞点什么灵媒的把戏。我出生以后，他还一直这样。"

"呃，你确定那真的是骗人吗？"搞不好人家真的有超能力。

"那当然确定了！"狮狮田咆哮道，"每次去见委托人，他都会提前收集一大堆个人信息记在脑子里。之前你们不是讲了验证超能力的事吗？热点阅读、伯纳姆效应……那全是我老爸的手段。我从懂事那时开始，父亲就尽干这种事，想跟他们断绝关系也情有可原吧。"

"对于宽吉先生骗人的行为，你母亲怎么想？"

"那家伙是老爸的助手！"

狮狮田并没有受到父母影响，而是一上高中就离开了家。他之所以如此积极否定超能力，同时过分重视逻辑性，或许就是出于这种经历吧。

"我没听老爸提过班目机构，但是亲戚喝醉酒时说漏过嘴。他说老爸为了钱去参加人家的研究，没想到那个研究意外严谨。老爸一开始还能蒙混过关，最后就无计可施，被打上失格的烙印赶出来了。虽然那个组织很可疑，不过没让老爸那个骗子得手，也算是了不起了。"

其后，宽吉回到故乡，又开始重操旧业。

如果尽信狮狮田的话，那么槐宽吉的事情跟这次的事件就应该没有关系。

"这是家丑，你别在我儿子面前提起，而且他现在好像特别低落。"

因为比留子同学不在了吗？我内心一阵苦涩。

"虽然我也还没放弃，不过他真是特别亲近比留子同学啊。"

狮狮田闻言有点尴尬。

"他应该不是跟剑崎君亲近，而是留恋过去。"

"那是怎么回事？"

"我们家以前有个跟剑崎君很像的邻居。那孩子当时读高中，特别喜欢纯，也愿意陪他玩儿。可是纯五岁的时候，那孩子遇到了交通事故，肇事司机逃逸，她也死了。后来纯低落了很久。"

狮狮田望着远方喃喃道。

"剑崎君跟她真是太像了，所以我见到她的时候也吓了一跳。对纯来说，这是他第二次……"说到这里，狮狮田道了声歉，强行换了话题。

"话说回来，昨天我不是去洗澡吗？回房以后我才想起把手表落在更衣室了，返回去取的时候正好碰到王寺君换衣服。当时我看到他背上有刺青。"

"刺青……你是说文身吗？"

昨天聊到性别话题时，他不愿意脱掉外套就是因为这个吗？就算背部可以用 T 恤挡住，脖子这些显眼的部位可能也有刺青。我感觉这跟王寺开朗亲切的印象有点不相符，不过现在为了好看而刺青的人应该也不少吧。然而狮狮田用少见的含糊语气继续道：

"他的刺青很大，全都是五芒星和蛇这些驱魔的东西，感觉有点不协调。关键是王寺君自己极力想隐瞒这个，让我觉得有点……"

说到这里，纯擦着手走出来了。他看见我，犹豫了一会儿，还是抬起头看着我说：

"大哥哥，你一定要把比留子姐姐救回来哦。"

"纯，走了。"

年幼的勇士被父亲拉着手，往地下室走去。

我心中对他有点罪恶感，不过比留子同学还活着。哪怕是为了他——

那个瞬间，我脑海中闪过一个想法，所有声音都消失了。

一定要把比留子姐姐救回来哦。

那么，问题就在这里。

为了让女性阵营的比留子同学保证存活，该怎么做？
　　　　　　　　　　　　　　　　　　　

九

回到房间，比留子同学躺在床上闭着眼睛。

可能是因为昨晚一直废寝忘食地动脑子，现在太累了吧。我很想向她报告在先见房间找到的小纸包，不过还是先让她休息一下比较好。我在旁边轻轻坐了下来。

通过这次调查，我们手头有关这次事件的线索应该变多了。

先见曾经是"魔眼之匣"超能力实验的对象，她跟研究者十色勤生下了一个孩子。可是十色勤在公安逼近研究所时留下先见，带着孩子离开了。先见后来一直居住在"魔眼之匣"，随着时间推移渐渐跟附近的村民关系恶化，只能通过彰显自己的预言能力来保持优势立场。

多年之后，她通过朱鹭野的父亲委托侦探调查十色勤的行踪，得知了他的住址和自己的外孙女真理绘的存在。真理绘也拥有描绘未来光景的预知能力。朱鹭野的父亲因为事故而死亡，村民中可能有人从他口中听到了这个秘密。

今年,《月刊亚特兰蒂斯》的编辑部收到了一封曝光先见存在的信,记者还被邀请在预言之日造访好见。

如此想来,我还是觉得给先见下毒的人就是跟好见相关的人。就算犯罪动机是逃避死亡预言,首先把矛头指向先见肯定也有一定理由吧。

"思考动机也没用啊。"

说到底,这都是我的想象。仅凭想象的动机无法推定凶手身份。

比较有力的线索,就是十色房间的挂钟了。

贯穿十色身体的子弹无疑是打中了挂钟,既然凶手专门费功夫弄乱了房间,那么挂钟应该是关系到凶手身份的重要证据。可是正如比留子同学所说,如果只是挂钟停在了行凶时刻,只要用手指拨一拨指针就好了。

那么,还有没有其他暗示凶手身份的线索呢?比如挂钟上附着了凶手的血液或体液?或者十色在挂钟上留下了死前留言?十色虽然被击中了胸口,可是我好像在什么书上读到过,就算心脏被击穿,只要大脑没有损伤,还是能继续行动几十秒钟。

不,不行。

现场并没有十色被击中后移动过的痕迹,应该认为她基本是当场死亡。另外,挂在墙上的时钟也很难沾上凶手的血液或体液。

时钟能够显示的证据,怎么想都只有时刻而已。

我习惯性地垂下目光寻求比留子同学的意见,正好遇上了一双大大的眼睛,忍不住往后缩了一下。

"你、你醒了啊。"

"一开始就醒着。万一睡着了，让别人走进来发现可不好。"

"你还是睡一会儿吧。预言的期限要到今天深夜，最好趁能休息的时候休息一下。"

"没关系，我平时存了不少睡眠。"

比留子同学嘴上是这样说，实际却赖在床上不起来，定定地看着我。

"你这样我没法专注。"

"你可以玩我的头发哦。"

那更无法专注了。

再这么下去，她可能要调戏我好久，于是我汇报了新得到的线索。

我把在先见房间找到的可疑纸包拿给她看，比留子同学也好奇地撑起了身子。

"这是什么呢? 有点像胶，又有点像水分蒸发后的结晶。"

她边说边捻起一小点，用指尖揉搓了一下确定触感，然后——

"嗯。"

她竟张开嘴，把刚碰过那东西的手指按在了下唇黏膜上。

"喂，很危险啊!"

比留子同学并不理睬我的惊慌，拿出手帕擦了擦嘴，冷静地说:

"有点刺激性，应该就是先见女士服下的毒药。"

"可你那样也太危险了啊。"

"喝下一定剂量的先见女士都活下来了，这么一点不会有事的。"

比留子同学又回到了原来的话题。

"用于犯罪的毒药被藏在房间深处，这到底是什么意思呢？这跟趁先见女士不注意在茶杯里下毒不一样。像我们跟十色同学那样隔着书台跟她说话，根本做不到那个动作。"

藏毒的人一定是能进入房间而不被先见注意到的人。可是先见亲口证明，连神服都不会走到房间深处。

比留子同学一脸严肃地喃喃道：

"如此一来，藏毒的人就只能是先见女士了。"

被下毒的先见把毒药藏起来了？

"你的意思是，那并不是毒杀未遂，而是自杀未遂吗？那太奇怪了。"

我举出了自己想到的矛盾点。

"如果是自杀，她没必要把自己用的毒药藏起来。只要在把毒药倒进茶杯后，将纸包扔在书台上就好了。"

"那假设先见女士出于某种理由，想把自杀伪装成他杀呢？为了不让人在她死后发现这是自杀，她就把毒药藏起来了。"

比留子同学语气平淡地说着，仿佛在进行将棋对局后的复盘评论。她可能想通过跟我打思考战来整理自己的思路吧。我忍不住配合了她的意图，变得比平时更多话了。

"如果想伪装成他杀，把毒药藏在房间里就很说不过去了。她完全可以倒进浴室或厕所里冲掉，或是埋到后院里啊。"

先见的身体虽然虚弱，但不至于完全动不了。她还有独自上洗手间和洗脸的体力；而且假设先见是自杀，就无法解释撒在房间门前的红花了，因为她没有必要专门跑到后院去摘花。

"我觉得还是假设下毒者藏匿了毒药更自然。先见没有出事的时候，凶手确实无法靠近衣箱，可是先见被转移到神服的房间后，随便什么人都能进到她的房间去。"

"为什么要特意藏到房间里？"

"当然是为了让人们认为先见是自杀啊。"

这次轮到比留子同学反驳了。

"那才叫奇怪。先见女士是在急救处理结束之后才转移到其他房间的。当时凶手应该已经意识到先见女士很有可能存活。在那之后伪装先见女士的自杀实在太不合理了，因为会被本人否定。"

我无言以对。

对凶手来说，还存在着被别人目击到他走进先见房间的风险。既然如此，他应该像我刚才说的那样，把毒药冲进厕所或扔到外面去才更合理。

尽管我知道没用，还是尝试了最后的抵抗。

"那有没有可能是正在急救的时候趁乱藏在房间里了？凶手当时还不知道先见能否得救，所以把赌注押在了救不回来这边，将毒药藏了起来。"

"如果凶手是负责急救处理的神服女士，那倒有可能。只不过毒药被藏在了房间深处，对不对？神服女士当时一直待在先见女士旁边，而且我也在旁边，更何况其他人也在房间外面看着。一旦有什么可疑举动，必然会有人发现。"

能辩论的地方都辩论了一遍，我们陷入沉默。

不管是先见企图隐瞒自杀未遂的事实，还是凶手企图伪装成先见自杀，把毒药藏在她房间里都显得极不合理。

我先把毒药的问题放到一边，开始汇报其他事项。

被留在"魔眼之匣"的先见，没有实现的约定，十色跟先见的血缘关系，被预言改变了人生的神服和朱鹭野，狮狮田和王寺不为人知的一面。

比留子同学听完我的话，默默思考了一会儿，然后说了一句"是吗"。

"比留子同学对挂钟有什么想法吗？"

"还没有。假设破坏挂钟的理由是毁灭证据，那就意味着挂钟上残留的证据轻易无法抹除。结合子弹击中挂钟的事实，我觉得可能是表盘被打了个洞。"

表盘？洞？

听到那句话的瞬间，我脑海中闪过一个想法。

"对啊，有那个可能性！"

"叶村君。"

我把旁边枕头上的枕套拆下来，随后站起身。

"我再去十色的房间看看，马上回来。"

大约十分钟后，我回到了房间。

比留子同学看到我从枕套里拿出来的东西，不仅露出了微笑。

"你把那东西拿来了呀。"

"那东西"就是被破坏成大小合计八块碎片的挂钟表盘。

擅自将证据带离案发现场本来是最忌讳的事情，可我实在提不起劲在十色的遗体旁边展开作业，也不放心让比留子同学一个人待太长时间。

我把床单铺在地上，将碎片一一摆上去，开始了解说。

"看照片可能不太清楚，其实不仅是挂钟表盘被撕碎了，连指针都被折断了。长针甚至断成三截，当时我就觉得这破坏得也太彻底了。不过听了比留子同学的话，我终于知道为什么了。"

比留子同学"哼"了一声，仿佛在说原来如此。

我先拿起较大的碎片，将边缘拼接起来。做成唱片模样的时髦表盘上只有 12 和 6 这两个数字，乍一看很难弄明白碎片属于哪个部分。我只能像做拼图一样一点点比对。

"子弹贯穿十色的身体后打中挂钟，有可能把表盘打了个洞，或是留下了子弹击中的明显痕迹。如果仅仅如此，对凶手还无法构成威胁。可是问题在于，子弹还破坏了表盘前面的东西，那就是——分针。"

子弹先打断了分针，然后才击中表盘。

可能凶手一开始并没有意识到那意味着什么，可是仔细一想，弹痕的位置就在分针停留的位置，也就是显示了行凶时刻。

只要将表盘碎片拼接起来弄清楚弹痕位置，那么至少能够推算出杀害十色的凶手了。

昨天夜里，我们记录了每个人没有不在场证据的时间。

茎泽从十点十五分开始离席大约十五分钟。

王寺从十点五十分开始离席大约十分钟。

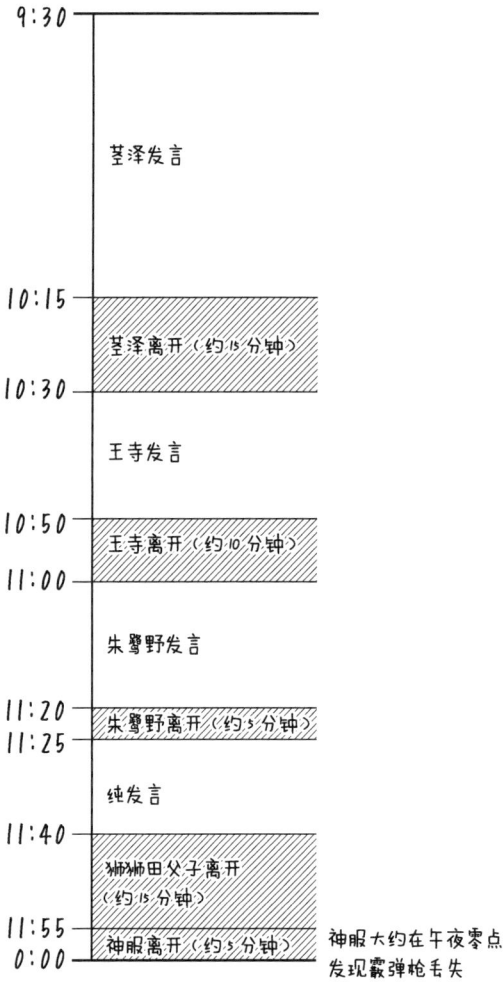

9:30

茎泽发言

10:15

茎泽离开（约15分钟）

10:30

王寺发言

10:50

王寺离开（约10分钟）

11:00

朱弯野发言

11:20

朱弯野离开（约5分钟）

11:25

纯发言

11:40

狮狮田父子离开
（约15分钟）

11:55

神服离开（约5分钟）

0:00

神服大约在午夜零点
发现霰弹枪丢失

不在场证据记录

朱鹭野十一点二十分离席，五分钟就回来了。

十一点四十分，狮狮田父子一起去洗手间，离开了大约十五分钟。

神服几乎是跟狮狮田父子交替去了洗手间，大约五分钟后，接近午夜零点时回到餐厅。

先见一次都没有离开神服的房间。

"顺带一提，就算被打断的是时针，也就是断针，也能推测出大致时间。因为时针每个小时转动三十度。不过考虑到子弹的直径，打中分针更方便推算时间。"

表盘碎片共有八块，所幸是黄铜材质，断面没有被撕碎，还保持着清晰的轮廓。我只花了一小会儿就把表盘复原了。

可是。

"为什么？"

我呆呆地咕哝了一声。复原成圆形的表盘上并没有弹痕。

比留子同学凑过来看了看。

"你说独头弹贯穿力很低，对吧？"

所以子弹没有贯穿表盘，而是弹走了吗？可是连一点痕迹都没有，这根本无法推定行凶时刻，凶手也就不需要费劲破坏挂钟了。

我的推理落空了。难道凶手另有破坏挂钟的理由？

时间已经是下午三点，还剩下九个小时。

可能多亏了比留子同学伪装自杀，到目前为止还没有出现更多牺牲者。

凶手们已经达到目的了吗? 还是正在等待下一次行凶的机会?

十

走廊突然传来一阵女人的尖叫。

我跟比留子同学对视一眼, 然后我独自开门把头探了出去。

不知为何, 走廊一片漆黑。灯被人关了。

就着房间透出的灯光, 我看到一个白色影子从左边走廊一路小跑着出现了。好像是什么人披着纯白色的和服单衣, 跟地下室原实验室里存放的白衣服很像。那个人影头上罩着头巾一样的东西, 看不见脸。

白衣人好像注意到了我的视线, 威吓似的抬起了右手。他手上好像握着一把长枪。

"站住!"

我忍不住喊了一声, 同时摆好姿势准备随时关门。

可是白衣人迅速转了个身, 发出踩水的脚步声穿过了厕所门前。我连忙跑出房间, 看见翻飞的白色衣裾消失在右侧的楼梯下方。

"怎么了?"室内传来比留子同学的声音。

"有个奇怪的家伙逃到地下室去了。请你待在这里别动。"

我不知道电灯开关在哪儿, 只能用手机照明走向楼梯, 弄清楚了刚才那段奇怪脚步声的真相。原来厕所门前的走廊漏雨, 地上铺着吸水的抹布, 往前有一串沾了水的脚印。那个白衣人在黑暗中踩到了湿抹布。那串足迹既不是鞋印, 也不是光脚印, 而是穿着袜子的印记。

楼梯铺着绿色的地毯，所以再往前就几乎分辨不出足迹了。来到楼梯中途的转角，我找到了被扔在那里的白衣服和头巾。

太恶心了。这不就是再现了比留子同学伪装自杀的场景吗？我带着这种感觉拾起白衣，发现里面没有包东西。

走到地下室，昏暗的灯光依旧没变。楼梯的绿色地毯尽头又出现了已经不太清晰的足迹，一直延伸到转角另一头——朱鹭野的房间方向。

就在那时，楼上传来了女人的声音。

"是叶村同学吗？"

说话的人是神服。我转头一看，发现一楼也透出了灯光。应该是她把灯打开了。

"你没事吧？刚才我在房间门前看到了可疑人物。"

原来刚才那声尖叫是神服吗？她发现可疑人物后马上躲进了房间，而我则循声追了下来。

"我也看见了，一个穿白衣服的家伙往这边逃了过来。"

我正要径直走向朱鹭野的房间，却听到神服发出忠告。

"对方拿着武器，还是把其他人也叫过来比较好吧。"

"可是朱鹭野小姐有危险。"

"你忘了吗？已经有两个女性牺牲了，不会再有人死。"

我一时无法回答。其实比留子同学还活着，死亡预言依旧对女性有效。

前方没有任何动静，一直保持着骇人的沉默。白衣人是否见到朱鹭野了，还是正在埋伏我们？

如果是后者，那么确实应该听神服的话，把狮狮田他们也叫过来帮忙。

我们一边小心提防着白衣人趁机折回来逃走，一边走向左手边狮狮田的房间。因为房间隔音，我用力敲了几下门，跟神服轮流喊了几声，狮狮田总算一脸讶异地把头探了出来。看来他真的没听到外面的骚动。

"干什么啊？"

我告诉他一个可疑人物逃到了地下室，狮狮田马上绷着脸对纯说：

"你在屋里等着。"

纯面色苍白地点了一下头。

紧接着我们又走向王寺的房间，他一开始还对我十分警惕，迟迟不愿出来，后来三个人上阵朝他喊话，他总算把门打开了。

为了保险起见，我们从最近的房间开始检查是否有人躲了进去。

走过转角，走廊上的脚印果然一直延伸到了朱鹭野的房间。我们四个人顿时紧张起来。

先检查了臼井的房间和两个原实验室，都没有人。

"朱鹭野小姐。"

我用力敲门，没有回应。再转动门把，门没有锁，被我打开了一条缝儿。

屋里没有开灯，只有暖炉发出微光。

"慢慢来，慢慢来。"狮狮田压低声音说。

我提防着有人从里面偷袭，一点点推开了门。

有人倒吸了一口气。

因为我们看到了床前的两条腿。

神服嗫嚅了一句"天哪"，同时狮狮田粗壮的胳膊伸进门缝，把电灯打开了。现实猛地揭幕，朱鹭野一脸惊愕地瞪大眼睛倒在地上，旁边还落着一根宛如长枪的木棍。我记得那东西跟白衣和头巾一样，是存放在"实验室2"房间里的实验用具。

她的衣服没有乱，只有左脚的袜子脱落了一半，就像换袜子时突然倒下了一样。袜子内侧好像被水打湿了，有点变色。她的拖鞋则整齐摆放在床边。

"你怎么了，朱鹭野小……"

我试图摇晃她的身体，突然发现她的视线不对焦，就把手放在了她的脖子上。她身体尚未开始僵硬，体温也还残留着，可是我摸不到脉搏。

"死了。"

听到我的话，三个人都发出了惊呼。

"被杀了吗？""怎么会，女性已经安全了吧？"

比留子同学的伪装全是白费功夫。我大受打击，还是把室内环顾了一遍。

除了朱鹭野，没有别人，也没有人像比留子同学那样藏在被子里。不过看情况也不像是自杀。她为什么会死呢？

我在尸体旁边蹲下，发现朱鹭野头侧的地上有一块发黑的污渍。那是干掉的血迹。再看朱鹭野脑后，有个血液快要凝固的小伤口。

神服道出了疑问。

304

"是被人打中后脑勺了吗？"

"不，那她应该向前倒下。这恐怕是倒在地上时撞出来的。"

我请神服快速检查了朱鹭野的全身，并没有发现可能成为死因的伤痕。得出这个结果后，狮狮田重重点头道：

"那她就是摔了一跤撞到头死了，等于意外死亡吧。"

"那么，白衣人就是朱鹭野小姐吗？"

王寺僵硬地咕哝道。

只能这样想。我来到地下室的时间比白衣人只晚了不到十秒，神服是从我身后出现的，而地下室只有狮狮田父子和王寺这几个人。短短十秒钟，他们绝不可能冲到这个最深处的房间，把朱鹭野推倒令她摔死，然后再回到自己房间。

"遮挡身形的衣服，还有凶器。可以认为她准备袭击什么人吧。可是还没来得及行动，就被叶村君你们发现了，于是她逃进自己的房间，试图隐藏长枪和袜子这些证据。但是由于太慌张，她试图靠暖炉的照明来脱袜子，却不小心失去平衡跌倒了。大概是这样吗？"

狮狮田下了这样的结论，神服似乎无法被说服。

"可是女性牺牲者已经有两个人了。朱鹭野小姐应该不会再去袭击别人。"

"你说什么呢？真正杀人犯的想法用道理根本无法说明。"

狮狮田痛快地吐出这句话，离开了房间。

朱鹭野是凶手？这样无法说明的东西实在太多了。

我顶着满脑子的空白自问自答，突然听见狮狮田喊了一声"喂！"，走过去一看，发现他的房间门开了。

"纯不见了!"

"什么?"

狮狮田咬牙切齿地说:

"那家伙肯定是去找剑崎君了。他一早就在说这种话。"

严厉的父亲离开了,少年似乎是趁此机会跑了出去。

我们慌忙跑上楼梯来到门口,发现门闩被拔出来,玄关大门敞开着。外面还有一串小小的脚印一直延伸到树林里。

王寺的声音里透出了危机感。

"糟糕,那可不是一个小孩子能独自乱晃的地方。"

"还有被野兽袭击的可能性。"

王寺追着脚印跑了出去。我正要跟上,却感到背后被什么东西打了一下。转过头去,比留子同学躲在走廊拐角处朝我招着手。我不动声色地走了过去。

"刚才纯君到一楼来了,出什么事了吗?"

我语速飞快地讲了白衣人逃走后朱鹭野死了,以及纯好像跑到外面去的事情。得知纯可能在寻找自己,比留子同学也心慌意乱起来。

"我也去找他。"

"可是……"

"如果纯君是为了找我而出去,那么我要负责任,而且大家一起行动更好。如果还有别的凶手,那么地下室应该还有很重要的证据没被处理掉。"

我不知道重要的证据是什么,总之决定去追赶王寺他们。正如王寺所说,纯进入的山林长满了乔木和灌木,只走了几步就擦得我们脸

306

上手上都是伤。比我们个子小的纯应该更容易过去吧。而且雨停之后起了雾，一不小心就会迷失方向。要是不尽快找到纯，连我们都要被困在山里。

我在比留子同学前面埋头开路，看到了前面那三个人的背影。

与此同时，山中传来了让人毛骨悚然的尖叫。那是个孩子的声音。

"纯！"

狮狮田像野猪一般往发出声音的方向冲了过去。

他在一小丛灌木后面停了下来。王寺和神服，以及好不容易追上去的我们两个也看到了难以置信的光景，全都无言以对。

地上躺着一具腹部被撕开、全身被咬得七零八落的尸体。

可能是被熊袭击了。

狮狮田抱住惊慌哭闹的纯，呢喃着尸体的名字。

"茎泽君……"

十一

刚发现茎泽君的尸体，比留子同学就出现在眼前，所有人都接连受到了惊吓。

她解释了伪装自杀的事情，并向众人道歉。可能因为纯从今天早上就相当低落，狮狮田格外气愤地指责了我们。然而纯因为重新见到了比留子同学，得以从发现茎泽尸体的惊吓中稍微平复过来，狮狮田也就没有继续追责。

"先见大人的预言果然没有错。"

一副安心模样的人是神服。得知朱鹭野并非第三名女性牺牲者后，她好像也乐于见到比留子同学。

茎泽全身的伤痕和周围的足迹表明，他应该是被熊袭击而死。茎泽面对十色的死，竟在失意中结束了自己短暂的生命，对此，我忍不住感到一阵哀痛。被特殊能力所困扰的十色，以及试图支持他的茎泽，两人的关系或许能称为比留子同学和我的镜像。

我很想替他清理掉身上的雨水、泥土和血污，但是被神服阻止了。熊对自己捕获的猎物非常执着，要是我们试图搬走，它极有可能会发动袭击。最后，我们只好把遗体留在原处，不情不愿地撤退了。

总而言之，男性的臼井和茎泽，女性的十色和朱鹭野死亡，先见的预言已经应验。

再也没有在封闭空间里杀人的理由了。接下来只要等今天过去，好见村村民或许就会通知警察这里的桥没了。他们可能不会承认自己纵火，但那已经不重要了。

我看向玄关旁的前台窗口，"冬之人偶"还留在那里。可能连凶手都没有预料到茎泽的死吧。

我感到一阵强烈的徒劳。我们活下来了。没有什么比活着更好。可是我们也没能颠覆死亡的预言。这究竟是胜利，还是败北？

唯独比留子同学依旧表情严肃，一回到"魔眼之匣"，就径直走向朱鹭野的房间。其他人也没想什么就跟了过去。

神服拿来掩盖朱鹭野遗体的床单，却被比留子同学拦住了。

"能让我稍微查看一下吗？"

跟十色那时一样，她把摄影任务交给狮狮田，走进了室内。

比留子同学轻轻合上遗体的眼睑，分开染红的头发查看头部，随后目光停留在了后头部的伤口上。

"伤口周围的血液几乎凝固了。叶村君发现时也是这样？"

"是的，都一样。"

"地上干掉的血迹也一样？"

我又一次点头，随后站在走廊上旁观的王寺略显犹豫地开口了：

"我在电视上经常能看到，可是人真的碰一下头就能死吗？感觉出血不是很多啊。"

"头部外伤的死因不是出血性休克，而是大脑损伤。就算表面看没有伤口，里面的大脑有可能碰撞到头盖骨上造成了损伤。还有一种可能就是硬膜下血肿，由于头盖骨内部积血而导致大脑受到压迫。"

床上摆着朱鹭野的私人物品、大衣和钱包。比留子同学拿起大衣，仿佛注意到了什么。

"请别在意哦。"

她之所以对我这么说，是因为知道我对翻动他人的遗物有心理阴影。

比留子同学仔细检查了大衣口袋，然后把大衣折叠整齐，放回了床上。

"没有手机。"

那可奇怪了，因为我看朱鹭野摆弄过好几次手机。

"是不是掉在哪里了？"

比留子同学没有肯定，也没有否定，而是沉思了片刻，对站在门

外的神服问道:

"请让我确认一下发现朱鹭野小姐遗体时的情况。大致情况我都听说了,那个白衣人确定是跑到地下室来了,对吧?"

"我看到白衣人的瞬间就尖叫一声关上了房门,所以没看见他逃跑的方向。后来叶村同学喊了一声'站住',于是我又开门来到了走廊上。"

可是我亲眼看到了白衣人跑下楼梯的光景,绝不可能是把衣服扔在楼梯上,人却往反方向跑了。

"你们并不知道白衣人是朱鹭野小姐吗?"

"因为走廊灯被关了,他脸上也盖了头巾,而且手上的长枪更吸引人的注意。"

我也跟神服一样。回想起来,我感觉白衣人好像故意弓着身体隐藏了体形。就算那人不是朱鹭野,而是神服或者作为男性个子比较小的王寺,又或是体格较胖但身高不高的狮狮田,应该也认不出来。

"你们来到地下室后,就跟狮狮田先生和王寺先生,没有让任何人逃到楼上去,对吧?"

神服这次表示了肯定。敲开王寺和狮狮田的房间时,还有调查其他房间时,我们都时刻关注着走廊的情况。那人应该不可能趁机逃走。

比留子同学逆着已经开始变干的脚印,一边上楼,一边低声说:

"我当时很担心叶村君,就开了一条门缝监视着走廊。神服女士确实紧跟着叶村君下去了,而走上楼来的人只有纯君一个。"

来到一楼厕所门前,比留子同学低头凝视着浸湿的抹布。

白衣人跑下楼梯和我来到地下室中间顶多只间隔了十秒，王寺和狮狮田应该不可能在十秒钟的时间里脱掉白衣和头巾，同时跑下楼梯，冲进最深处的朱鹭野房间，再放下长枪回到自己房间。

"一踩就会有印子。"

比留子同学凝视着抹布说。

"仔细想想，这也理所当然，而且仅此而已。"

我不明白她的意思，正要开口问，她却抬起头来。

"事到如今还要说这种伤人的话实在对不起。能让我检查一下狮狮田先生和王寺先生的房间吗？"

"你要怀疑我们吗？只用几秒钟跑到朱鹭野小姐的房间再跑回去，根本不可能啊。"

王寺露出手足无措的表情，狮狮田却充满自信地说：

"如果你看了能满足，那就随便看吧。反正我们这几个男的没有理由杀她。"

我们一同走向王寺的房间。这里被匆忙布置成了住宿的地方，而且跟别的房间不一样，屋里没有床，只有一套被褥直接铺在地上。不知从哪儿渗出来了一大片水导致墙纸剥落，只能在四角用图钉固定住。

比留子同学掀开被褥，还把房间每个角落都仔细检查了一遍。

接着我们又来到狮狮田的房间。正如吃饭时说到那样，房间桌上平摊着纯从原实验室拿来的一米见方的灵乩板，上面满是诡异的图画，还密密麻麻地罗列着平假名和英文字母等文字。

比留子同学集中精神继续检查，而纯则在门外目不转睛地看着她。他的表情跟刚才截然不同，充满了平静的欢喜。

我脑海中突然闪过一个可怕的想法。本来不应该被盯上的朱鹭野为什么死了？

在大家看来，比留子同学的消失应该意味着女性牺牲者已经够了。

可是，比留子同学的尸体并未被发现。

假设这里有人还怀着一丝希望，会不会这样想呢？

如果先见的预言真的会应验。

那么只要在比留子同学的尸体被发现前，先把其他女性杀掉，比留子同学就能平安回来了吧。

比留子同学并没有注意到我的不安，而是在结束检查后低头说了一句"谢谢配合"。

大家肯定都认为，这下她该满意了。

所以当她说出下一句话时，包括我在内的所有人都惊呆了。

"三个小时后，请各位到餐厅集中。我将公布凶手的真实身份。"

人们带着疑惑离去之后，我又问了一遍比留子同学。

"你真的查出凶手是谁了？两个人都清楚了？还知道是谁给先见下了毒？"

"综合十色同学的杀害现场和朱鹭野小姐的遗体情况，我可以推定两名凶手的身份，应该也能大致说明他们为何联手作案。"

"也能解释毒药为何被藏在先见的房间里？"

"嗯。"

尽管她这样回答了，但并没有往下说。看来是不打算告诉我。

我感到胸口一紧，很不甘心，但也知道原因是什么。

"因为我还不是华生吗？"

比留子同学闭上眼睛想了想，缓缓做了个呼吸，然后摇摇头。

"不是。"

"那？"

"但这不是推理小说的解决篇，所以我不需要华生。"

不是解决篇？

我不明白她的意思，于是比留子同学做出了宣言。

"接下来要开场的，是我和凶手的殊死搏斗。如字面意思，赌上了彼此的人生。我希望你一直看到最后。"

Chap· 5

第五章

面对凶器

凶器を前に

一

　　确认已经到了约定的三个小时后，比留子同学在我的陪同下来到餐厅，此时除了纯以外，所有人已经到齐了。狮狮田好像吩咐纯留在了房间里。如果接下来要揭发凶手，他觉得不该让孩子听到这些。先见依旧在神服的房间里卧床休息。

　　按照比留子同学的指示，王寺和神服一前一后坐在离门口较远的餐桌朝里那一侧，王寺对面是狮狮田，我则坐在狮狮田旁边。她自己则站到了可谓议长席的上座。

　　大家脸上都带着疲倦，但在比留子同学那句"各位久等了"之后，现场气氛还是紧张起来。

　　"之所以让各位等了三个小时，是因为我要调查'魔眼之匣'内部是否真的不存在秘密通道这样的机关。因为这里曾经是班目机构的研究所，所以有必要彻底调查这点。结果是零，房子里没有任何机关。啊，还有……"

　　比留子同学停下来走向厨房。我们把头转过去，看到她从水槽旁的抽屉里拿出一样东西，顿时屏住了呼吸。

"剑崎同学！你在想什么呢，太危险了。"

也难怪王寺会绷起脸来。

因为比留子同学拿了一把多用菜刀、一把小刀和一把厨房剪出来。

我们情不自禁地要站起来，却被她拦住说"请坐下"，随后把菜刀摆在狮狮田面前，又把小刀和厨房剪分别摆在王寺和神服面前。

"这是？"神服惊讶地问。

"解谜要用到的东西。"

比留子同学微笑着回答，而狮狮田则出言制止道：

"我很好奇你会做出什么推理，不过明天警察很可能就来了。只要使用科学的调查勘验手段，真相大白只是时间问题。这种时候玩侦探游戏实在欠考虑啊。"

比留子同学点点头。

"狮狮田先生说得没错，本来揭开事件的真相应该是为了避免下一个受害者出现。这次已经像先见女士的预言那样，出现了二男二女四名牺牲者。这种时候当着所有人的面揭发凶手，确实会有欠考虑的嫌疑。可是——"

比留子同学双手撑在桌上，挑衅地把所有人轮番看了一遍。

"这一连串事件跟我们平时所见所闻的犯罪明显性质不同。先见女士和十色同学，且不论这两位的预知能力是否真实，我们恐惧那种能力的心情和某种信仰都左右了这起事件。"

她们的能力没有直接杀死什么人，结果还是因为自然现象和人类

的凶行而死了人。在这个意义上，这跟普通的杀人事件一样。

问题在于，预知能力的存在对我们的理性和思考产生了什么样的影响。

"封闭空间与预知能力。这个组合产生的恐惧感和精神压力，外来的警察肯定无法完全理解。这几天来一直支配我们的奇怪逻辑，是一旦走出去，就会像幻影般消失的东西——正因为如此，我才要趁现在亲手拉上这道幕布，在这个狭小的隔离世界被打破之前。"

比留子同学是认真的。

本来她不会为了追求真相或憎恨犯罪这种理由进行推理，她只是为了生存而去解谜。从这个意义上来说，比留子同学这次已经逃脱了危险。尽管如此，她还是为了揭发凶手而展开了推理。

"这两天里发生了不少事。可是害臼井先生丧命的山体滑坡和茎泽君遭遇的熊袭都不是人类有意安排的事情。所以我想把焦点集中在凶手设计的犯罪行动上，姑且将其称为：

"一、先见毒杀未遂。

"二、十色谋杀。

"三、朱鹭野谋杀。"

"你等等。"王寺打断了她的话，"朱鹭野'谋杀'？朱鹭野小姐不是摔死的吗？"

"死因是后头部受到强烈冲击，这点应该没错。可是从朱鹭野小姐的房间情况来看，她的死极有可能是第三者造成。"

"我觉得没什么奇怪的地方啊？"

神服说完，其他两个人也点点头。

"假设朱鹭野小姐披着白衣逃回了自己房间。可是大家赶过来的时候，门没有锁对不对？为了把长枪收好，再整理好衣服，她应该尽量给自己争取时间才对。这样太不自然了。"

确实，哪怕是为了争取时间，她进房后也应该首先把门锁上。而实际上门没有锁，那么就是朱鹭野以外的什么人最后离开了房间吗？

"另外，朱鹭野小姐的遗体还有体温。虽然应该有暖炉的影响，但是正常情况下，尸体的体温每经过一个小时会降低一摄氏度；而且她身上还没出现尸斑和僵硬现象，可以肯定她并没有死多久。

"可是，疑为头部撞击地面留下的血迹却在大家赶到时已经干了。虽说各位一路上挨个儿检查了所有房间，可是抵达朱鹭野小姐的房间并不需要花很多时间。血迹变干得太快了。换言之，朱鹭野小姐早在骚动发生前就已经死了，她很有可能被装成白衣人的真凶设计成了替罪羊。"

"她也是被害者，而凶手就在我们中间。这真是要把人逼疯了。"

狮狮田的怨声正代表了大家的心情。

"那么首先，我来梳理一下三起事件的大前提。"

我们极有可能是初识。尽管处在封闭空间这个不适合行凶的情况下，凶手还是杀了人。比留子同学明确这两点后，开始对每起事件展开验证。

"跳过第一起先见毒杀未遂，我们先来看看第二起十色谋杀。那起事件的关键在于撬开柜门偷走霰弹枪，闯进十色房间将其射杀后再弄乱房间的整个过程至少需要十分钟。可是当时离开餐厅超过十分钟的人，除去已死的荃泽君，就只有王寺先生和狮狮田父子。"

神服跟先见虽然不在餐厅，但是神服的房间正对餐厅大门。只要有人出入，我们必然会察觉，可是中途那扇门一直都没打开过。神服只在察觉霰弹枪丢失那时离开了房间，缺乏不在场证据的时间只有五分钟。

"可是狮狮田先生有跟纯君轮流上厕所的证词，朱鹭野小姐又提出过王寺先生回来之后柜子尚未被撬开的证词。如果没有人说谎，那他们都无法实施犯罪。"

比留子同学说到这里，我补充了自己的意见。

"假设有共犯，他们就可以分担射杀十色同学和弄乱房间的工作。也就是说，只离开餐厅五分钟的朱鹭野小姐和神服女士也有可能实施犯罪。进一步说，还存在十色同学自己偷走了霰弹枪的可能性。"

狮狮田不耐烦地开口了。

"你这样搞，凶手的组合不就越变越多了。谁知道什么人说了谎。"

"其实在无数的组合中，我们可以特定出其中一个组合。"

比留子同学的断言让所有人骚动起来。

要怎么做？

"十色谋杀的犯罪现场有一个难以理解的地方。那就是应该贯穿了十色同学身体的子弹，并没有在她背后的墙上留下任何痕迹。"

"天花板的墙壁的表面很脆弱，照理说不可能一点痕迹都没有。"比留子同学说，"之所以能这样，是因为子弹打中了挂在墙上的时钟。

"被子弹打中时，挂钟坏掉了。凶手之所以弄乱房间，可以解释为试图隐瞒那个线索。

"重要的是，凶手需要尽快回到餐厅。如果离开太长时间，餐厅的人就会起疑，说不定会有人来查看情况。尽管如此，他还是花时间实施了隐瞒工作，证明凶手留下了致命的证据。那么，时钟上留下的证据究竟是什么呢？"

"当然是时间吧。"神服马上回答，"被子弹打中后，挂钟停掉了，对吧？"

"那不对。"狮狮田马上反驳，"如果只是钟停了，只要拨动指针变成别的时间就好了。要是处理得当，说不定还能把嫌疑推到那个时间没有不在场证据的人身上。没有必要专门把挂钟给打碎。"

"狮狮田先生说得没错。叶村君发现挂钟连指针都被折断了，就说出了另一个推理——子弹可能首先打断了分针，再击中表盘留下了痕迹。"

王寺感慨地点点头。

"原来如此，那个痕迹就提示了射杀瞬间分针所指的位置。这样一来，凶手就只能破坏挂钟了。"

"可是我们把被破坏的表盘拼接起来，并没有找到弹痕。"

比留子同学的话让三个人陷入了沉默。

"那刚才说的那些不就没有意义了。"

神服的声音听起来有点冰冷。我感觉自己好像做错了事情。

"怎么会？"比留子同学摇着头说。

"表盘上没有任何痕迹。这才是最重要的证据。从十色同学背部穿出的子弹，既没有打中墙壁和天花板，也没有打中表盘。可是凶手却不能放着挂钟不管，因为上面留下了提示行凶时刻的线索。能够满足这些条件的情况只有一个。"

比留子同学从口袋里拿出手帕，向我们展示了包在里面的东西。

"那就是子弹击中了长针和短针，因为两根指针正好重叠在一起，所以都折断了。"

手帕上是折成两段的短针和折成三段的长针。这两根指针从底部折断的部分长度完全相同。

"霰弹枪里填装的是独头弹，这种子弹贯穿力很低。因此，子弹在穿透十色同学的尸体后已经后劲不足，再打断两根黄铜制的指针，就被弹开了。只要仔细观察指针，就能看到肉眼可见的断面凹陷。只要把这个交给警方的勘验人员，想必能在指针断面上检测出子弹的金属成分。"

对凶手来说，那应该是噩梦一般的巧合。时钟的指针竟在同一个位置折断了，这种情况实在太不自然。可是，如果只拿走折断的指针，反倒会格外显眼。

为了掩饰指针折断的事实，必须破坏整个挂钟。如果只破坏挂钟也不自然，就必须把整个房间弄乱。如此一来，就让现场变成了那个样子。

也就是说，行凶时刻是两根指针重叠的时刻。

我回想起昨晚所有人的行动，然后开口道：

"茎泽君第一个离席的时间是十点十五分，最后神服女士发现霰弹枪丢失的时间是午夜零点。在此期间，指针重叠的次数有十点一次、十一点一次，再加上零点，一共三次……"

"不对哦。""不对！"

比留子同学和狮狮田同时开了口。

"长针一小时走一圈，在此期间短针也会走一点点！也就是说，两根指针重叠需要花费超过一个小时。零点整指针重叠，那就证明十一点到零点这段时间两根指针不会重叠！"

"正是如此。指针重叠的时间是十点五十四分左右，以及零点整。零点整是神服女士发现霰弹枪失踪的时间，不可能在那个瞬间开枪。也就是说，十色同学被枪杀的时间是十点五十四分。"

所有人屏息静气，比留子同学的声音无情地响了起来。

"那个时间没有不在场证据的人——只有你，王寺先生。"

二

"喂喂，你等一下啊。"

王寺意外地露出了平静的苦笑。

"你们以前不是说过吗？犯罪现场留下的证据，无法分辨是真正的线索还是凶手准备的家伙。如此一来，那个指针不也有可能是陷害我的假证据吗？"

确实。如果没有精密的科学勘验，无法分辨证据是否伪造。可是比留子同学丝毫不为所动。

"如果只是折断时针或许还能伪造。但最重要的是现场情况。子弹在十色同学体内改变轨迹，飞溅鲜血的墙壁和天花板没有任何弹痕。这些要如何伪造？

"趁十色同学躺倒的时候从上方开枪？

"不行。因为地上会留下弹痕，鲜血也不会飞溅到墙壁上。

"墙上的血迹是凶手伪装，实际枪杀发生在别的地方？

"不行。因为其他地方并没有出现血迹。

"将挂钟按在十色同学的背上开枪？

"不行。因为子弹在体内改变轨迹，从左后背穿出。这根本无法预测。在体内改变了轨迹的子弹击中挂钟，这种奇迹概率制造的现场不可能伪造。"

比留子同学又淡淡地发起追击。

"假设王寺先生枪杀了十色同学，那么另一个共犯的身份自然就明确了。如果是他偷走了霰弹枪，那么朱鹭野小姐后来说柜子没有异常就显得很奇怪。朱鹭野小姐的证词其实是为了给他制造不在场证据的谎言。两名共犯是王寺先生和朱鹭野小姐。"

"那朱鹭野小姐……"我感到嗓子发干，"虽然是共犯，却被王寺先生把罪名都推到她身上了吗？"

"别说蠢话了。"

王寺气愤地拍了一下桌子，小刀弹了一下，发出尖厉的声音。

"我没法装成白衣人。你仔细想想，叶村君他们追着手持长枪的白衣人，不是马上就到地下室去了吗？可是你们来敲门的时候，我就在房间里，而长枪则在朱鹭野小姐旁边。房间的足迹也一直通到了朱鹭野小姐的房间，不是吗？"

比留子同学一脸游刃有余的表情。

"我对'怎么杀'这个 howdunit 问题没有兴趣，因为那都改变不了凶手行凶的事实。可是我也有自己的想法，所以姑且说给大家听听。

"叶村君看到白衣人跑到楼下，马上就追了过去。那个人在一楼踩到了浸湿的抹布，所以能看见足迹一直延续到朱鹭野小姐的房间。值得留意的是，实际上没有人看见白衣人跑向朱鹭野小姐房间的光景，只是从足迹和落在房间里的长枪做出了推测。只要能完成这两个伪装，就能形成不在场的证据。"

足迹和长枪是伪装？我猜测着她的真意。

"你是想说，我们到地下室之前，长枪已经在朱鹭野小姐的房间里了？"

"没错。王寺先生扮演白衣人之前，朱鹭野小姐已经死在了房间里。王寺先生穿上事先浸湿的朱鹭野小姐的袜子，制造了楼梯底部到朱鹭野小姐房间的足迹，并将'真正'的长枪放在朱鹭野小姐旁边。然后只给她穿上一半袜子，仿佛她正在换衣服。

"接着，他穿上白衣，拿着'假枪'出现在神服女士跟叶村君面前，穿着自己的袜子踩到浸湿的毛巾，留下脚印后逃走了。之所以关掉走廊照明，一是为了隐藏面容，二是为了不让你们发现长枪是'假枪'。"

原来一楼跟地下室的足迹并非同一时间出现的吗？

我听到白衣人发出湿漉漉的脚步声逃走，误以为地下室的足迹也是他刚踩上去的。因为中间隔着一段铺地毯的台阶，一楼跟地下室的足迹虽然有些不一样，但我也没有觉得不自然。

王寺只须在楼梯中段脱掉白衣，然后在地下室入口处脱下袜子，再返回自己房间即可。这些动作应该能在我们前往地下室的几秒钟间隔里完成。要是当时检查了所有人的袜子，他的诡计肯定会被拆穿，然而我并没有想到那个地步。

可是仅靠这些还不足以说明什么。

"我们看到的'假枪'是什么？那个长度的东西，就算折断了藏起来也很显眼。王寺先生身上并没有带着那样的东西，检查房间时也没有找到。"

精通推理的狮狮田插了进来。

"没有必要是真正的长枪。说到消失的凶器，比较有名的应该是用到冰的诡计了。比如将浴巾湿水冻成棒状，在被人发现之前用暖炉解冻怎么样？"

"这个推理很有意思，不过冰箱冷冻室昨天白天就坏了。"比留子同学一下就否定了他的说法。

"没必要做那种麻烦事。想必所有人都见过手里突然变出一根拐杖的魔术吧。其实那就是将卷尺一样层层缠绕的薄金属片拽成棒状而已。那种魔术道具什么人都能随便买到。"

"谁会身上刚好带着那种东西啊？"

狮狮田不屑一顾地说。确实，别说刚从葬礼返回的这对父子，哪怕正在旅行的王寺手上也不太可能有魔术道具。比留子同学丝毫不受影响地继续道：

"既然是道具，就能用身边的东西来代用。比如说——王寺先生房间的壁纸因为漏雨而剥落了，对吧？"

确实，如果有那么大一块壁纸，卷成筒状有可能会像长枪一样。

可是王寺马上提出了反驳。

"等等。既然如此，狮狮田先生也能做同样的事。因为他房间的桌子上有张写满了文字的奇怪的纸。"

他是说纯拿进去的灵乱板吗？那张纸有一米见方大小，用在这个诡计中绰绰有余。可是比留子同学当场就推翻了他的反驳。

"如果要伪装成长枪的样子，必须卷成很细的形状拿在手上。卷过的纸不会马上恢复原状。如果用的是灵乱板，我们检查房间时，那张纸两端应该还是卷着的。为了防止这种情况出现，就必须牢牢固定住纸张。比如用图钉把四角钉在墙上。"

卷过的海报或日历即使反过来压平，也很难恢复原状。狮狮田房间里的灵乱板十分平整，并没有卷曲的痕迹。

证明王寺行凶的情况证据又多了一个，比留子同学继续说了下去。

"现在大家应该认同王寺先生可能完成朱鹭野谋杀了。可是朱鹭野谋杀一案最应该注意的不是 howdunit，而是 whydunit，'为什么要杀害朱鹭野小姐'。"

神服点点头。

"我们都以为剑崎同学死了，应该没有必要再杀害女性。"

"没错！"王寺仿佛得到了援助一般气焰嚣张起来，"我没有动机！不管是朱鹭野小姐，还是十色同学，我身为一个男人为何要杀死他们？"

他的话很有道理。

这个推理的大前提是相信先见预言的人物为了逃避死亡预言，而不惜在封闭空间里犯下杀人罪。

王寺是男性，如果对女性的十色下手，又杀了超过预言人数的第三名女性，大前提就崩了。

"而且如果是生活在好见的朱鹭野小姐和神服女士也就罢了，王寺君是外来者，怎么会如此害怕先见的预言，甚至不惜杀人呢？"

听了狮狮田的意见，比留子同学点点头。

"您说的话我很明白。王寺先生只是偶尔来到好见并被困在这里的外部人员，此前对先见女士的预言一无所知。假设他是凶手，那么先见毒杀未遂、十色谋杀和朱鹭野谋杀就都会产生动机之谜。

"接下来，我按照来到'魔眼之匣'后事情发生的顺序来讲解，想必大家更容易明白。"

三

首先要回溯到我们踏足"魔眼之匣"那天。

"我们被允许跟先见女士碰面，并在那时初次得知她是一名预言者。此时王寺先生想必还是很怀疑的。"

听了男女各有二人死去的预言，他应该很难相信才对。

"情况改变的契机在翌日早晨，也就是臼井先生遭遇山体滑坡死亡一事。当时不仅是有人按照预言死去了，而且十色同学用绘画预知过许多次事故的事情也被公开。先见女士的预言和十色同学的画，想必所有人心中对这两种预知能力的意识都增强了。"

"即便如此，也不至于杀人吧！"

王寺打断了比留子同学流畅的叙述，生气地说。

狮狮田也慎重地发表了意见。

"如果只是害怕预言这个动机,我觉得朱鹭野小姐应该更强烈。"

"没错,很难想象仅仅因为臼井先生的死就有人对预言深信不疑,更不可能决意杀人。如果是我肯定会犹豫。我会想再观察一段时间,看预言是不是会继续应验。可是行动时避开不吉利的东西,难道不是很寻常的想法吗?"

新年初诣抽到的神签结果、信息节目播放的星座占卜,就算不是真心相信这些东西,人们也会不自觉地为了以防万一而遵从那些指示和忠告。这是任何人都可能做出的行动。

"可是那跟死亡预言要怎么联系起来?"我问。

"王寺先生要逃避的并非先见女士的预言,而是十色同学的绘画预知。"

"绘画?那就是毒杀未遂……"

比留子同学摇摇头否定了。

"在此之前,十色同学还画了一次,就是你差点一氧化碳中毒那次。"

我忍不住叫了一声。

狮狮田不知所云,困惑地开口道:

"差点一氧化碳中毒这事我知道,可那不是通气口被堵住而引发的事故吗?"

"十色同学预知了那起事故的光景。画上是一个倒在暖炉旁的人影,还有小动物一样的影子,跟叶村君房间里的情况完全一致。可是有一点很奇怪,叶村君说,前一天房间里根本没有死老鼠。"

那只死老鼠已经干了，不可能在一日之间爬进来死成那样。可是为什么会有死老鼠，这点我们一直都没弄明白。

比留子同学笔直地看着王寺说：

"那么，假设那只死老鼠是为了把十色同学预知的光景强行推给他人而故意扔进去的呢？"

把十色预知的未来推给他人。

难道我在不知不觉间到鬼门关走了一遭？

"如果画上的情况将发生在某个人身上，那么只要让别人的情况更接近画就好了。反过来利用十色同学的预知能力，这堪称崭新的创意。如果事故会发生在小动物周边，那么，只要把死老鼠扔给别人就好。不但自己不会有任何损失，还能验证十色同学和先见女士的预知能力是真是假。证据就是，纯君昨天白天在仓库里发现的死老鼠已经不见了。想必是王寺先生扔进了叶村君的房间里吧。"

十色说她刚出房门就开始画画了，那么王寺完全有可能在经过走廊时看到画的内容。于是他为了避开上面描绘的未来，开始寻找能够让他转嫁死老鼠的对象。然后他来到我的房间，碰巧发现我在熟睡。他可能认为就算我醒着，自己不久前刚管我借过内裤，可以随便找个借口蒙混过去。

结果，我险些像画上那样死去，而王寺则毫发无损。

王寺意识到十色的预知能力是真的，同时可能为那种方便着了迷。毕竟这样一来，他就不用弄脏自己的手，也能将死亡的命运推给别人了。

"不、不对……我……"

王寺头上冒出了豆大的汗水。

可是比留子同学对他充耳不闻，用堪称冷酷的声调继续说道：

"先见毒杀未遂的时候，你也采取了同样的行动。由于在房间里睡过头，你来到餐厅时，从门缝里看到了十色同学新画的画。画上的红花旁边有个貌似被毒死的人。当然，你身上没有带毒药，所以就跟叶村君那次一样，试图将红花推给别人以保证自身安全。于是你就盯上了待在自己房间的先见女士，从后院摘了花撒在门前。"

其实，神服在晚饭前已经给先见的房间换上了红花，就算王寺不采取行动，画上的情况也全部得到了满足。可是他无从知道这件事。

"请等一等。既然如此，给先见大人下毒的'恐吓人'究竟是谁？王寺先生和朱鹭野小姐应该都没有下毒的机会才对。"

神服说得没错。王寺和朱鹭野都无法下毒，那先见毒杀未遂就无法解释了。

只见比留子同学从口袋里拿出了包在手帕里的薄纸包，放在桌上。

"解开那个谜团的关键就在这里。这是疑似被先见女士服下的毒药，之前被隐藏在现场房间深处。"

狮狮田好奇地凝视着纸包里剩余的暗褐色颗粒，嘴上咕哝道：

"这应该不是精制的药品，可能是凶手亲手从植物或生物上萃取调和的东西。"

"先见女士说她没见过这个东西，而且她待在房间里的时候，谁也没有接近藏药的地点。也就是说，毒药是先见女士倒下，被送离房间后才藏进去的。凶手为什么要这样做呢？"

她重复了我们白天讨论过的内容。

如果是先见企图隐瞒自杀事实，那她应该把毒药拿到房间外面处理掉，如果凶手另有他人，那么在已经结束对先见的应急处理后再伪装自杀就有点说不通。不管怎么说，冲到厕所里或者扔到外面都应该是更合适的处理方法。

"对于这个矛盾，我是这样想的。那个人为了隐瞒自杀，很想处理掉毒药。可是由于不可抗力，导致那个人只能把毒药藏在房间里，因为她出不了房间。"

听到这里，所有人都发出了惊讶的声音。

"那就是说，藏起毒药的人是先见女士？"

"怎么会，先见大人虽然身体不好，可是在房子里面走动完全没问题。"

神服的反驳让比留子同学点了点头。

"我亲眼看过她慢慢走动的样子。可是那样不行。大家想想，处理掉剩下的毒药，自然要在往茶杯里下毒之后。昨晚十色同学在餐厅画完画的时候，先见女士往自己的茶杯里下了毒。可是她准备的毒药有点多，没法完全溶进茶水里。如果有人发现茶杯里残留着大量未溶解的残渣，说不定会看出她是自杀。实在没办法，她只好到屋外把毒药处理掉，可就在那时，门口已经撒满了红花。"

我脑子里有好几个碎片拼到了一起。

王寺看到十色的画，跑去门口撒了红花。先见对此并不知情，面对一大片红花，想必是不知所措。

"为了隐瞒自杀的事实，必须把毒药处理掉，所以必须走出房间。

可是那样不仅会踩到欧石楠，而且会让小小的花朵四处散落，甚至粘在脚上。同时，欧石楠撒满了整个门前区域，体弱的先见女士无法跳过去。"

虽然可以把欧石楠暂时扫到一边，可是周围散落的小花很难清理干净。更何况，先见并不知道是谁出于什么目的撒了那些花。

假设那个"某人"准确记住了欧石楠的位置怎么办？要是发现欧石楠位置有变，那不就会让人发现先见被毒死之前离开过房间吗？那么先见看到满地的花，为何没有到餐厅来通知其他人？人们肯定会产生这个疑问。

"先见女士当时应该陷入了混乱。无论用什么方法，只要动了欧石楠的花，就可能留下外出的证据。就在那时，餐厅那边又传来了骚动。她不得已，只好把毒药藏在房间深处，一口气喝掉了茶杯里的东西。"

下毒的人和撒花的人。两者并非共犯，而是出于偶然产生了想法与行动的干涉，形成了一个难以理解的毒杀现场。

"可是她为什么要自杀？"

是神服回答了狮狮田的疑问。

"是为了十色同学……对吧？"

"没错。其实十色同学是先见女士的外孙女。为了把十色同学从死亡预言中拯救出来，先见女士选择了自己成为其中一名牺牲者。"

我想起第一天被领到先见的房间时，她听到十色的名字产生了一些动摇。她一定没想到，自己的外孙女竟来到了马上就要死四个人的地方。

"那隐瞒自杀的理由呢？她明明知道那样会令所有人疑神疑鬼。"

狮狮田疑惑不解，比留子同学对他说：

"十色同学已经察觉了两人的血缘关系，可是先见女士出于某种原因，必须将其隐瞒到最后，所以她才不希望别人发现自己在保护外孙女。"

先见为了刚结识的外孙女，决定牺牲自己。可是结局竟成了完全相反的形式。

"不如把话题转回王寺先生吧。"

比留子同学用冷冷的话语回到了正题。

"总而言之，正如十色同学画的画那样，先见女士被毒倒了。通过此事，王寺越发相信十色同学的预知能力，同时心里应该产生了烦恼，因为他也不知道十色同学接下来会在什么时候画画。"

他有可能在不经意间陷入十色画上的状态。此时他意识到，十色的画不仅仅是可以利用的东西，还是可能给自己带来灾难的双刃剑。

王寺为了逃避死亡预言，终于到了必须决意弄脏自己双手的时候。

"可是在封闭空间杀人，还不让警察发现的可能性接近于零。此时，你就找到了一个最合适的共犯，那就是朱鹭野小姐。"

我提出了疑问。

"她确实从一开始就很害怕先见的预言，可是真的会如此轻易就同意做他的共犯吗？"

"王寺先生不能贸然开口，而且也没有人会像廉价肥皂剧那样自言自语'要是那人死了就好了'。

"那有别的方法吗？可以将对方卷进犯罪行为，并且无法拒绝的方法。"

"恐吓吗？！"

在比留子同学的悉心引导下，狮狮田喊了出来。

"没错，王寺先生对朱鹭野小姐发出威胁，要求她帮助自己杀人。"

"怎么可能？！"一直闭口不言的王寺突然恶狠狠地说，"我们可是刚刚认识，怎么可能掌握了能恐吓她的信息。"

比留子同学意外简单地承认了。

"没错。事实上，王寺先生掌握的信息也只是他的错觉而已。"

"你倒是说说那是什么信息。"狮狮田催促道。

"王寺先生认为给先见女士下毒的人是朱鹭野小姐。"

那个瞬间，王寺眼中出现了明显的动摇。

"刚才我提到了死老鼠消失的事情。死老鼠原来在办公室里面的仓库，而叶村君又在那里发现了朱鹭野小姐的指甲片。她可能是在寻找逃离工具时弄掉了假指甲。问题在于指甲片旁边就存放着用于毒鼠的亚砷酸。"

王寺可能目击到了朱鹭野在仓库的情形，也可能跟我们一样发现了指甲片。他一开始应该没怎么在意，可是先见被毒倒后，王寺认为是朱鹭野给她下了亚砷酸。

从先见的症状来看，毒药很可能不是亚砷酸，而且朱鹭野本来就没有机会下毒，不过这些都是他过后才知道的。

"看护先见女士时，各位都是分头行动的，对吧？恐怕就在那时，王寺先生走向朱鹭野并发出了恐吓："如果你不想被人知道是你下的毒，就按照我的计划行事。'当然，朱鹭野小姐对此毫无印象。本来打算恐吓她，这回反倒让朱鹭野小姐知道了自己的杀人计划，从而被她抓住了把柄。"

"真是愚蠢……"

神服用怜悯的眼神看着他。王寺目光浑浊地凝视着桌上的小刀，一个劲儿地摇头说："不对，不对。"

"这对朱鹭野小姐来说是件好事。她坚信先见女士的预言，并且担心死去的人可能是自己。王寺先生提出的共犯计划成了她的救命稻草。"

对他们来说，"恐吓人"，也就是企图毒杀先见的人究竟是谁，可能就是最大的悬念。"恐吓人"接下来有可能盯上他们自己，如此一来，有机会下毒的我和比留子同学，十色和神服就成了最应该警惕的对象。特别是不知何时会画出什么画来的十色最不能置之不理。于是两人利用我们看护先见和送十色回房进行隔离的短暂时间，谋划了十色谋杀。

我又问了心中的一个疑点。

"独自待在房间里的十色同学首先被盯上，这个可以理解。可是十色同学应该是朱鹭野小姐这个女性的目标，为何王寺先生会负责这种对自己没好处的杀人呢？"

"那就是两人计划的狡猾之处。"

比留子同学点点头。

"他们不仅仅是单纯的协作，还选择了很精妙的手段。

"那就是——交换杀人。"

四

交换杀人。

两个人各自有着想杀害的目标，于是通过交换目标来达成目的。只要是喜欢推理小说的人，肯定都读到过一两次。

假设这里有 A 男和 B 女两个陌生人。

A 男想杀死妻子，B 女想杀死丈夫。

但是如果亲自下手，在动机上很快就会遭到警方怀疑。某天，两人偶尔结识，在对话中得知彼此都有想杀死的人，于是交换了目标。

A 男杀死了 B 女的丈夫，B 女杀死了 A 男的妻子。

在警方看来，被害者与凶手完全不存在接点，无论怎么调查动机，凶手都没有出现在调查范围内。只要 A 男和 B 女在对方替自己杀死目标时建立好不在场证据就完美了。

"请等一等。交换杀人的好处是被害人与凶手不存在接点，所以不会被列为嫌疑人。可是像我们这样所有人都会成为调查对象，那不就没有意义了。"

既然所有人已经是嫌疑人，交换目标的意义何在？比留子同学摇着头否定了我的想法。

"对王寺先生他们来说，最大的悬念是我们发现预言与杀人的关系，从而对同性人物产生戒备。杀死十色同学之后，还要再杀两个人，可是那样一来，他们连接近目标都很困难了。"

事实上，十色被杀之后，神服马上察觉到了犯罪动机，我们都开始警惕同性的靠近。可是，王寺他们反倒利用了这种反应。

"既然是为了逃避预言的杀人，就不可能被异性盯上。让我们保持这种想法，就能摆脱嫌疑，同时令人们对异性的警惕心减弱，制造出方便杀害第三个人和第四个人的环境。交换杀人的目的就是这个。而且他还可以跟朱鹭野小姐彼此提供有利的证词，从而提高逃过警方调查的可能性。这想必也是目的之一。"

神服听了，很不甘心地拧起了嘴唇。

"看来王寺先生你们两位早就想到了我的设想啊。"

"这不怪神服女士，因为我也有同样的想法。"

"原来如此啊。"狮狮田听了众人的对话，小声说道。

"一个个拿走毛毡人偶也是为了这个吗？为了故意强调预言，让所有人对同性提高警惕。"

"不对，人偶的事情我毫不知情！"

低着头的王寺猛地抬起头来，端正的面庞已经扭曲成了快哭出来的表情。

"交换杀人？那太说不过去了吧。男性目标只有一个，而女性目标有两个啊。交换了目标，我不就要杀两个女人了嘛。那种对自己没好处的交易不可能成立。至少要等到彼此目标只剩下一个人之后才会联手吧。我不可能杀死十色同学。"

"要是等到目标变成一男一女，那就太晚了。"

比留子同学斩钉截铁地说。

"假设十色同学跟臼井先生同样死于事故，然后才开始交换杀人的计划吧。目标变成一男一女，就是说只要王寺先生杀死一名女性，朱鹭野小姐的目的便告达成，可以不弄脏自己的手就存活下来。对她来说，为了王寺先生而弄脏自己的手，难道不显得很蠢吗？等到目标变成了一男一女，先负责行凶的人会处在极其不利的位置。好不容易帮同伴杀了人，也有可能遭到背叛。"

正因为如此，才要在帮忙杀了人之后，对方目的仍未达成的情况下联手。就算王寺杀死了十色，朱鹭野依然需要另外一名女性死亡。为此她需要王寺的帮助，因此不会背叛。

"那为什么要杀死朱鹭野小姐？在我们看来，剑崎同学已经'死了'，女性两人的牺牲已经集齐了。"

正如他所说，朱鹭野的死非常说不通。王寺应该是相信了先见的预言才会杀人，那就不可能杀死多余的人来打破预言。

"朱鹭野谋杀并非有计划的犯罪，而是冲动犯罪。"

比留子同学的语气没有迟疑。

"跟刚才的道理一样。王寺先生杀死了十色同学，接下来应该换朱鹭野小姐杀死一名男性。可是在实施计划之前，我竟然死了。对他们来说，情况意外地变成了已经出现两名女性牺牲者，朱鹭野小姐没有动手就达成了目的。那么，朱鹭野小姐还会继续帮他杀人吗？"

在封闭空间的大前提之下，如果情况允许，凶手会尽量避免杀人。

朱鹭野在十色谋杀一案中虽然做了虚假的证词，可是并没有直接下手杀人。杀人罪和伪证罪的刑罚可是天差地别，她自然会对合作表现出消极态度。

"另外，王寺先生还有一个非常烦恼的问题，就是茎泽君失踪了，生死不明。如果他已经死了，那么牺牲者已经凑齐。如果他还活着，就要尽快杀死其他男性。最糟糕的是，王寺先生杀死其他男性后发现茎泽君也已经死亡。此时先见的预言就被打破，一切犯罪都成了徒劳。"

他处在难以行动的状态中眼看着时间流逝，应该烦恼得几近疯狂了。可是，他面临的是更为窘迫的境地。

"可能朱鹭野小姐单方面宣称了解除共犯关系。王寺先生已经帮她杀死了十色同学，因此这相当于无可原谅的背叛。正因为是交换条件，他才冒着危险射杀了十色，然而朱鹭野小姐却什么都不做就保证了安全，这让他无法接受。两人恐怕在朱鹭野小姐的房间展开了激烈的争吵吧。其结果就是朱鹭野小姐倒在地上，狠狠撞到了头。"

"即便如此……"

王寺拼命挥舞着右手，仿佛要打断比留子同学的追究。

"我只要把朱鹭野小姐的遗体扔在那儿就好了呀，因为她就是摔死的，很难分辨是事故还是他杀。可是我偏偏要穿着白衣服出现在你们面前，做这种高风险举动的理由何在？"

王寺说得没错。他完全有可能被当场抓获，搬弄这种仅靠几秒钟决定命运的诡计，实在太危险了。

"那是因为当时朱鹭野小姐还有呼吸。她没有当场死亡，而是昏过去了。"

朱鹭野昏过去了。

这对王寺来说，是个无路可退的窘境。

因为昏过去的人迟早会醒来。

朱鹭野本来就已经放弃了共犯关系，结果两人争执之下，王寺还让她负伤了。要是她恢复意识，肯定会气愤不已，揭露王寺的罪行。

"你必须想办法封住朱鹭野小姐的嘴。可是不能杀了她，原因正如你刚才所说，女性牺牲者的数量已经满足了。于是你就想到当着众人的面制造凶手只可能是朱鹭野小姐的情况，才冒险演了一把白衣人。"

只要能让我们认定朱鹭野策划了下一起犯罪，那么即使她在恢复意识之后揭露王寺的罪行，她也可以反驳"你在狡辩"。要让朱鹭野活着，并主张王寺无罪，就只能当着所有人的面把朱鹭野设计成凶手，而且还要趁昏迷的朱鹭野醒来之前完成所有行动。

这就是冒着风险上演白衣人闹剧的 whydunit。

王寺反驳的声音已经失去了气力。

"这全是你的猜想。你根本没有朱鹭野小姐昏过去的证据。"

"我有。朱鹭野小姐后脑勺的伤口出现了生活反应。"

比留子同学展示了手机上的一张照片。上面的伤口呈现血液半凝固的状态。

"所谓生活反应，指的是皮下出血或化脓等只会出现在活体上的反应。她后头部伤口周围的血液呈现半凝固状态。这不是血液干涸变硬，而是为了止血而结痂的生活反应。如果她是当场死亡，伤口的血液就不会凝固。

"换言之，朱鹭野小姐撞到头以后只是晕了过去，还存活了一段时间。

"你确认了朱鹭野小姐还有呼吸，就匆忙跑到原实验室寻找能用的道具，上演了白衣人的戏码。

"可是由于脑部损伤过于严重，随着时间推移，大脑可能受到了血肿压迫，最终使得朱鹭野小姐没有恢复意识，而是死去了。从那一刻起，让血液凝固的反应便停了下来。"

她仅凭伤口状态就不断解释了所有难以理解的情况。

"朱鹭野小姐被确认死亡时，你一定感到手足无措吧。本来是为了逃脱预言而杀人，没想到竟有超出预言人数的女性死掉了。"

"不对！"

"朱鹭野小姐的手机失踪也是你干的吧？既然你们缔结了杀人这种共担罪名的关系，肯定交换了某种形式的契约。你们两人都没有携带文具，应该是在手机上录了音吧。你没时间找到并删除那个数据，把整个手机砸了又显得不自然，所以只能拿走。"

"不对，不对，不对！"

王寺站起来大吼道。

糟糕，这家伙被逼上绝路，开始自暴自弃了。王寺布满血丝的眼睛看向桌面，那里摆着一把反射凶光的小刀。

"别碰那个！"

王寺不顾我的叫喊，飞快地抓起小刀站了起来。

狮狮田和神服立刻向后退开。

"别干蠢事！"

"你还要加重自己的罪名吗？"

王寺并不理睬他们，而是朝比留子同学冲了过去。我的座位距离太远，无法把他按住。想必等我跳过去，他已经刺中比留子同学了。

"怎么可能，就那点小证据哪里够问罪。侦探游戏结束了。你满意了吧!"

王寺彻底错乱了。他现在手持凶器，还能用什么借口开脱呢?

可是比留子同学镇定自若，脸上甚至露出了笑容。

"我非常满意，因为现在才要开始最后的证明。"

面对比留子同学美丽凄绝的魄力，不仅是王寺，在场所有人都被镇住了。

比留子同学无畏地朝王寺走近一步，又走近一步。

"比留子同学。"

我试图阻止她，却被她用视线回绝了。

"你别动。"王寺把刀拿在身前，用颤抖的声音警告了一句。可是比留子同学并不理睬，终于来到了跟他只有一臂远的地方。

"你觉得我杀不了你吗?"

"嗯，绝对，因为你是凶手。"

比留子同学突然凑过去，仔细端详王寺手上那把刀。

"我早就说了，这起事件的凶手对先见女士的预言深信不疑，并且恐惧不已，所以他才会为了逃避预言而不惜杀人。

"现在，先见女士的预言如他所望应验了。事到如今，他还能杀得了人吗?他有本事亲手破坏预言吗?哪怕那会让他之前犯下的一切罪孽都化作徒劳?"

这就是比留子同学寻求的解决。

杀人动机——whydunit竟是为了逃避死亡的预言，外部的警察必然无法理解。这只会被记录成精神异常者的发作式犯罪。

她必须在今天，先见的预言还有效的时候证明这个 whydunit。

所以比留子同学才会在精神上对王寺紧紧追逼，让他拿起了凶器。

正因为他是凶手，才绝对不会打破预言。

假如王寺杀了比留子同学，就会出现第五个牺牲者，先见的预言也就会被证伪。那个瞬间，他在困扰而恐惧的心情中犯下的杀人罪，就会丧失意义。

这是以预言为盾，把深信预言的凶手逼上绝路的稀世制裁。

"啊啊……"

小刀从王寺手中落下。

他看了一眼落在地上发出钝响的利刃，仿佛用尽了全身力气，跪倒在地上。

"这不怪我。我按照约定杀了十色，可是她却用看脏东西的眼神对我说'我今后必须得到幸福'。你能相信吗？其实我也……其实我也……"

我们把他捆起来的时候，他一直呆呆地重复这句话。

"这都是那女人的诅咒。是那家伙陷害了我，把我跟护身符分开。为什么……"

五

从那以后，我们无论对王寺说什么，他都只会瑟瑟发抖，无法对话。

我跟狮狮田他们合力把王寺捆在一楼我房间的床上，最后回到餐厅，好不容易松了口气。刚才把留在房间的纯也带到了餐厅来，现在他已经趴在桌上睡着了。

神服给我们泡了茶，除了拿起茶水润润嗓子，所有人都不怎么开口。就连刚才像精密仪器一样把机关算尽的推理披露了一遍的比留子同学，现在也只是目光呆滞地坐在那里。

这也难怪。我们虽然活下来了，但根本没有高举双手欢庆的心情。

我们都知道王寺变成杀人犯之前的样子。他享受旅行，是个自来熟的性格，到这里来求取一点汽油。若不是在这个时机来到了这个地方，他可能一辈子都不会杀人。

不仅是他。朱鹭野好不容易在好见之外找到了小小的幸福，十色也将要开始重新面对自身能力的生活。还有因为事故而死去的臼井和苙泽，只用不幸来总结他们的命运，实在是太残忍了。

我们心情沉郁地坐到了距离日期变更还有三十分钟的时候。

神服突然提到了王寺最后说过的话。

"那个女人和护身符究竟是什么意思呢？"

"他如此有计划地实施了犯罪，说出那种话确实很奇怪啊。"

狮狮田看着留在桌上的小刀低声说。

"剑崎君，你有什么想法吗？"

比留子同学被点到名，有点为难地歪过了头。

"我不可能知道王寺先生有什么私情，只能把一些碎片信息组合起来加以想象而已。可我又不是那种名侦探，不至于一脸得意地把那些推测说出来。"

"都这种时候了你还说什么呢？只管把'推理'告诉我们就好了。"

连神服都主动给我们添了茶，仿佛在催促她往下说。于是比留子同学不再坚持，而是说了起来。

"王寺先生提到过'女人的诅咒'。先见女士的预言确实有点诅咒的感觉，不过任何人都不会那样说吧。提到诅咒，会让人联想到幽灵这一类神秘现象要素，而且这几天在大家的对话中，确实出现过可能有关系的话题。"

如果是跟神秘现象有关的话题，茎泽或臼井参与其中的可能性很高。我回溯记忆，想到了一点。

"莫非你是说《亚特兰蒂斯》的文章吗？真消息什么的。"

我记得那是男性驾驶的车辆进入一个三岔隧道，就会被烧死的女人的幽灵诅咒。有四个年轻人跑去那里试胆，结果一个接一个死去了。

随后，比留子同学说出了令人惊讶的话。

"我想那应该是真的。臼井先生说，已经有三个年轻人去世了，但是有一个只是下落不明。那会不会是王寺先生呢？"

如此大胆的假设，让主动抛出话题的狮狮田也只能苦笑。

"你这个想象的成分也太多了吧？"

可是比留子同学还没说完。

"王寺先生平时都带着护身符，身上还有很多疑似驱魔图案的刺青。我认为他应该是出于某种原因，极度恐惧灾难的降临。可是这次，王寺先生把护身符跟贵重物品一起放在了机车上。"

王寺的确这么说过。

我的护身符跟钱包一块儿落在机车上了啊。早知道就该一起带过来。

"因为没有护身符，所以他相信了死亡预言？"神服用慎重的语气询问道。

"我不知道是不是多亏了护身符，事实上去过三岔隧道的其他人都接二连三地死了，只有王寺先生活了下来。他肯定会对护身符的效果深信不疑，同时格外依赖。"

王寺急切的声音又在脑海中响起。

信的人自然灵验。

"不仅如此，请各位回想一下。三岔隧道的怪谈出现了'血手印'和'烧死'这两个让人印象深刻的关键词。"

那都是跟幽灵女人的死相关的东西。

"臼井先生说，有一个年轻人死在了娑可安湖恐怖袭击事件中，还有一个人死在了大阪楼房火灾中。这些分别跟'血手印'和'烧死'这两个关键词有关。王寺先生在吃早饭时听到这些，心里肯定感到了极度恐惧，因为先见女士连续预言了害他两个同伴死亡的事件。"

而且因为桥被烧毁，王寺无法回去取自己十分依赖的护身符。

这次自己会不会遭遇跟同伴一样的下场。如果说他被那样的恐惧所支配，那也毫不稀奇。

话说回来，朱鹭野半夜碰到王寺时，还把他吓得够呛。因为朱鹭野头发跟衣服都是红色的，那天晚上应该因为去洗澡而把扎起的头发放下了。在王寺看来，他相当于跟一个从未见过的，像着火一般鲜红的女人碰到了。难怪他会吓得大喊大叫。

"这些不吉利的条件凑在一起，王寺先生应该在昨天早餐时就感到相当恐惧了。而让他下定决心的，就是臼井先生的死。"

"因为这下他不得不相信先见大人的预言了。"

神服似乎赞同了她的话，但是比留子同学摇了摇头。

"不。臼井先生的死证明的不是先见女士的预言，而是三岔隧道的诅咒。"

"证明了诅咒？那是什么意思。"

狮狮田诧异地问道。于是比留子同学重复了臼井的发言。

"各位还记得吗？臼井先生在早餐时聊起三岔隧道怪谈，还打算给我们看取材时拍摄的照片。"

"那又怎么样？"

"臼井先生也去过三岔隧道。当然是自己开车去的。"

我们总算反应过来了。王寺原来是意识到，被隧道诅咒的臼井死了。当时王寺不是问过我吗？

"你怎么想？臼井先生的死真的是巧合吗？还是说……"

我还以为那句话的后续是"被谁杀死的"，其实我错了。王寺想说的是这个：

"还是说，他因为三岔隧道的诅咒死掉了？"

"王寺先生可能害怕隧道的诅咒更胜于先见女士的预言。正因为他的护身符不在身边，使他感到了死亡逼近的恐惧。而且先见女士预言了与三岔隧道相关的人们的死亡事件。正因为他同时畏惧三岔隧道的诅咒和先见女士的预言，才会坚信只有牺牲别人，才能摆脱这个困境——这就是我的想法，只是不知道跟真实情况是否一致。"

王寺最后那句话在我脑海中响了起来。

"这都是那女人的诅咒。是那家伙陷害了我，把我跟护身符分开。为什么……"

餐厅的时钟指针重叠在一起，时刻指向午夜零点整，日期变更了。

与此同时，被预言支配的十一月最后两天终告结束，我们迎来了十二月。

未来尚未被预言。

终　章

侦探的预言

十二月的清晨降临。

太阳隐在群山之后，不能得见。不过天刚发白，神服就说要去桥那边看看，然后离开了"魔眼之匣"。预言期限已过，好见村村民可能会过来。

我在比留子同学的邀请下，走向了先见所在的神服的房间。

她不愿意告诉我到底去干什么。

我们一露面，先见就从被褥里坐起来，朝我们深深低下了头。十色的死可能对她打击很大，她还是一副不在状态的样子。

"我都听奉子女士说了，你们把凶手抓起来了，是吧？"

比留子同学丝毫没有流露出高兴和安心的感情，只是摇摇头。

"这是在预言应验、死了四个人之后才完成的事情。我很难说这件事有没有意义。"

"那也没办法，因为谁也无法打破预言。你没必要过于自责。"

"结果对你也非常不幸。"

先见听了那句话，表情阴沉下来。到最后她都没跟外孙女说上几句话，就天人永隔了。

"我很后悔。早知道就应该不顾羞耻，承认我是她的外祖母。太可怜了，那孩子这么年轻就……"

"啊，不是那样。"

比留子同学打断了先见的话，说出了无比犀利的话语。

"我是说你自杀失败，实在是太不幸了。"

确实，先见没能牺牲自己拯救十色。

可是不知为何，那个说法很不像比留子同学的风格，甚至有点失礼。

"我没能代替那孩子牺牲，这自然让我极度悲痛。可是……"

"牺牲？不对。你只是为了自己的名誉试图了结生命。因为你失败了，所以才会露出如此不高兴的表情。难道不是吗？"

那个瞬间，先见失却了霸气的眸子仿佛恢复了力量。

"你到底在说什么呢？"

"杀人的是王寺先生，而且接下来不会再死人了。现在我要做的，是为了告慰十色同学的亡灵而发泄的怒火。"

比留子同学的眼神又变成了昨晚面对王寺的模样，感觉不到丝毫怜悯。

"你说名誉吗？"

先见的说话声很小，但是清晰可闻。

"为什么死能成就我的名誉？"

"因为你对从今天开始的未来，没有留下任何预言。你这几年来身体健康每况愈下，但是拒不接受诊疗，连正确的疾病名称都不知道。如果你再也没有留下新的预言，就此死去了会怎么样？好见的人会不会认为你是个连自己的死都预言不了的骗子？所以你为了守护身为预言者的名誉，必须利用剩下的预言结束自己的生命。”

先见马上反驳道：

“我现在的身体确实无法承受祈祷，可是只要想预言……”

比留子同学再次毫不客气地打断了她。

“不对。你本来就没有预知能力，因为你根本就不是天弥先见。”

我怀疑自己耳朵出了问题。

她不是先见？那眼前这个老人究竟是谁？

“比留子同学，这到底是……”

“我发现十色同学借给我的研究笔记和从你口中听到的故事存在出入时，就感到奇怪了。”

比留子同学与先见——不，与老人对峙着目光，继续说道。

“十色勤得知研究所被公安盯上，便安排了带刚出生的女儿逃走的计划。当时他决心把先见留下，可是笔记上说，他以前跟先见有过约定——‘你一定要带我去哦。’”

十色勤最后为没能履行与先见的约定而道了歉。

“可是，昨天这个人是这样说的吧。

“‘可是他说要来接我的约定，最终没有实现。’

“因为你不知道我们看了十色同学带来的研究笔记，才不小心说出了实话。‘带我走’和‘来接我’，这两种说法乍一看没什么区别，但是我在察觉到异样时，产生了一个想法：莫非这是两个不同的约定?

"恐怕十色勤最后决定把先见和女儿都'带走'。可是他必须骗过好见村村民和公安的眼睛。于是他决定留下一名女性代替先见。十色勤做出的约定可能是：她留下来骗过周围的目光，同时他把先见带到安全的地方藏匿起来，并在将来前来'接走'她。"

可是十色勤没有遵守约定。

十色勤为了跟先见和女儿开始新的人生，就这样消失了。

留下来代替先见的人，就是眼前这个老人。

"那么，你是谁呢？你跟十色勤有着坚固的信赖关系，并且极有可能对他有意。说到那样的人物——不就是'冈町'吗？"

冈町。在研究笔记中被称为冈町君的，十色勤的助手。

被她这么一说，我发现笔记上确实没有把冈町称呼为"他"的地方。原来从大学时代就一直支持十色勤研究的助手，最后被选为了先见的替身吗？

"从前天开始，我就对你的身份产生了怀疑。十色勤的研究笔记上提到过先见在房间里养老鼠的事情。还说她从小就喜欢跟蜘蛛和蜥蜴这些东西交朋友。可是前天吃早饭的时候，朱鹭野小姐抱怨老鼠吵得她睡不着，神服女士却说你房间里放了老鼠药。"

明明是同一个人，反应却自相矛盾。

理由很简单。因为养老鼠这件事成了先见与十色勤两个人的秘密，所以冈町并不知道要这样做。

其他记述也可以有不同的解释。

十色找冈町商量给先见送什么生日礼物的时候，冈町说"老师应该多学习学习女性的知识"，那可能并不是说礼物，而是冈町在抱怨他过于迟钝察觉不到自己的感情，却来找她商量其他女人的事情。

另外，当研究停滞不前，所内分裂严重的时候，一名所员这样说：

"如果想继续研究，你就把那个目中无人的女人带到别处去吧。"

我还以为目中无人的女人是指先见。不过前面不是说先见"还是跟以前那样，用温和的态度协助我的研究"吗？跟其他所员闹矛盾的人，是十色勤的助手冈町。

"你这话很有意思，不过有证据吗？"

老人坚决不承认，比留子同学也寸步不让。

"只要警察勘验一番，马上就能知道十色同学跟你有没有血缘关系。"

"假设我不是先见，那此前应验的预言又是怎么回事？班目机构撤离后，我多年以来一直在预言好见和外面的事情。"

"很简单。因为你参与了先见的实验，逐一记录下了先见的预言。你只需要当着所有人的面公布出来就好了。"

那份记录应该就是神服偷看到的本子了。研究笔记上也有这样一段话：

"我散尽钱财把她托付给了好见村村民。就算过后产生矛盾，她只要展示出预言的力量，应该也能生存下去。"

十色勤知道冈町性格倔强，自尊心强。他可能早就预料到她跟好见村村民的关系会恶化。

如此一来，真正的先见就在将近五十年前预言了现在的事情。她的能力实在太惊人，远远超出了我们的想象。

近几年来，预言的库存终于见底了。这对一直以预言者先见的身份压制住好见村村民的老人来说，是十分严重的事态。如果今后好见发生了没有预言过的灾害或事故会怎么样？村民们必然会认为先见失去了能力。如此一来，老人的优势就会彻底丧失，落到进退两难的境地。或者她死了，人们有可能认为她的预言全部是谎言。

"冈町啊。"

老人突然咻咻笑了起来。

"我当然记得冈町。她在大学做研究的时候，就比任何人都支持勤先生。当时女性研究员受尽歧视，而她则优秀得让人无从置喙。如果没有她的帮助，勤先生的研究恐怕不会得到班目机构的青睐吧。"

比留子同学脸上也露出了笑容。

"冈町女士身为十色勤的伙伴，肯定有很强的自负。可是天弥先见这个女人出现了，而且迅速跨越单纯的实验对象这个立场，成了整个研究的核心。这想必让她的自尊受到了极大的打击，对吧？"

"那是当然的吧。而且这个女人还跟勤先生慢慢发展出了亲密的男女关系。对冈町来说，我可能是让她恨之入骨的存在。"

"还曾经想杀死先见吗？"

"有可能。不过有一点可以肯定，那就是研究必须用到我的能力。所以她只能打落门牙往肚里吞了。光是想想，都让人感觉大脑的血管要炸了。"

双方面带笑容地对峙，那个光景就像神经毒素一样渐渐麻痹了我的心脏。她们干脆大喊大叫扭打在一起该有多痛快啊。

可是比留子同学用钢铁的意志继续道：

"我不知道十色勤跟你约定什么时候来接你。不过再怎么说，几年过去之后，你应该就意识到他没有遵守约定了。可是接受那个事实意味着承认自己输给了先见，无论是作为十色勤的助手，还是作为一个女性。所以你才一直扮演了先见这个角色。"

昨天，这个老人对我说：

"我当时明知自己被抛弃，还是对勤先生深信不疑。不，我很想相信他。我感觉一旦承认那个事实，我们的关系就会终结。"

那就是冈町的真心话吧。

如果承认十色勤的背叛，她还有到别处重新开始人生的机会。可是她不想认输，便一直守在这里，一下就过去了几十年。

"人到老年，你决心寻找十色勤跟先见的踪迹，就通过朱鹭野小姐的父亲雇了侦探。结果发现他们组成了幸福的家庭，还有了外孙女。

"你肯定憎恨不已吧。因为你作为先见的替身把整个人生都打了水漂，至今仍孤独地生活在这里，可是那些元凶却幸福地生活在一起。然而他们离得太遥远，使你无法复仇。你以为自己的人生可能就要这样落幕了。"

既然如此，干脆把班目机构和先见都曝光出去吧。她可能带着这个想法，四处搜索了电视台和出版社的联系方式。或许就在当时知道了《月刊亚特兰蒂斯》的存在。可是不行。一旦先见被曝光，好见村村民就会知道她是假货。她一直以来都利用预言控制着村民，丧失几十年来积累的预言权威，沦为一个骗子肯定是无比屈辱的事情。

　　"打破十色勤和先见安稳的人生，同时还要守护自己的权威。你认为二者不能两全。可是有一天，你终于得到了灵感。为了同时达成两个目的，只要以先见的身份向媒体人员展示预言应验的过程就好了。"

　　就算突然去找报纸或电视台谈预言的话题，对方也不会理睬。所以她才给神秘学杂志的编辑部寄了一封带有威胁口吻的信。她用上了为数不多的预言库存，说中了大阪楼房火灾和娑可安湖事件。对方上钩之后，她又迎合"真雁要死四个人"的预言将记者引到"魔眼之匣"，让他亲眼看到预言应验。

　　当然，其中一个牺牲者就是她自己。如果能把记者也卷进去，说不定会引起更大反响。这样一来，她既能保住身为预言者的权威，又能让事件引起轰动，总有一天会让先见和班目机构的名号传遍整个日本，也应该能传到生活在遥远他乡的先见耳中。

　　你以为你能以另一个人的身份轻轻松松活下去吗？
　　先见的传说将伴随恐惧一直留在人们的记忆中。

　　在先见心里留下悔恨的伤痕，这就是这个老人的计划。
　　她不知道除了自己之外，还有哪三个人会成为牺牲者，总之预言一定会应验。重要的是，为了避免自己或是记者生还，事先让毫无关系的村民们离开好见。她准备好了毒药，接下来只须等待时机。
　　"可是最后发生了奇迹。先见的外孙女十色同学出现了。"
　　她一开始不明白十色来访的目的，恐怕十分困惑吧。可是第二天大家在寻找离开方法的时候，十色悄悄跑去见她了。那时她才知道十色把自己当成了真正的外祖母。于是她迅速在自己的复仇计划上追加了新的项目。为了向先见复仇，她要杀死她最爱的外孙女。

老人嘴角含笑，一言不发地听着比留子同学说话。

我飞快回忆起女性成员的面孔。

"预言的牺牲者是男女各二人。既然这个人准备自杀，那么女性牺牲者还剩一人。十色同学死去的概率只有四分之一，这个赌博的赢面也太小了吧。"

比留子同学点点头，回答了我的疑问。

"所以她才想了另一个把十色同学逼上绝路的办法。"

"另一个办法？"

"她试图让我们自相残杀。她不打算干等着什么人死去，而是设计让某人杀了某人。如果都像臼井先生那样遭遇事故，那就只会出现被害者，要是换成谋杀，那么加害者和被害者两个人的人生都会被毁掉。"

这样就有双倍的人生遭到毁灭了。当然，十色被卷进去的概率也会变高。

"可是要怎么才能诱发人们自相残杀啊？"

如果聚集到"魔眼之匣"的人全部坚信死亡预言，那我可以理解。可是实际上，这里有狮狮田那样的否定派和神服那样对命运很豁达的人。无法指望这些人会马上上演自相残杀这种冲动的行为。

"所以她才拿走了毛毡人偶。"

"那不是王寺先生干的吗？"

"你回想一下。第二个人偶——先见毒杀未遂的时候，荃泽君说人偶在晚饭前就不见了。可是当时王寺先生应该还不知道先见女士被下了毒药。知道这件事的只有下毒的人，也就是先见女士自己。"

王寺刚才否定了拿走毛毡人偶一事，看来他并没有说谎。

"十色同学偷偷跑来见她之后，这个人心里就有了计划。只要每死一个人，就拿走一个毛毡人偶，发现这件事的人就会想：人偶一共有四个，跟预言的死者人数一样。一定是有人在试图凑齐四名死者。"

有人刻意拿走人偶。发现这件事时，我们意识到了逃避预言这个杀人动机，开始互相猜疑。这一切都是眼前这个老人的圈套吗？

"为了把十色同学逼上绝路，她又设下了另外的圈套。她自己服下毒药，还试图把嫌疑推到十色同学身上。为了让十色同学背上杀人的嫌疑，被所有人孤立。"

十色的能力是预知身边即将发生的异变，用画笔描绘出来。

如果画上描绘的异变一定会发生，那么今后要发生的事情一定会被十色预知。

这跟王寺想到的反向利用预知能力的办法截然不同。因为这个老人很清楚，十色这样的人在不相信超能力的一般人眼中会显得多么怪异。

正因为如此，老人才拒绝了晚饭，在房间里服下了毒药。她这么做是为了在十色不知情的情况下引发异变。老人完全相信十色的预知能力，因为十色是先见的外孙女。她比谁都清楚那个预知能力是真的。

正如她所愿，十色画出了自己不应该知道的现场情景，被当成嫌疑人软禁了。就算当时有警察在场，也一定不会相信预知能力这种说辞。

"你拿走第二个人偶的时间远比茎泽君发现的时间要早，应该是跟十色同学面谈之后。如果想让大家产生'谎称超能力的十色下了毒'这种怀疑，那么人偶必须在面谈之后就消失，因为十色同学并不知道你何时会喝下毒药。"

正如老人所料，人偶的寓意和十色的预知能力让人们的疑心和恐惧增幅，并促使王寺和朱鹭野这种胆怯之人犯下了凶行。而且最先牺牲的人就是十色。对她来说，这应该是求之不得的结果。

"你的推理很不错，然而有一个很大的矛盾。"

老人用感觉不到她身体不适的平静语调提问道。

"假设是复仇，我只要亲手杀死十色同学就可以了。什么'背上嫌疑'，什么'让某人杀人'，我完全不需要做这种麻烦事，只要杀了她，再自尽就好。这才是最靠谱的办法。"

确实。她也有跟十色单独说话的机会，应该能万无一失地把她杀掉。

"那样就没有意义了。"

比留子同学冷冷地说。

"如果由你下手，那就只是单纯的杀人了。那样不行。

"你被先见夺走了心上人，还被当成先见的替身扔在这里，一直过着被先见的预言所束缚的生活。而在此期间，先见本人却舍弃了预言者的过去，营造了幸福的家庭。

"正因为这样，你才想利用先见自己的预言破坏先见的幸福！你想让她为自己的预言后悔不迭!你想彻底否定先见带着特殊能力降生后的整个人生!"

面对激烈的呐喊,老人厚颜无耻地笑了。

"就算你说得都没错,那要给我安上什么罪名呢?我只不过是拿走了人偶,自己喝下毒药罢了。其他事情都是别人干的。"

"或许如此。"

比留子同学一改语调,恢复了原来的冷静。

"神服女士也这样说过。预言本身并不会伤害人,只是心灵不够坚强的人盲信了预言而犯下罪行。这次认输的人,就是王寺先生和朱鹭野小姐。"

"那个想法很符合奉子女士的性格。"老人歪嘴笑了,"可是,如果没有预言,他们也就不会犯罪了。这就是诅咒。她那个家族埋下了几十年的诅咒。可是预言已经没有了。全部结束了。"

老人冈町终于承认了自己不是预言者。

诅咒。先见的预言和十色的画都是让人陷入不安,最终做出愚蠢举动的诅咒吗,就像比留子同学吸引事件的体质那样?

我不想原谅冈町。可是不管原因是预言还是人的软弱,她确实没有直接伤害任何人。

冈町移开了视线,仿佛不打算再说话。可是——

"还没结束。"

比留子同学的声音让她把目光转了回来。

"从现在起,我就是新的预言者。"

"什么意思?"

比留子同学挑衅的发言让冈町脸上闪过了片刻的动摇。

"我刚才不是说了要来发泄怒火吗？你说十色同学的能力是诅咒，如果我不否定，就没脸面对她的亡魂了。"

比留子同学从正坐姿势撑起身子，把脸凑到冈町面前。

"就算没有特殊能力，也可以进行预言。

"你为了把预言者的权威维持到最后，打算配合先见的预言自我了结。可是万万没想到，自己竟活了下来。你应该感到很苦恼。因为你被带离了房间，时时刻刻得到神服女士的看护，所以无法再次自杀。

"神服只是想守护自己崇拜的老人，可是在老人眼中，她的行动却剥夺了她再次自杀的机会。

"你虽然完成了对先见的复仇，但是残留着保持自身权威的问题。照这样下去，你就无法预言自己的死，死后将被村民盖上骗子的烙印。你的自尊能允许这种事发生吗？

"规避的手段只有一个，那就是预言自己的死，然后遵照预言死去。

"你要被你自己的预言杀死。"

老人有如遭了晴天霹雳，简直要白发倒竖。

瞪到极限的眼睛就像浑浊的玻璃球。

但是，比留子同学依旧毫不留情地发起追击。

"还有那个通过《亚特兰蒂斯》把这次的事件传遍整个日本，让你身为预言者的名声轰动全国的计划，肯定会失败。你可能不知道，现在班目机构的信息被彻底封杀了。我不知道这是不是公安的行动，总之，一旦证实这件事跟班目机构有关，在这里发生的一切就会被埋葬在黑暗中，永远不会让普通人得知。你将在不远的将来，静悄悄地消失在这片偏远的土地上，身为预言者的存在永远被人遗忘——这就是我的预言。"

"闭嘴……"

老人气得全身震颤，喘着粗气恶狠狠地说。

"闭嘴，闭嘴。你知道我受了……受了多少屈辱，忍耐了多久吗？"

"你曾经有另外一条道路。"

铿锵有力的声音打断了老人的呓语。

"十色勤的背叛确实扭曲了你的人生。他对你的所作所为绝对不值得原谅。可是你在意识到他的背叛时，完全可以放下预言者的幌子，选择新的人生。可是你不认输，不服输，依旧假装成别人，高举预言这面虚假的大旗。

"选择了这条路的人——是你。不是预言，也不是诅咒。"

老人张嘴想要反驳，却突然咳嗽起来。

那个样子不再是令人畏惧的预言者，只是个小小的老人罢了。

比留子同学低头看了她一会儿，随后转身对我说了句"走吧"，就这样离开了房间。

关闭的房门另一端，咳嗽声依旧响个不停。

神服还没回来，不过我们也想知道外面是什么情况，就走出了"魔眼之匣"。

我小心翼翼地注意着落后了几步的比留子同学。

刚才跟老人冈町对决之后，她一直有种让人难以搭话的感觉。

我正想着，她却主动说话了。

"叶村君。"

我回过头。

"对不起，我好像还是成不了你的福尔摩斯。"

啊？我停下脚步，比留子同学径直走了过去。她没有继续说明。我慌忙跟了上去，同时思考起来。

我的福尔摩斯。她的意思是，像明智学长那样吗？

比留子同学的确跟憧憬成为侦探的明智学长不一样，她只是为了从主动降临的灾难中活下来而解谜。可是多亏了她，我们也撑过了这个回合啊。

我猛然醒悟。

比留子同学提出的伪装自杀，那确实是封印凶手行动的妙招。

可是，为什么负责伪装自杀的人是比留子同学呢？

当时死去的人是臼井和十色。还存在一男一女死去的可能性，所以完全可以由我来"自杀"，让推理能力超群的比留子同学能够自由行动。

不，等等。冷静下来好好思考。

臼井的死是事故。为了逃避预言，王寺还要杀死一名男性，朱鹭野还要杀死两名女性，这就是他们的任务。假设他们联手后没有交换目标，朱鹭野按照本来的目的杀死了十色。

如果我"自杀"，男性就凑齐了两名牺牲者，王寺无须下手就达到了目的。朱鹭野还要再杀一个人，不过她本来的任务就是两个人，并不会因此背负更多罪恶感，也不会跟王寺发生争执。

换成比留子同学"自杀"，也只是立场互换一下。十色跟比留子同学凑成了两名女性牺牲者，朱鹭野达成目的，王寺还要按照任务杀死另一名男性。两人不会发生争执。

可是实际上，他们为了迷惑我们而实施了交换杀人计划，王寺杀死了十色这个女性。

此时，只要我"自杀"就不会有问题。两名男性牺牲者凑齐，王寺达成了目的，然后只要朱鹭野再杀一名女性，他们就一人背了一条人命，不会发生争执。

就是因为比留子同学"自杀"，他们才发生了争执。十色和比留子同学这两名女性死了，尚未弄脏双手的朱鹭野达成目的，然而替她杀死了十色的王寺则必须杀死第二个人，超出了本来的任务。

比留子同学伪装自杀导致的必然性。

那就是，只有在实施交换杀人计划的情况下，凶手才会走向毁灭。

我凝视着比留子同学伴随步伐摇曳的黑发。

十色被杀害的那天夜里，比留子同学在房间里大哭了一场。

她彻夜流着眼泪，设想了凶手的一切可能行动，谋划了将他们逼上绝路的计策。同时，为了提高凶手自我毁灭的可能性，她选择了自己伪装自杀。

换言之，她故意引导凶手走向了毁灭。

这——本来不是比留子同学的做法。这种做法带有明显的攻击性。

她为什么要这样做？十色的死竟让她如此愤怒吗？

怎么可能？

当然不对。

是因为我啊！

按照预言，继臼井之后还有一名男性会死亡。

她是以预言会应验为前提，为了保证我绝对不会死，选择了凶手可能会死的方法！

她面对我与凶手性命的天平，刻意倾向了我这一边！

在餐厅时也一样。比留子同学故意带着我超过指定时间才走进餐厅。那可能是为了确认所有人的位置，让我远离王寺的座位。她计划在精神上将王寺逼上绝路，让他主动拿起小刀。彼时如果我过于接近，可能会被王寺扑过来刺伤。

还有一点。当我意识到自己来不及救援时，对王寺大喊了一声："别碰那个！"结果那句话成了导火索，王寺把手伸向了小刀。这是否也在比留子同学的计划之中？如果我没有大喊，很难判断王寺是否会采取同样的行动。这会让她很为难。

我总算明白她为什么说这不是解决篇，而是一场殊死搏斗了。她要我充当的并非助手，而是在安全距离外向凶手扣下决定性扳机的狙击手。

比留子同学是把一切算尽之后，才踏进餐厅的。

而且她深知那跟我的福尔摩斯——明智学长憧憬的追求真相的侦探形象大不相同。

前方出现了神服的身影，她正朝这边跑来，边跑边喊。救援人员已经到达对岸。她身后跟着狮狮田父子，纯还向我们用力挥舞着双手。

我走在比留子同学身后，思考着。

她选择了不成为我的福尔摩斯的道路。

只要我坚持待在她身边，她就会一直保护我。

不对。不能这样下去。

就算她不是我的福尔摩斯。

我也必须成为她的华生。

通过这次的事件，我们总算窥见了班目机构进行过的研究内容一角，遗憾的是，此行并没有得到跟他们现在活动相关的信息，一路追踪下来的线索就这样断掉了。

不过，此时我们完全预料不到，就在几个月后，十色勤的笔记上提到的事件——先见预言的机密研究机构发生的大量杀人，以及其后的发展，竟会跟我们发生关联。